和光同成

丽水有电 百年纪事

国网浙江省电力有限公司丽水供电公司 编

中国电力出版社

CHINA ELECTRIC POWER PRESS

图书在版编目（CIP）数据

和光同成：丽水有电百年纪事 / 国网浙江省电力有限公司丽水供电

公司编. --北京：中国电力出版社，2024.1

ISBN 978-7-5198-8687-5

Ⅰ. ①和… Ⅱ. ①国… Ⅲ. ①纪实文学－中国－当代 Ⅳ. ①I25

中国国家版本馆 CIP 数据核字（2024）第 011198 号

出版发行：中国电力出版社
地　　址：北京市东城区北京站西街 19 号（邮政编码 100005）
网　　址：http://www.cepp.sgcc.com.cn
责任编辑：杨敏群　刘红强　　（010-63412520）
责任校对：黄　蓓　李　楠
责任印制：钱兴根

印　　刷：北京九天鸿程印刷有限责任公司
版　　次：2024 年 1 月第一版
印　　次：2024 年 1 月北京第一次印刷
开　　本：710 毫米×1000 毫米　16 开本
印　　张：21.75
字　　数：279 千字
定　　价：120.00 元

《和光同成　丽水有电百年纪事》

编委会

主　任	冯　华	吴国英			
副主任	赵汉鹰	潘林勇	张伟华	姜波涛	张道安
	张伟峰				
成　员	王笑棠	刘洪鑫	吴宏坚	吴晓刚	黄祖金
	叶慧强	胡秋生	侯定华	徐翔龙	杨成钢
	许少君	杨劢炜	杨　阳	叶周娟	钱　波
	郑　健	朱利锋	吴彬锋	章寒冰	吴建勇
	钱　江	李顿粮			

编写组

主　编	杨劢炜				
副主编	鲁晓敏				
编　辑	蓝莉娅				
撰　稿	鲁晓敏	徐丽勇	蓝莉娅	殷　俏	洪瑜阳
	李　沙	赵施冕	陈智洲	刘远平	林芳芳
	柳王翔	余登分	王伟娟	祝灵潇	江　晨
	钟根清	刘晓玲	金少军	黄俊剑	

1919 年的秋天，普明电灯公司点亮了丽水大地上的第一盏电灯，拉开了丽水工业文明的序幕。岁月不居，转瞬百年，一代代丽水电力人栉风沐雨，众志成城，书写出了一部壮丽而辽远的光明史诗。

我们按照时间轴，选取重要的时间节点，连接起丽水电力的发展历程。

全面抗战爆发后，丽水电力人与华东最大的兵工厂——浙江省铁工厂工人手挽着手筑起了一道坚强的战斗堡垒！历史不会忘记，在民族存亡之际，一个个胸怀爱国主义精神的电力英雄慷慨而去的背影。1949 年，丽水电力走向了新生，绽放出浙西南一域的光芒。改革开放后，丽水电网建设步入快车道，丽水电力人担负起"先行官"的使命，踏上了国富民强的光明之路。各县市区实现了 35 千伏到 110 千伏、220 千伏电网全覆盖。进入新千年，丽水电网发生了翻天覆地的变化，形成了以 1000 千伏为核心、500 千伏为骨干、220 千伏为支撑，110 千伏相配套、中低压配电网相协调的配置优化、装备先进、安全可靠的现代化电网。10 千伏以上输电线路总长 2 万多千米，相当于绕地球半圈的长度。与此同时，从那一盏微弱的晚灯到遍布城乡的万家灯火，丽水大地上先后实现了从村村通电到户户通电，从"两改一同价"再到新农村电气化，"获得电力"水平持续提升。新时代的丽水电力，用"建好网、供好电、服好务"的朴素情怀，书写出"绿水青山就是金山银山"理念的精彩时代答卷。

建党精神始终流淌在丽水电力人的血液中，浙西南革命的红色基因根植在汗水浸透的脊梁里。

无论在优质服务、能源供给还是城市建设，无论在民生保障还是抢险救灾，丽水电力人都是冲在最前、勇于担当的急先锋，都是服务大局、一心为民的好集体。2006 年国网丽水市莲都区供电公司首推"阳光服务"并在丽水电力推广，近二十年的深耕与实践，"阳光服务"品牌深入人心，获得百姓和社会的广泛认可。"阳光服务""抗冰灾""热泵烘干""拯救老屋行动""苏村抢险救灾""乔帮主""共富工坊"等具有典型意义的瞬间，关于央企的社会责任，关于电的温暖故事，在瓯江两岸，在江浙之巅，留下了数不清的珍贵记忆。

习近平总书记说过：要让电等发展，不能让发展等电。

丽水电力大胆地设想电的未来，一方面是清洁能源的大趋势走向，另一方面则是助力浙西南山区实现共同富裕的央企担当。全国首个乡村生态氢能示范工程——丽水缙云水光氢生物质近零碳示范工程，创造性利用绿氢"提纯"沼气，为用能"碳中和"和乡村共同富裕提供了新思路。国网丽水供电公司重点打造"国家电网绿能呵护国家公园"示范样板，促进实现生态文明与现代工业文明的融合共生。绿电 100% 泛微网工程深刻践行新型电力系统科技攻关的使命，在国内首提主配微网协同的分层分级县域电网模型，验证了线路级微网的绿电平衡运行和电网保供支撑，深入推进丽水全域零碳能源互联网建设。"阳光共富账户"，用阳光绿电收益为山区乡村共同富裕赋能。

一路走来，丽水电力见证了时代的发展、社会的进步、百姓的富裕。

百年丽电，沧桑巨变，恢宏的发展史记录了丽水人自信自强、百折不挠、发愤图强的时代印记，淬炼了"跨山越水，向阳力行"的阳光精神本质。

回首往事，既要感念先辈创业的艰辛与奋斗的激情，更召唤后来者继往开来的信念与决心。

今天，"双碳"目标下以新型电力系统为核心载体的能源互联网企业建设正如火如荼地进行，让我们一路向上、向善、向实、向新，和光一起，成就未来！

谨以此书，向丽水电力先辈致敬！

国网丽水供电公司总经理、党委副书记　冯　华
国网丽水供电公司党委书记、副总经理　吴国英

目
CONTENTS
录

八／新型电力

后记

这里是丽水

丽水市地处浙西南，古称处州，始建于隋开皇九年（589 年），下辖 9 个县市区，面积 17298 平方千米，人口 271 万，是浙江面积最大、人口最少的地级市。

丽水有着无与伦比的生态优势，海拔 1929 米的江浙第一高峰凤阳山黄茅尖坐落其间，全市海拔超过千米的山峰有 3573 座，被誉为"浙江屋脊"。瓯江、钱塘江、飞云江、塞江、闽江、椒江六江之水从这里出发，涌向四面八方。这里森林覆盖率高达 81.7%，有着"中国生态第一市""中国天然氧吧""中国长寿之乡"的美誉。

丽水是浙江省历史文化名城，中国地级市第一个民间艺术之乡，拥有 7 项世界级非物质文化遗产。蜚声中外的龙泉青瓷、龙泉宝剑、青田石雕被誉为"丽水三宝"。全市分布着数百座格局完整的古村落，其中有 268 个国家级传统村落，位列全国前三，被誉为"最后的江南秘境"。丽水历代名人辈出，有唐末五代著名学者杜光庭、宋代著名诗人叶绍翁、明代开国功臣刘基等。

丽水是全国重点革命老区之一。1935 年，中国工农红军挺进师在丽水创建了浙西南革命根据地。抗战时期，丽水一度是中共浙江省委机关驻地。解放战争时期，丽水是浙江三大革命根据地之一。如今，"忠诚使命、求是挺进、植根人民"的伟大浙西南革命精神深深融入丽水大地，流淌在广大丽水人民的血脉中。

丽水是"绿水青山就是金山银山"理念的重要萌发地和先行实践地。十多年来，丽水始终坚定生态优先、绿色发展的核心战略定力，逐梦绿色发展，做强传统产业，实现了生态保护与经济发展的双丰收。丽水正成为浙江高水平生态文明建设及高质量绿色发展和经验的重要窗口。

国网丽水供电公司（简称丽水公司）根植于这片红色热地，赓续传承"跨山越水、向阳力行"丽电阳光精神，围绕华东绿色能源基地、浙福联网枢纽地、"双碳"能源互联网示范地"三个地"定位，坚持自信自立自强、实在实干实效，全面推进"双碳"目标下以新型电力系统为核心载体的能源互联网企业建设，勇当地方能源革命和公共基础设施服务领域的推动者、先行者、引领者，打造"双碳"进程中引领能源电力发展潮流和进步方向的鲜明旗帜，奋力谱写中国式现代化丽水电力发展新篇章。

一

砥砺前行

01 丽水"普明"，黎明前的电力辰星

提及丽水有电的历史，不能不提一个人物，他就是清末民初时期丽水地区（旧称处州）的著名商人郑宝琳。

二十世纪初叶，地处浙西南崇山峻岭之中的丽水地区，社会经济非常落后，处在初级、封闭的状态。虽然不时有来自周边温州、金华、衢州、台州以及江西、福建等外省商人来此经商，但都是小本经营。本地商人多以购销丽水各县土特产为营生，不成规模。工业发展缓慢，基本是铁、木、竹手工作坊或是师徒结合的劳动组织为主。尽管当时也有极少数织布厂等工厂，但都依赖手工操作，而手工作坊生产方式的落后，大大延缓了工商业发展的脚步。整体而言，当时的丽水物资紧缺，经济萎靡。

丽水地区社会经济要想发展，工商业就必须加以拓展，而要想拓展工商业，又必须改变传统手工作坊类的生产方式。在时代的强烈需求下，一些杰出的民族资本家登上舞台。他们组织调配经济和人力资源，引进新的生产工具，打造新的工商业模式。正是因为他们的出现和筹划，作为工业文明的代表和先声，电力才终于在偏远落后的丽水地区落地生根。

普明电灯股份有限公司经理郑宝琳

完成这一历史使命的人，正是郑宝琳。

丽水的初始之光

郑宝琳，字楚臣，1882 年出生在温州瑞安金岙村。与当时许多浙商风云人物不同的是，郑宝琳生来并没有家族产业光环加身，无法指望祖辈福荫。他是实打实的苦出身，幼年丧父，一家靠着母亲给别人帮工赚钱谋生。从小吃尽生活苦头的郑宝琳，养成了坚强进取，好公秉义的性格。年纪尚小时，他就懂得为母亲分忧解难，替母亲干活的同时，自己也在外面兼做零工，贴补家用。

十七岁的时候，郑宝琳找了一份拉纤的活，当时但凡有其他门路生计的，谁肯去干拉纤这样的苦力活。郑宝琳为求生存，别无他法，但他生性坚韧，并不为这样的困苦折磨而意志消沉。也正是在最苦的这一年，命运转机降临，郑宝琳帮着船家拉纤，从老家瑞安一路来到了丽水。好心的船主见郑宝琳特别能吃苦，且为人忠厚，便将他介绍到了丽水县城陈益美南货号当学徒。

在商号里当学徒，起码衣食穿用能够保证，也不用再像拉纤那样花费蛮力气。郑宝琳十分珍惜这个机会，他勤快肯学，悉心学习商号伙计所必备的商业技能，渐渐展现出了自己的经商天赋。三年后，他成了陈益美南货号的当家伙计。又过了数年，他积累了一定财资，并在老板陈益美的资助下，独立开办了源康南货号。主营业务是承销上海洋行煤油，买卖日渐做大，逐渐成为一方富户。

民国初年，郑宝琳深受维新派出身的丽水县（今莲都区）知事陈赞唐（福建闽侯人）赏识，两人结为八拜之交。此举使得郑宝琳在丽水当地具备了较大的影响力，成为地方数得着的商业大户。与维新派人物深交，更是让他得以接触新世界，了解新文明，他不但摆脱了传统的经商模式，眼界和思想也愈发宽广。

1919年初秋的一个晚上，郑宝琳邀请了毛管封、刘廷煊、颜友增、金志真、王志青等几个当地乡绅到家中喝酒。酒过三巡之后，郑宝琳熄灭了煤油灯，一桌子的人旋即陷入黑暗中。正当大家面面相觑之时，郑宝琳叹了口气，说道："要是我们也能点上电灯就好了。"

原来，因为商贸往来，郑宝琳看到温州城里亮起的电灯，特地考察过温州电灯公司，深深被这个新事物新行业吸引。面对瓯江上游丽水城漆黑的夜晚，他暗自思忖，丽水县城虽然比较落后，但作为处州府城所在地，毕竟还有不少政府机关单位、学校、商店，也有不少有钱人，还是拥有比较大的用电潜力。可是，电灯公司是一个需要持续投资的大项目，需要众人拾柴火焰高。于是，郑宝琳提出一个大胆的倡议——大家集资筹建电灯公司！

成功的商人都具有一颗聪慧的脑袋，也具有一双辨别商机的慧眼，面对郑宝琳激动而沉稳的描述，毛管封几人似乎嗅到了一个难得的商机。于是，就在郑宝琳家的酒桌上，众人达成了一致的协议，公司采用股份制，筹集一万银元，由郑宝琳担任经理，筹办丽水首家电灯公司。尽管大家都在协议上签了字，但毕竟这是一项亘古未有的新生事物，大家还是心存疑虑，见多识广的郑宝琳见此，主动承担了其中的绝大部分投资。

郑宝琳想起温州的电灯公司名叫普华，那么自己创办的电灯公司就叫普明电灯股份有限公司吧。普明，从字面上看是光明普照，从深层次而言，还有着心系天下的意思，这不正是一个心襟广阔的商人所追求的境界吗？他亲自在丽水县城囿山北麓购买了一处闲置的房屋，即曾经的丽水火柴厂前面城东路边（今已不存），将其改造成5间厂房，共计120

普明电灯股份有限公司旧址

平方米。这一切完成后，郑宝琳亲赴温州购置了2台卧式锅驼机以及26千瓦直流发电机组一套，以薪代炭发电。

当年深秋的一个夜晚，郑宝琳一声令下，机器"突突突"地响彻囿山北麓宁静的夜空，在围观群众的一片欢呼声中，丽水历史上第一盏电灯在普明电灯公司的厂房"唰"地亮了起来，照亮了一张张无比激动的脸蛋。那一丝亮光揭开了丽水近代工业文明的曙光。

郑宝琳见成功发电后，当即在发电厂路口安装了一盏路灯，一到晚上就准时亮起。丽水有电灯了！一传十，十传百，消息迅速传遍丽水大街小巷。一到晚上，人们兴致勃勃地赶来看热闹，当那一盏18瓦的电灯在幽暗的夜空中点亮时，点惯了油灯和竹篾灯的乡民不晓得这个小葫芦一样的玻璃球怎么会如此亮堂，有些胆子大的人爬上凳子，高举手中的烟筒，试图对着闪亮的灯泡点火。到了晚上，街坊邻居搬张椅子来，坐在电灯底下，一边干点细活，一边聊聊闲话。孩子们自然就围着明亮的空间嬉戏打闹，这里成了他们的乐园。

就这样，囿山上一盏忽明忽暗的电灯，开启了丽水有电的先河。

从民用电到工业用电的开拓

第二年开春，郑宝琳带领施工队沿着县城主要大街架设 220 伏配电线路，到了 6 月初，一根根木杆整齐划一地排列在主街一侧，一盏盏带着铁帽子的路灯安装在木杆上，一条条电线架在木杆上向前延伸，丽水城内第一条 220 伏配电线路出现在世人面前。普明电灯公司正式向城内部分机关、学校、商店、居民供电。

当时，丽水城内有灯头 600 盏，另有路灯 60 盏。一入夜，明亮的灯光在大街上亮起，一些安装了灯盏的用户告别了煤油灯时代，他们体面地坐在明晃晃的电灯下面，电灯照亮了一张张黑暗的脸，也点亮了他们内心的喜悦。与此同时，为了赚取足够利润，普明电灯公司同时还兼营石印、碾米业务，算是对电力的多层次利用。

照明用户电费以"定额制电价"结算，每盏 18 瓦的包灯用户每月收取 1.20 银元。以当时的米价和现在的米价对比来计算，一块银元约等于 500 元人民币，也就是说每月电费大概值五六百元人民币。对于民国初年的人们来说，能够用上电灯是一件相当时髦与奢侈的事情。在丽水城区率先通电之后的几年中，龙泉、松阳、青田、缙云 4 县县城相继亮起了电灯。

在那个年代，电灯完全算得上是稀罕物。那时民间的夜间照明，先是使用桐油灯、青油灯，后来主要使用煤油灯或者煤气灯，而这两种灯，也是由西方传来，被老百姓称为"洋油灯"。煤气灯由于使用煤气，只要打开气阀门，就能点亮，亮光极强，大户人家凡是遇到佳节喜庆之事，往往使用煤气灯供夜间照明，传统的"大红灯笼高高挂"只是起到增加气氛的作用，在烛台上点亮大红烛，也只是被千百年来婚庆喜事、寿诞佛事的礼仪沿用，不再起照明作用，照明基本都由煤气灯代替，悄无声息间，人们的生活方式发生着微妙的变化。

丽水县城里电灯的出现，在很长一段时期内，只是满足了人们的好奇心，却没有抢走煤气灯与煤油灯的地位。毕竟当时的电费比较昂贵，包灯制等电价收费制度虽然设计合理，但也不是贫苦百姓能够负担得起的。此外，那时发电技术尚不成熟，配套输电线路的架设也是很烧钱的投资，电网覆盖区域非常有限。因此，普明电灯公司除了点亮县城主要街道的路灯外，多用于公司厂内生产照明。

普明电灯公司初创之时，以烧柴禾作为燃料能源，能量转化率很低，发电量很小。到了 1924 年，郑宝琳见电灯公司运转良好，打算继续扩展事业。他周密考察了其他省市已办电灯公司的经营情况，又研究了当地地理位置条件后，决定扩大电灯公司规模。当年 4 月，他增资 1 万银元，到温州购买了 1 台立式的 40 马力（29.44 千瓦）柴油机，并废除了服役多年的锅驼机，完成了发电设备的更新换代。

这次增添设备，扩建规模之后，普明电灯公司的供电量有了较大的增加，供电范围也有所增加。

电光与火柴的奇妙缘分

1923 年，41 岁的郑宝琳被推选为丽水县城商会会长，并在以后连任十年。次年，郑宝琳找准了自己事业的方向，翌年集资 4 万银元，创办了普昌火柴梗片厂。该厂充分利用丽水、松阳、龙泉、景宁、云和等县丰富的松木资源，生产火柴梗盒片。厂子设有片子车 8 台，梗子车 4 台，划路 10 台，并在大港头设置普昌分厂，共有工人 300 名左右，销往温州、宁波、上海等地。普昌公司生产的火柴梗片，质量上好，价格实惠，销路极佳，遂逐渐发展成为浙江第一火柴梗片厂。

这是丽水地区半机械生产工业的开始，又是郑宝琳开了先河。

普昌火柴梗片厂的动力电源，便是由普明电灯公司提供的。白天时候，电力供给普昌火柴梗片厂动力用电，驱动片子车、梗子车运转，大大提高了火柴梗片的生产效率。产量高上去，成本降下来，这是电力带来的实际好处。到了夜间，发电机发出的电力，点亮了路灯和周围商铺、县府机关单位，给百姓们提供夜间照明。这段时期，普昌火柴梗片厂一派生机勃勃的景象，火柴及火柴盒之类产品市场销售量极佳，蜚声海内外。

普昌火柴梗片厂旧址

随着普明电灯公司的发供电能力逐步增加，此时丽水县城里的照明灯头已经发展到了一千多盏，电灯对老百姓而言不再那么陌生，路灯已成了丽水县城的常见之物。每到夜幕降临，天上星河璀璨，地上电灯成片，互相辉映，蔚为壮观。这不但是郑宝琳事业春风得意之时，也是丽水县城用电发展的一个小辉煌期。

1926 年联名招股 4.5 万元，郑宝琳开设了燧昌火柴股份有限公司，三年后招股增资 16 万元，扩厂区近 50 亩，有职工 800 余，最高年销火柴 16 万件。燧昌火柴股份有限公司成为浙江规模最大的火柴厂。普明、普昌、燧昌构成丽水地区最大的企业集团。郑宝琳事业达到了巅峰。他不但填补了丽水机械工业的空白，也是丽水地区第一个把电力作为工厂动力生产的企业家。普昌公司和燧昌公司的蓬勃发展，得益于电力能源作为动力，大大提升了生产效率和产量，远非传统手工作坊能够相提并论的。

郑宝琳虽自持俭朴，却广义好客，在燧昌火柴公司的北郭桥公司旅馆（今丽水市老年大学），曾招待过国民党的军政要员和文化人士，如孙科、陈诚、刘建绪、罗卓英、沈钧儒、吕公望、严北溟、潘天寿、黄宾虹等。在 20 世纪 30 年代的丽水城内，燧昌火柴公司的北郭桥公司旅馆，是城内最风光的建筑了，有一幢小洋楼，还有几排平房，建筑颇有些西洋风格。小洋楼的后面有亭台楼阁，花草萋萋，惹人显眼。全面抗战时期，国民党浙江省政府内迁之后，省建设厅、教育厅的要员及许多文化名人都曾住在这里。

普明电灯公司作为丽水县城第一家发电厂，其重要意义不仅在于点亮街头，而在于提供了廉价高效的动力，支撑了普昌火柴梗片厂和燧昌火柴公司的运转。从此，丽水的机械工业渐渐发萌，逐渐代替了手工作坊和师徒劳动组织的传统模式，丽水开始有了真正意义上的工业发展。1917—1938 年，二十多年间，中国大地风雨飘摇，先有北伐战争，后有军阀混战，紧接着土地革命战争，再有日军全面侵华，战火几乎一刻不曾缓息。世道艰辛，物价猛涨，薪价也不断上涨，正是由于普明电灯公司提供了更有效率的动力，才使得普昌火柴梗片厂和燧昌火柴股份有限公司的生产得到维持。数百名工人就业得以解决，他们背后数百个家庭的生计温饱才得到了保障。

普明电灯公司成立后，还发展出了丽水地区最早的输电网络。早在1920年普明电灯公司建立之初，就修建了丽水地区第一条220伏配电线路，为丽水县城供电。1923年，龙泉、松阳、青田、缙云4县城相继建成低压电网，线路均布置在城镇的主要街道。路上电灯本是星星点点，通过线路联网，渐渐接连在了一起。到了30年代初，缙云县壶镇、松阳县古市镇建有低压线路，这意味着丽水一带的农村开始出现电网。那时的电网相当脆弱单薄，却奠定了丽水输电网的雏形。

这段电光与火柴的奇妙缘分，是那个时代丽水县城的一个传奇。人们见识到了崭新电光，也第一次发现，发电机转子旋转，可以发出不可触摸的无形能量。驱动片子车床轰隆作响，一盒盒火柴梗片从车床另一端滚落，经过包装，销往丽水、浙江乃至国外市场。

火柴划出的火光，只是十几秒钟的存在，然而普明公司划出的那一道道电力弧光，从此闪耀不息，它将在以后扮演更为重要的角色。

融入抗战的大熔炉

1937年，七七事变之后，举国上下同仇敌忾，开始了旷日持久的全面抗战。时局动荡，对中国当时的工商业打击巨大，物价飞涨，企业经营成本不断推高。随着出海口封锁，化学原料短缺，火柴生产日趋困难，郑宝琳的经营面临着巨大的困难。

普昌火柴厂董事会商议对策，有董事提出把普明、普昌和燧昌三公司停工停业，以遏制亏损局面，同时转资其他市场谋利。郑宝琳却不同意，他慨然道："火柴利虽薄，但系民生所需，数百职工生计以赖，现在国难烽烟，祖茔尚且不保，发财又有何用？"力排众议，哪怕是持续亏损，也要苦苦支撑着。

郑宝琳会做出这样的选择，是他人格的真实写照。早在1912年，已经是源康南货号老板的郑宝琳，在丽水遭遇了特大洪水侵袭时，自己撑划木船，在急涡中奋力捞救溺水者。他身形瘦小，虽有家财万贯，却在漩涡中不避生死，甘冒巨大风险去拯救溺水之人。这样不顾自己安危的人，不会撇下职工的生计不顾。就在郑宝琳苦苦思索如何安顿那些跟着他走过艰难岁月的职工时，东边一朵巨大的乌云汹涌而来，风雨满楼，丽水地区和丽水电力，开始走上了历史舞台的正中央。

当时人们已经开始意识到抗日战争将会是长期持久战，因此在力保前线防守的同时，政府机关、高等院校、各类工厂纷纷迁往内陆山区。全国范围内，重庆和西南地区成了总后方，而浙江省政府几经搬迁，最终停留在了丽水地区的云和县城，丽水遂成浙江政治、经济、文化中心，东南抗战堡垒。随着浙江省政府迁往丽水的还有一批沿海的工厂和企业。正是在这样的历史背景下，浙东电力厂开始筹建。

浙东电力厂的成立，让正处于一筹莫展境地的郑宝琳有了一次难得的机遇，得以稍减企业经营上的困难。

1938年2月，时任浙东电力厂厂长的赵曾珏以官办名义在丽水虎啸门筹办浙东电力厂丽水地区分厂。郑宝琳找到赵曾珏，表示普明电灯股份有限公司愿意将全部发电机组及设备低价卖给浙东电力厂。但是，郑宝琳提出一个条件，将普明电灯股份有限公司职员及劳工并入浙东电力厂。赵曾珏同意了郑宝琳的请求，双方达成了收购协议。普明电灯公司走过了 19 年风雨岁月，如今已经完成了历史使命。官办浙东电力厂的实力和资源，不是普明公司能够相比的。以这种方式落幕，郑宝琳虽难免心酸，却也是他半生电力事业最好的归宿。更重要的是，当时正值全面抗战，电力的作用已经不再是照明生产那么简单，它承载了更多的任务——发出足够电力，保证军需生产，普明公司被浙东电力厂收购，正是服务于该目标。

看着自己耗尽心血发展起来的普明电灯股份有限公司，在国家危难时赋予了强大的生命力，郑宝琳没有了遗憾，他看到了一线光明，那是民族的光明、国家的光明，他的内心充满了欣喜。

此后，普昌火柴梗片厂和燧昌火柴公司也一度停工停产。自 1939 年起，郑宝琳转变事业方向，几经辗转，还为丽水茶叶出销境外打开了出路。两年后，一生饱经忧患的郑宝琳病逝。他没能亲眼看到，全面抗战期间，已经停产的燧昌火柴厂重新开工，发展成为浙闽赣边区日用火柴生产基地。如他生前所言，"三分形势、七分人和"，这位人格堪称无私、经历颇为传奇的丽水商人，最终没有逃过时代所设之局。或许，那也是所有旧中国民族资产家共同的命运。

普明电灯公司点亮的光明，并没有随之消亡，在浙东电力厂的运营下，各家工厂铆足劲头生产，兵工厂机器开动，抢造武器弹药，普明电灯公司为抗战胜利贡献出自己的力量。

02 浙东电力厂，血与火的坚守之战

　　1937年"七七事变"之后，抗日战争全面爆发。1937年年底，浙江省会杭州失守。在杭州沦陷前夕，杭州、宁波等地的几家工业制造厂迁到了地处浙西南的丽水地区，成立了浙江省铁工厂。与此同时，随着日寇步步紧逼，地势险峻、易守难攻的丽水地区成了浙江省的抗战大后方，大量机关、工厂、学校迁到这里，丽水成为浙江省政治、文化、经济中心。为了解决丽水地区的用电，积聚抗战的力量，浙东电力厂应运而生，它所点亮的虽然是一片微光，却照亮了一个时代，谱写出一曲浴血奋战的光明战歌。

筹建浙东电力厂

　　1938年初，浙江省建设厅着手在丽水地区筹建浙东电力厂。时任浙江省主席黄绍竑首先要挑选一位合适的厂长，他环顾四周，目光从一众手下掠过，最终停留在了赵曾珏身上。

　　黄绍竑相中赵曾珏是有原因的，赵曾珏的履历相当耀眼：1924年毕业于上海交通大学电机系；1929年以优异的成绩获得了美国哈佛大学硕士学位；学成归国后，28岁任浙江大学教授，31岁出任浙江省电话局局长兼总工程师。在短期内，赵曾珏主持完成了浙江省长途电话工程，通达全省 75 县乃至乡镇，从而使浙江第一次走进了"联网"时代。建造钱塘江大桥的桥墩时，茅以升先生无法与江底的施工人员开展正常联络，赵曾珏建议茅先生采用微波电话联络，一举破解了困扰施工进度的顽疾。在当时引发了不小的轰动。1938 年初，赵曾珏率领浙江省电话局撤到了丽水，此时正在研发军用通信设备。

在黄绍竑眼里，电机专业出身的赵曾珏无疑是浙东电力厂厂长的第一人选。但在外人眼里，电信与电力虽然都带着电，却是两码事。当时的电力重要性不言而喻，作为一名电话局长可以管好电力吗？在 1938 年 8 月创刊的《浙电月刊》杂志中，赵曾珏写道："务使国人均能晓然于电讯电力关系于国计民生之重大，奋起直追，力图猛进，籍为抗战建国之一助，以争取最后之胜利……"这段文字透露出赵曾珏的远见卓识，更显现了他的决心和信心。面对黄绍竑发出的邀请，赵曾珏没有一丝犹豫，立马带着部分电话局职工开始筹建电厂。就在赵曾珏思索着如何迈开第一步时，一场及时雨降临了，丽水乡绅郑宝琳愿将名下的普明电灯公司低价转让给浙东电力厂，使其有了立足的支撑点。普明电灯公司的职工也转入浙东电力厂，使其有了以当地人为主的骨干力量。

"左手娴熟于人文，右手精通于数理。"这是时人对赵曾珏的评价。虽是理工科出身，赵曾珏却深受传统文化熏陶，他的诗文功力非常扎实，尤其有一颗拳拳的爱国之心，他一生最为景仰三个人：改革时弊的王安石、精忠报国的岳飞、死节不屈的文天祥。他们有一个共同的特点：刚正不阿，忠君报国，从不计较个人名利与得失。赵曾珏常把三位先贤挂在嘴边，时不时激励同僚和电力工人。国难当头之际，在赵曾珏的带领下，丽水电力人顶着横飞的子弹和扑面而来的炸弹，开展了艰苦卓绝的浙西南电力保卫战。电厂炸烂了再建，设备炸坏了再修，全力保障着浙江抗战大后方的电源供应。

浙东电力厂总厂设在丽水县（今莲都区），在丽水地区设 6 个分厂，在金华地区设立金华分厂。从组建伊始，赵曾珏就规划了分散建厂的布局图，把点位分布到各县。其中，丽水县 3 个，松阳县、龙泉县、云和县各 1 个。如果摊开丽水地区地图，标注出 6 个分厂的位置，会发现一个相同的现象——6 个分厂都坐落在江边溪畔，都是地处交通要冲、人口集聚、经济相对较好的县，且均为产粮区。

浙东电力厂徽章

当时，后撤的机关单位、工厂院校多集中在丽水县，这里既是丽水地区行政中心所在地，又位于瓯江中游，上游的龙泉溪、松阴溪以及来自缙云县的好溪、来自宣平县的宣平溪在此汇聚，顺流而下可直达温州，交通物流非常便利。松阳县地处瓯江流域与钱塘江流域的连接处，坐拥浙西南最大的山间盆地——松古盆地，这里是浙西南最大的粮仓，自古有着"松阳熟，处州足"的民谣。龙泉县坐落于瓯江上游，地处浙闽十字路口，盛产青瓷、宝剑和松木，自古有着"处州十县好龙泉"的说法。云和县虽不似其他三县有着丰富的物产优势，但是地理位置非常特殊，处在丽水地区中心，负山控江，通达各县。这 4 个县关乎浙江抗战大后方的基本。由此可见，这是浙江省建设厅与浙东电力厂相关领导、专家经过了详尽的调研与周密分析之后定下的结果。

分散建厂，好比鸡蛋分篮，有效降低了风险。在此问题上，赵曾珏目光远大，后来的事实也证明了这一点，尽管多家分厂毁于战火，仍有少数分厂幸存下来。各个分厂采取因地制宜的建设方案，同时又充分利用丽水各县当时现有的电力设施发电，比如丽水分厂收购了普明电灯公司全部发电设备，松阳分厂直接租用当地光明电灯公司厂房及柴油机，龙泉分厂购买当地普耀电灯公司厂房及发供电设备。有些电力设备设施，则自浙江沿海地区迁移而来，比如温州普华电气股份有限公司的设备就被拆送到了浙东电力厂的丽水分厂。这样做的目的是保证电厂能够在短时间内成功发电，能够尽快开动抗战的机器。

两年之间，赵曾珏东奔西走，浙东电力厂各个分厂在浙西南大地上陆续涌现：1938年2月，筹建丽水分厂、碧湖分厂；1938年10月，筹建小顺分厂；1939年1月，筹建松阳分厂；1939年2月，筹建大港头分厂；1939年9月，筹建龙泉分厂。就这样，稚嫩的浙东电力厂在抗战需求的驱动下艰难地起步了。

随着分厂纷纷上马，浙东电力厂遭遇了资金的瓶颈，1939年5月，由浙江省政府出面协调，浙东电力厂实行股份制，国民政府经济部资源委员会投资法币15万元，浙江省建设厅投资法币25万元，双方合营。有了资金的保障，浙东电力厂逐渐走上了正轨。

"大后方"来电

丽水县是丽水地区行政中心所在地，此时变身为浙江省全面抗战时的政治、经济、文化中心，浙东电力厂的建设重点自然放在丽水县，分厂的数量最多，发电量最大。不仅如此，丽水分厂也是6个分厂中最大的一个。

1938年2月，丽水分厂开始筹建，厂址位于丽水县城岩泉门外利民垦殖场附近，厂区占地面积1.3万平方米。安装有一台200马力（142.2千瓦）四气缸旧柴油发动机，配备120千瓦交流发电机。经过不停歇的紧急施工，于同年7月15日开始发电。

厂方举办了一个简单而庄严的发电典礼，普明电灯公司创始人郑宝琳先生受邀参加。随着发电机组"哗哗"地转动起来，哈佛大学高材生赵曾珏与丽水地方贤达郑宝琳双手紧握，眼眶潮湿。他们明白，这一次发出来的电，不仅仅是照明那么简单，更是对光明的追求和对胜利的渴望。他们不知道抗战会在什么时候结束，但是他们坚信这一天总会到来。

工厂来电，机关来电，学校来电，居民也来电，到了年末，电厂用户从 117 户增至 565 户，装机容量从 122 千瓦增至 1118 千瓦，最高负荷从 51 千瓦增至 108 千瓦，丽水分厂给丽水县提供了稳定的电力能源支持。

1939 年 2 月，丽水分厂扩大规模，从温州永嘉县光明火柴厂购入 75 马力（55.2 千瓦）直立式二气缸柴油机，并从宁波永耀电灯公司借来 40 千瓦 2300 伏 60 赫兹三相交流发电机配合使用。同年 6 月竣工发电。1939 年 8 月，日军派出飞机轰炸丽水县城，丽水分厂的坐标早已经被日军牢牢锁定，日机对准厂区投下数枚炸弹，其中一颗命中了发电厂房，所幸的是供电设施遭到的损坏并不大。敌机前脚刚走，电厂工人就一头钻进弥漫的硝烟中开始奋力抢修，以极短的时间恢复了发电。

日军妄图摧毁丽水大后方基地，多次对丽水进行无差别的狂轰滥炸，丽水分厂多次被炸，设备受损严重。此时，赵曾珏身兼数职，除了浙江省电话局局长、浙东电力厂厂长之外，还兼任浙江省手工业指导所所长、浙江英士大学工学院院长，后来又被委任为第三战区交通电讯管理局局长，负责东南四省的交通电讯。这样的好处是麾下集中了不少优秀的技术人才。赵曾珏将他们集中在一起，钻研来自多国各种型号的发电设备，收购一些损坏和报废的设备，将有用的零部件拆解下来，以备不时之需。这样一来，即使发电厂设备受到了破坏，也能够得到快速抢修和更换。就这样，技术人员和电力工人凭着不服输的"狠劲儿"和善钻研的"巧劲儿"，多次修复受损的设备。在纷飞的弹雨和炽热的火焰中，丽水分厂顽强地生存了 3 年。

1941 年 4 月 11 日，日军出动数十架飞机，在丽水县城内投下七十多枚炸弹，县府前到虎啸门一带化为一片火海。丽水分厂也被燃烧弹击中起火，厂房及设备悉数被毁。这次损失十分惨重，从这一年下半年到 1946 年，长达五年多的时间里，丽水县城夜间基本再无供电，处于无边黑暗之中。入夜后，人们行走在大街小巷中，只能靠灯笼或手电筒照明，仅有大猷街天主教堂内使用电瓶供电自用。

距离丽水县城二十多千米的碧湖镇，拥有浙西南第二大山间盆地——碧湖平原，这里堪称是鱼米之乡。当时，丽水县城人口已经饱和，一部分内迁人员分流至碧湖镇，于是浙东电力厂决定在碧湖镇开办碧湖分厂。1938 年 2 月，碧湖分厂开始筹建，它的规模仅次于丽水分厂，在 6 家分厂中排名第二。

碧湖分厂没有租买空场地，而是便宜行事，租用了碧湖镇汤家祠堂作厂房，借用宁波永耀电气公司卧式单缸 40 马力（29.44 千瓦）旧柴油发动机，配备 20 千瓦发电机。经过两个多月快马加鞭的建设，于同年 4 月 11 日发电。碧湖分厂建成后，除了动力用电供给，还以 220 伏出线直

浙东电力厂碧湖
分厂旧址

供 67 个用户及主要街道路灯照明。

1939 年 5 月 6 日，机组发生故障，碧湖分厂暂停发电。经过实地勘察，厂方在碧湖河口陶化公司基地建设新厂，购买了萧山临浦乾元电灯公司 150 马力（110.4 千瓦）旧柴油发电机组。同时，工人们日夜赶工，整改原有低压线路，新架输电线路。翌年 11 月 1 日，发电机组重新发电，沿着一排简陋且不规则的木头电杆，将电传输到了工厂、机关单位和民居之中。

1942 年 6 月，日军大举进攻丽水地区，妄图摧毁浙江省抵抗力量的大后方。碧湖分厂遭到日军破坏，电厂工人们冒着生命危险，紧急修复线路和发电机组，很快就恢复了发电。1944 年 8 月，丽水县城再次沦陷，碧湖分厂彻底停工。

丽水、碧湖、松阳、龙泉 4 个分厂有着亦民亦军的性质，而大港头、小顺的功能则侧重于军用。当时全面抗战形势非常严峻，国民党军队节节败退，前线急需各种武器装备，这对浙江省铁工厂的电力供给提出了很高的要求。大港头、小顺分厂就是在如此紧迫的环境中诞生的。

保驾军需生产

杭州沦陷前夕，国民政府浙江省主席黄绍竑带着庞大的政府机构南撤。撤退的人群中夹杂着一支特殊的队伍，他们就是杭州铁工厂的工人和技术人员。南撤之路，山迢水远，这支队伍押运着各种庞杂的机器，历经千辛万苦，最后到达龙泉溪与松阴溪交汇处、距丽水县城 25 千米的大港头镇。

这里青山如黛，古木萧萧，瓯江如练，渔舟唱晚，宛如一幅没有图轴的水墨山水画。黄绍竑想在大港头办一家抗战的兵工厂，他看中的不是如画的风景，而是这里的交通优势，顺着瓯江向前可达温州，沿着莽莽大山后退可往福建，眼前的大港头就是理想的办厂地点。

地点定下来之后，黄绍竑立即召集相关人员，宣布办厂的决定，取名浙江省建设厅铁工厂。随即成立了董事会，黄绍竑兼任董事长，他举贤不避亲，任命侄子、美国麻省理工博士黄祝民为总工程师兼厂长，撤退出来的各厂厂长任董事。镇里的天后宫、普昌火柴梗片厂成了铁工厂

浙江省铁工厂厂徽

的厂房。不久，省政府又将宁波、温州等地的17家铁工厂迁入大港头工厂。

1938年4月，抗战形势急剧变化，黄绍竑洞若观火，敏锐地把铁工厂从大港头后撤到更加易守难攻、水陆交通依旧便利的云和县小顺村，改名为浙江省铁工厂，简称"浙铁"。从杭州、宁波、温州到大港头，再从大港头到小顺，短短5个月时间，铁工厂三易厂址，步步"后退"！

如果说黄祝民是黄绍竑的左膀，那么赵曾珏就是他的右臂，有了两位毕业于世界名校的海归作为得力助手，大后方的工业生产日见起色。而两大海归奇才的强强联手，更是将"浙铁"推向了一个新高度。

1938年10月，按照黄绍竑的指令，赵曾珏着手兴建浙东电力厂小顺分厂，厂址就位于"浙铁"后面，厂区占地面积1300多平方米，厂房面积80平方米。赵曾珏带领技术人员日夜赶工，安装了1套40马力（29.44千瓦）柴油发电机组，赶在1939年1月1日竣工发电。小顺分厂白天为"浙铁"供电，夜间为工厂和小顺居民提供照明。在小顺分厂的电力驱使下，"浙铁"开足马力，工人们日夜两班，轮流倒班，工作十分辛苦，制造的枪炮弹药源源不断地送往前线。

有了电力保障，"浙铁"迅速发展壮大，工人从一千多人发展到四千多人，机器从二三十台增加到一千多台，相继建成四个分厂，一厂设在小顺，也叫总厂，主要生产步枪。黄绍竑替铁工厂生产的枪支取了一个统一的意味深长的姓名——七七式。"七七"，那是中国抗战的开始，也是所有中国人内心抹不去的伤口。他希望铁工厂生产更多的枪支弹药，希望更多的中国士兵能够举着铁工厂生产的七七式步枪，用枪膛里的怒吼，有力地还击日本

浙江省铁工厂小顺分厂生产车间

鬼子。二厂设在坛头嘴，主要生产轻机枪。起初造的机枪不仅模样难看，而且不能连发，准星常常跑偏，经过一段时间的反复试验和改良，这些技术难题得以一一解决。三厂设在玉溪，主要生产子弹、手榴弹和炸药。四厂设在大港头，主要生产机床和其他通用机械，担负新设计武器的试制任务。

随着"浙铁"的扩张，电力供应又变得捉襟见肘。在小顺分厂发电一个多月后，浙东电力厂又马不停蹄地在河边村兴建大港头分厂，厂房租用河边村的王家祠堂，装36马力（26.496千瓦）14千瓦旧柴油发电机组1套，于同年4月1日建成发电。

"浙铁"是当时东南地区最大军工企业之一，每月生产1000多支步枪、50多挺轻机枪，6万多颗手榴弹、枪榴弹，不仅武装了浙江省抗日自卫团共21个团2万余人，满足了浙江省的抗战需要，而且外销到了安徽、福建、广东、广西、贵州、甘肃等地，为全国抗战立下卓著的战功。而浙东电力厂小顺分厂、大港头分厂，更是为"浙铁"的发展壮大，为抗战的最后胜利立下了汗马功劳！

浙东电力厂大港头分厂旧址

毋庸置疑，"浙铁"是浙江抗战大后方最重要的政治、经济堡垒，这里拥有一支庞大的产业工人，他们是浙江抗战的新生力量，是共产党必须争取的对象。

1939年4月2日，"浙铁"迎来了历史性的一刻。正在视察东南抗日前哨的周恩来，以国民政府军事委员会政治部副部长的身份，从金华来到小顺，当晚下榻黄绍竑公馆。这一夜，周恩来与黄绍竑促膝长谈，向他进一步阐明我党抗日民族统一战线的政策和原则，双方初步达成了共同抗战的意见，为浙江省抗日民族统一战线的形成奠定了基础。

第二天早上，在黄绍竑的陪同下，周恩来视察了小顺一厂，并向1000多名工人发表了《抗战形势和任务》的演讲，盛赞工人阶级"顶天立地"。演讲历时两个多小时，当他慷慨激昂时，便会有力地挥动右手，每一次挥手，都会迎来暴风雨般的掌声。

秦香庙——1939 年 4 月 2 日，周恩来在浙江省铁工厂演讲所在地

　　星星之火，可以燎原。在周恩来视察"浙铁"一个月后，小顺一厂诞生了第一个党支部。随着党员队伍的不断扩大，一厂按生产车间成立了机（车）工支部、铸锻支部、钳工支部三个党支部，电厂的工人也随即加入了党组织。到了 1940 年年底，"浙铁"共发展党员六十多人。革命的种子深深地埋进了"浙铁"！

山河都记得

　　1942 年 5 月，日军发动"浙赣会战"。6 月 24 日，日军攻陷丽水，把进攻的矛头直指"浙铁"和临时省会云和。为保证"浙铁"的正常生产，黄绍竑决定，除生产通用机械的大港头四厂留守外，将制造兵器的三个分厂迁往远离战火的福建南平。

"浙铁"刚走，日军的飞机后脚就到，对大港头、小顺进行了狂轰滥炸。浙东电力厂大港头分厂发电设备受损，但很快得到了修复，继续发电，直到1944年4月10日停业，历时5年之久。小顺分厂没有那么幸运，发电、供电等设备悉数被毁。从1939年1月1日到1942年7月初，运转了3年零6个月的小顺分厂被迫停止了发电。1942年7月31日，松阳分厂被入侵的日寇焚毁。龙泉分厂则幸运许多，躲过了战火的蹂躏，奇迹般地生存了下来。

在战火中催生的浙东电力厂以及为抗战而建的太平汛、瓦窑等水电厂们撑起筋骨，它们点起的虽然只是一片微光，却释放出耀眼的光芒，照亮了抗战中的丽水地区，驱散了时代的黑暗，谱写了一曲血与火的光明战歌。

与此同时，浙东电力厂对丽水地区的影响，不仅限于电力供应与生产，它对丽水地区电网的形成也奠定了重要基础。

1938年，随着丽水地区浙东电力厂各个分厂的建成发电，形成了丽水城区、碧湖镇和大港头3个独立供电区。浙东电力厂丽水分厂架设自城内至溪口长1.5千米的2.3千伏高压输电线路，是丽水地区第一次出现2.3千伏高压线路。丽水城区供电网通过这条2.3千伏线路向西郊溪口一带送电，宣告了丽水城区有高压电网的历史开始。

这段动人心魄的历史成了电力人的永久记忆。它改变了这块土地在浙江版图上的成色，改变了电力的基因，让这块壮丽的山河，除了有着浙西南革命底色之外，还有了抵御外辱的民族精神，也为电力人塑造了钢铁的气质。

云和小顺浙江省铁工总厂遗址

迈步丽水大好山河，看山下灯市如昼，川流喧哗依然。那个年代虽已走远，故事并没有消亡：敌机在空中盘旋，炮声在身边炸响，电灯发出时明时暗的光芒，发电机组燃起火光，输电线路摇摇欲坠，电力抢修队伍随时准备从隐蔽地点出发。他们双拳紧握，满身灰尘，目光却无比坚毅，他们时刻准备着，让丽水再次点亮……

03 太平汛到瓦窑，开启浙江水电之先河

1942年6月之前，抗日烽火正在华东、华中等城市四处蔓延时，位于浙江大西南的丽水地区，由于地势偏远，除了日机的轰炸侵扰之外，暂未受到大规模的战火波及，赢得了宝贵的四五年发展时间。同时，丽水地区的水力发电资源也得到了开发利用，太平汛、瓦窑、龙潭等多座水电站应运而生。

受命于危难之时的太平汛电站

说起浙江省第一座水电站，很少有人知道它诞生在何时，位于什么地方，叫什么名字。

这一切，要从全面抗战时期的1938年8月说起，浙江省政府建设厅在丽水县（今莲都区）太平区建立了太平实验区。实验区由浙江省乡村工业实验所管理，以"建设新农村、为建立抗日游击根据地打好基础"为目标，实验区20多名技术员在太平区所在地太平殿垦荒，种植苞萝、油桐、油茶、茶叶等经济作物，并动员600多名当地农民参加了开荒合作社，开垦出6.66平方千米的荒山。随着生产规模的不断扩大，实验区开办了桐油公司，下设榨油厂和织布厂，两家工厂既收购各乡村开荒所

产的桐籽，也收购各村出产的棉花、苎麻，通过开展生产，解决难民的劳动就业问题，还为抗战筹集了资金。为了提升榨油厂和织布厂的工作效率，建设厅决定在实验区建造太平汛水电站。

经过技术人员精挑细选，太平汛水电站选址于一处土名叫桐树岗下的地方，此地位于瓯江中游一级支流太平港边，电站于1940年开工建设。电站拦河堰由石块砌成，坝高1.5米，引水渠长500米，水头高2.9米，引太平港的径流入站发电，平均流量每秒0.65立方米，闸门用螺旋杆操纵。电站安装了16英寸直立推进式14千瓦水力发电机1台，19马

1941年冬，浙江省第一座水电站太平汛电站建成发电

力水轮机 1 台，于 1941 年 12 月建成发电。难能可贵的是，太平汛水电站从设计到施工，全是由中国人自己完成，在极端困难的抗战时期，这是一件非常让人自豪的事情。它还有一个更重要的身份——这是浙江省乃至华东第一座水力发电站。

太平乡一些年纪大的老人对太平汛水电站发电的事仍记忆犹新，第一次看到发电设备和碾米、榨油的机器都觉得很新奇。据当地一位九旬老人回忆："只要一合上闸刀，机器就开起来了，把稻谷倒进去，另一边就出来米了，榨油机也可以用了。"太平汛水电站发电后主要用于当地生产，多余的电还点亮了村里的电灯。

太平，这是多灾多难的先人对太平盛世的渴望和安居乐业的渴求，但是美好的愿望往往被残酷的现实击破。以太平命名的太平汛水电站，运行了不到一年就停运了。它诞生于战乱，也止于战乱。1942 年 6 月，日军攻入丽水，为防止太平汛水电站被日军所获，技术人员只得忍痛拆除了电站的机器设备。

太平汛水电站虽然存在时间不长，但是意义重大，它的建成投运不仅开了全省小水电发电之先河，也对丽水地区小水电的蓬勃发展起到了示范和带动作用。

为临时省会供电的瓦窑水电厂

随着战事吃紧，1942 年 5 月，浙江省政府迁至松阳县，很快又迁往云和县，诸多政府机关和后撤的工厂驻扎在云和县的城乡。本来只有几千人口的云和县城，成为浙江省的临时省会后，顿时熙熙攘攘，俨然成为浙江抗战大后方。

机关、工厂密集，人口骤增，生产生活用电成了当时必须从速解决的一个问题。当时因为战事影响，煤油、汽油、柴油供应十分紧张，没有燃料搞火电发电的话，唯一的办法就是办水电。幸好，云和县有着优越的水电条件，浮云溪、雾溪等溪流流经云和县城，而省政府机关随行人员中有许多水工、机械和电气方面的工程技术人员，瓦窑水电厂的诞生可谓是水到渠成。

瓦窑水电厂位于县城 1 千米开外的瓦窑村。开工之前，云和县城曾建有一座水电厂，名为云和水电厂。当时云和县城区依山兴建了名为惠云源的农田水利工程，在瓦窑村有一处跌水，正好用来修建了云和水电厂。瓦窑水电厂兴建时，利用了云和水电厂原有的水渠进行集水，取水则来自云和浮云溪上游及其另一支流雾溪，顺流而下，在村头、河上两地分别建印度式砌石坝拦水入渠，坝高 1 米，坝址以上总集雨面积 100 平方千米。渠道经村头、沙溪、隔溪寮等村，穿过雾溪，再经河上村到瓦窑水电厂。

瓦窑发电厂水库遗址

以往只能用作农田水利的沟渠，如今建设成为水电站，云和丰富的水力资源得到了释放。时任浙江省主席黄绍竑非常重视瓦窑水电厂的工程建设，专门请来了他的得力干将黄渭川来主持建造。黄渭川杰出的才华不止限于水利工程建设，还精通密码学等，深受黄绍竑信任。1943年4月，瓦窑水电厂开始建设，翌年1月1日建成发电。电厂设计水头8米，流量每秒0.8立方米，装40千瓦水轮发电机一套，水轮机由浙江省铁工厂特制并安装，配有一台美国制造的40千瓦发电机，这是当时浙江省境内容量最大的一座水电厂。水电厂以2回2.3千伏输电线路向县城供电，从此云和小盆地一到夜晚，万家灯火，夜市如昼。机关职工、工厂工人和当地村民晚上纷纷出来活动，被人们称为战时的"小杭州"。

瓦窑水电厂不只是建设技术先进，还实行标准企业化管理，其管理制度相当严格。电厂负责人由县里有德行、有名望的乡贤兼职，不列入

瓦窑水电厂旧址

编制。初时管理工人 7 人，由电厂发给现金或实物工资。2 名水路工专司巡视检查渠道通水情况及清理污物。每晚发电之前，到上塘启闸放水，停电之后，立即关闸蓄水，风雨无阻，这是保障水电厂安全运行不可或缺的步骤。2 名机组运行工发电时坐在操作台前，不能离开一步，严密监视仪表，及时调整水机开度及励磁电流，保证电压、周波稳定在规定范围内。2 名线路工负责厂内外电气线路的安装修理，随叫随到，保证质量，及时完成，不得有误。1 名会计员，按章收取电费及其他会计业务。电费实行包干制，15 支光（即 15 瓦。支光为瓦的旧称）每盏每月 1.30元，与点煤油费用不相上下。到 1947 年时，由于物价飞涨，纸币贬值，改收稻谷每月 7 斤，电费月结月清，如有拖欠，立即停止供电。由于有了稳定充足的电力供应，当地碾米、锯板、机械加工和维修等小工业得以逐步发展。电厂实行 24 小时或 18 小时供电。部分用户改用电表制，每度 0.35 元，比包灯合算，也较为合理。

更让人称奇的是，瓦窑水电厂工程除了发电为主，还兼有灌溉农田、养鱼、以尾水碾米之用，实属一举多得。电厂引水渠流经沙溪、河上、垟畈、瓦窑、古竹、小徐等处，沿途灌溉农田 2000 多亩。由于水流充足，农田旱涝保收；而带来的大量泥浆，放淤农田，将这些地区原来土层薄、沙性重的贫瘠农田，逐步改造成肥沃的良田，粮食产量大幅度提高。同时，利用发电后放出的尾水建造"改良水碓"一座，不花分文动力成本，供当地人们碾米、磨麦、锯板之用。又在精心设计的调节水池（上塘）中分成两小两大四个池，以两小池哺养鱼苗，两大池放养成鱼，收到立竿见影之效。由于这条水渠给当地人带来的莫大的实惠，时人称它为"惠云渠"。

电厂投产后，曾进行过多次维修与扩容，成为临时省会稳定的电源供应点。正是在瓦窑水电厂和浙东电力厂的双重作用下，丽水地区的电力建设与应用步入一个高潮期。这在战争硝烟弥漫的年代，显得殊为难得。日本侵略者虽然曾经一度占领过丽水地区的多个县，但始终无法踏进云和，也没有对瓦窑水电厂造成太多破坏。

一直到 1962 年，瓦窑水电厂仍独当一面，为云和县城及郊区的工农业生产与生活照明用电的重要水电厂。1971 年 12 月，瓦窑水电厂停止发电，它的发电历程长达 28 年，是浙江省 1949 年前建成的 7 座水电厂中发电历时较长、作用较显著的一座水电厂。

太平汛水电站，瓦窑水电厂，都不只是一座普通的水电厂那么简单，在那个年代，它们是人们对工业文明的热烈拥抱，是人定胜天的革命乐观精神的象征，是必定战胜敌人、保家卫国的坚强意志。

这些当年鼓舞人心的名字已经沉寂在历史长河中，然而，它们所开启的丽水水电征途没有停歇。截至 2023 年，丽水境内建有 801 座大小水电站，装机容量达到了 282.4 万千瓦。此外，还有光伏电站 76 座，火电站 11 座，风力发电站 2 座。装机总容量共计 449.12 万千瓦，年发电量 88.21 亿千瓦时。丽水的清洁能源装机占比，稳居全省第一。

04 桃山火电厂，激情燃烧的岁月

　　繁华喧闹的城市，鳞次栉比的高楼，霓虹璀璨的山水灯光，让地处浙西南山区的丽水市在黑夜里闪耀。就是在这般繁闹的城市中，在瓯江岸边桃山下，有着这样一处安静、幽然、隐秘之所，那就是始建于1963年的桃山火电厂。从烧炭到燃煤，从柴油机发电到汽轮机发电，从158千瓦跃升至4000千瓦……桃山火电厂是丽水城区和城郊的唯一输电来

桃山火电厂旧址（摄于1965年）

源，支撑着当时所有工农业生产发展及人民生活用电的需求。格外引人注目的是，这里还保存着 28 栋青砖建筑，作为丽水市区仅存的一处完整的电力工业遗址，留下了一代电力人的奋斗足迹，更承载了一座城市的特殊记忆。

成为骨干力量

20 世纪 60 年代初的中国，正处于激情燃烧的时代。丽水地方工业、农业生产和一批军工企业正在兴建，电力负荷日益增加。

这一时期的丽水县（今莲都区），工业用电猛增 182 千瓦，照明用电增加 83 千瓦，农业排灌用电增长 25 千瓦，用电负荷已远远超过了电厂的供电能力。水电站发电出力微弱，火力电厂较小，民间配备自备发电机作为辅助电源。但全境电压还是普遍偏低，供电不稳，停电时有发生。百姓家中，常备有煤油灯、蜡烛等照明物品，以防突然断电。

仅在 1962 年，丽水因负荷过重，导致停电 36 次，直接造成经济损失 2.16 万元。在那个温饱还没有解决的年代，2.16 万元是个巨大的数字。就在这样的背景下，丽水桃山火电厂的兴建提上了议事议程。

1963 年，浙江省电业管理局上报省人民委员会在丽水电力厂扩建 750 千瓦火力发电厂一座。同年 11 月 4 日，浙江省人民委员会正式下发省计字〔1013〕号文件，批准了丽水桃山火电厂的建设。桃山火电厂的建设由地方政府牵头，成立以丽水县工交局为主的工程办公室，委托浙江省水电设计院设计，由温州建筑公司进行土建施工，设备安装全由浙江省电力安装公司完成。

桃山火电厂的第一期工程，总投资 47 万元。安装设备主要有一套功率为 750 千瓦的旧汽轮发电机组，一个功率为每小时 6.5 吨的蒸汽锅炉，一台容量为 1000 千伏安的主变压器。为什么这里要说"旧"？因为这套汽轮发电机组是从浙江常山县狮子岭电厂无偿调拨过来的设备。

对于此次电厂的建设，丽水政府和浙江省电业管理局都极为重视。对新招募的员工，进行了长达一年的专业培训和电厂实习。这些员工大多为电厂的技术人员，包括电厂的汽机维修工、发电运行工、配电工、锅炉工等。1963 年 12 月，在电厂建设的伊始，技术人员相继送至浙江杭州半山发电厂以及海门电厂，进行专业的培训和学习。

杭州半山发电厂是当时浙江省内较为成熟，且规模较大的火力发电厂之一。它始建于 1959 年，于 1960 年 5 月建成发电。厂中有台极为特殊的发电机组，它是中国第一台自己设计、制造、安装的半露天式双水内轮发电机组，功率达 1.2 万千瓦。

厂区、设备、人员、技术都已到位，1964 年年底，经过一年的建设，桃山火电厂竣工。在经历 72 小时的调试后，桃山火电厂于 1965 年元旦正式投运发电。桃山火电厂的成功投运，大大解决了丽水县用电紧张的局面。

桃山火电厂职工培训留影

37

桃山火电厂建成后，丽水电力厂总厂搬迁至桃山火电厂内，虎啸门电厂停发。而在此之前，丽水电力厂总厂设在丽水虎啸门内，名为虎啸门电厂，大水门、丽阳门电厂为分厂。由于大水门电厂、丽阳门电厂发电量太小，无法满足正常用电需求，丽水电力厂在扩建虎啸门总厂后，两个分厂相继停运。

1952—1964年12月，丽水电力厂是丽水全县唯一的一座发电厂，对丽水工农业生产的恢复、发展起了决定性作用。在桃山火电厂建设之前，丽水电力厂总装机容量为650千瓦，年发电量最大为95.9万千瓦时。1965年，装机容量750千瓦的桃山火电厂建成发电后，丽水虎啸门电厂停发。同时，虎啸门电厂内的三台总装机容量为293千瓦的发电机组作为备用机组。

第一年，桃山火电厂年发电量已达196.79万千瓦时，是1964年的两倍多，到了1967年已稳超四倍。

1968年10月，桃山火电厂二期建成投运。二期的建设规模与一期一致。二期扩建的锅炉设备是从杭州艮山门电厂拆迁而来的，其他所有设备都是由浙江省机电公司供应。这次扩建工程的筹建、设计和安装都是由桃山火电厂自己的工程技术人员自主负责的。只是在安装设备时，邀请了浙江省电力安装公司专家来指导。短短数年里，桃山火电厂员工的技术水平和专业能力有了质的飞跃。

桃山火电厂第三期扩建改造时，主设备由浙江省机电公司供应。但由于主要辅机供应困难，锅炉送风机、引风机、磨煤机等全套辅机设备委托给了丽水县农机厂制造，这些设备的主要零部件全部由桃山火电厂的员工自己组装完成。

在第三期改造时，桃山火电厂人员充分考虑到掺烧地产煤的效能和安全隐患。主动向浙江省电力局（国网浙江省电力有限公司前身）提交申请，将原机械抛煤手翻炉排锅炉，改为竖井式煤粉炉，以提高煤炭燃

桃山火电厂
修理车间

烧的效能和生产工作的安全性。

这次锅炉改造工程，由浙江省电力勘测设计院负责施工设计。但煤粉炉的改造、设计和锅炉辅机的设计和制造全部由桃山火电厂工程技术人员自主完成的。除此之外，桃山火电厂的工程技术人员及机修人员还自主设计、安装了两台柴油发电机组。

三期扩建改造后，桃山火电厂最后装机总容量达 4000 千瓦。不仅稳坐丽水地区最大的火电厂之位，更大大解决了丽水电力的供需问题。在那个水火电并举的年代，桃山火电厂一直处于骨干地位。

点燃激情岁月

在陈宠老先生的回忆里，桃山火电厂内设一个运行班，班里有十几号人。还有值班长一人、锅炉工三人、汽机工三人、配电工两人，煤工两人，然后就是行政管理人员。

　　陈宠，浙江省温州市平阳县顺溪乡人，1961年毕业于南京工学院工业热能学专业。毕业后的他，被分配到浙江省电业管理局（国网浙江省电力有限公司前身）下的电力研究所，从事电力研究试验工作。

　　1964年，陈宠得知正在建设的桃山火电厂急需招募电力技术人才的消息后，主动申请调入桃山火电厂。一因离老家近，二因妻子也在丽水地区的龙泉县。同年5月，陈宠正式调入桃山火电厂。次月，在龙泉卫生所工作的妻子，也来到桃山，就此在丽水安下了家。陈宠的妻子后来也成为桃山火电厂的一员，成为电厂医务室的医师。

　　此时的桃山火电厂，在这位来自省城电力研究所的陈宠眼里，实属太小，厂子小，机组小，远不及杭州。但尽管如此，桃山火电厂在当时已经是丽水最大的火力发电厂了。

　　陈宠到来时，桃山火电厂距离原定计划1965年初竣工投运，只有不到七个月的时间，筹建者感觉到些许的压力。作为技术人员的陈宠，主动申请加入桃山火电厂的建设当中，基建、土建、设备安装，他的身影无处不在。

　　在大家的齐心协力之下，桃山火电厂的建设比原定的时间提前了。

20世纪70年代桃山火电厂职工劳动场景

1965 年元旦，桃山火电厂正式发电，以 10 千伏线路，正式向城镇、碧湖、以及多个较偏远村庄供电。

建设完工后的陈宠，蜕变成为桃山火电厂的一名运行人员。在第三次扩建改造中，他又参与了煤炉改造的设计。从建设，到调试，到运行，再到参与设计，陈宠一人饰演多角，成为一个专业技能熟练且技术过硬的电力技术人才。

早期火力发电工作极为艰苦，所有的工作都只能依靠人工。煤炭需要人工时常翻动，才能保障充分燃效。堆放一旁的煤球堆，也要时刻观察。因为有时候环境温度过高，会导致煤球堆底部自燃，如未及时发现，后果不堪设想。配电间里，运行人员需要日夜坚守，时刻盯着气压表、温度表等各类仪表情况，确保汽轮机的安全运行和电能的稳定。稍有不慎，就有可能造成事故，或是停电。

在当时，桃山火电厂运行班还编排了一台戏，名叫《烈火炼红心》。真实反映发电的艰辛，体现了无数电力人在平凡的岗位默默奉献、坚守使命的工匠精神。

一个时代的印记

1981 年，随着丽水电业局的成立，丽水电网也开始走向新的时代。这一年，丽水 110 千伏衢州沙埠经松阳古市至云和的输变电工程竣工投运，丽水、遂昌、松阳、云和、景宁、缙云等地电网并入浙江电网。同时，丽水农村水电站也并入电网运行。丽水地区的供电可靠性大大提升，电力建设上了一个新台阶。丽水桃山、长濂、重河、河村等火电厂逐步停役，全县电量就开始依靠大电网和小水电。

从 1965 年到 1981 年，丽水桃山火电厂完成了它长达 16 年的历史使命。桃山火电厂停役后，厂内设备被原地封存。1989 年 3 月 9 日，丽水市政府办公室〔1989〕11 号文件下达通知，对桃山火电厂里的发电机组等设备进行出让处理。4 月 26 日，两台 750 千瓦的柴油发电机组以 38 万元转让给了嵊泗县电力公司。5 月 18 日，三台报废的汽轮发电机组以 24 万元出售给了丽水市物资局商场。至此，桃山火电厂正式退出历史舞台。

十六载春秋，在那个水火电并举的电源格局年代，处于骨干地位的桃山火电厂，为丽水县的经济社会发展作出自己的贡献。在历史的浪涛中，它渐渐沉寂，但从未被遗忘，它是丽水电力人内心深处一个深刻、难忘的永久记忆。

05 在变革中前行，丽电走上了振兴之路

　　20 世纪 60 年代中期，随着国民经济的发展，丽水地区的用电设备也在快速增长。1976 年，这是丽水电力发展史一个极为重要的年份。这年 8 月，丽水地区电力调度所（属丽水地区水利局管辖）成立，该所承担丽水县 35 千伏路湾变电所和丽缙线的调度职能，以平衡丽水县电网和缙云县电网的电能。这是丽水地区第一次联网调度，也是丽水地区电网第一次有了初步的统一规划和管理，丽水电网的雏形开始形成。

1976 年 8 月，丽水地区电力调度所成立

从地区电力调度所到地区电力公司

1978 年，改革开放的大幕在中国大地上徐徐拉开。是年 11 月，丽水地区水利电力局上报了一份《1979—1985 年期间的电力系统规划》，其中包含了一份《关于丽水地区电力系统初步设计的报告》。

接到报告后，丽水地委高度重视，经过慎重的调查研究后批准了这份报告。1979 年 9 月 12 日，成立丽水地区电力公司，丽水地委抽调了 1949 年前参加革命的沈夏淳同志担任经理。同时，撤销丽水地区电力调度所。原所内全体人员一同转入丽水地区电力公司。此时的丽水地区电力公司仍属于丽水地区水利电力局管辖，承担着丽水县、缙云县、云和县三地的电网电力调度，管辖丽水地区的电力生产、工程基建和行政管理工作。沈夏淳是浙江省瑞安县人，1927 年出生。其父沈桂青于 1926 年加入中国共产党，1933 年牺牲。受父亲的影响，17 岁的沈夏淳从瑞安中学毕业后，以教师职业为掩护，参加革命工作。1947 年，沈夏淳光荣加入中国共产党。解放战争期间，任中共瑞安县城区支部书记。中华人民共和国成立后，历任瑞安县马屿区区长，城区党支部书记、城区区委宣传委员、永嘉县梧埏区区长、丽水师范学校校长。丽水地区电力公司成立后出任经理，此后一直在电力工作，直到离休。

1980 年 3 月 10 日，丽水地区电力公司党支部向丽水地委组织部上报了一份报告，其中写到"由于地区电力生活的需要，一九七九年九月地委决定撤销调度所，成立地区电力公司，现有职工 51 人，党员 6 名，一个党支部，正副经理 2 人。"从中我们可以明确得知——丽水地区电力公司的前身系 1976 年成立的地区电力调度所。

丽水地区电力公司成立后，公司办公地址选在了丽水灯塔街。公司职能发生了改变，下属的部门配置也相应而变，参照温州、金华等地的模式，建立了二室二科，即办公室、地区电力调度室、生产技术科和电力管理科。其部门负责人都是从全区系统内招募，精挑细选出来的。比如生产技术科的主任，由毕业于天津大学工业企业电气系的陈衡担任。因为电力生产专业的不同，生产技术科副科长设置了两个，一个由毕业于浙江大学电机系的朱锡璋担任，另一个则是由输变电线路工程经验丰富的朱景林担任。电力管理科的科长，由毕业于武汉水电学院的周子敬担任。电力调度至关重要，一个小小的失误，就可能导致大面积停电，

1987 年，丽水电业局调度大楼投入使用

45

2006年，丽水电业局新调度大楼

或是危及电力设备，甚至是人身安全。所以调度室的负责人就需要由拥有多年工作经验，且极为专业的人员担任。在筛选中，毕业于浙江大学电机系的王普松脱颖而出。作为行政管理部门的办公室，则需要由行政管理经验丰富，熟悉电力部门职能的人员来担任。经多方考评，选定了原丽水县电力公司的副经理龚守华担任。

数十年里，肩负着丽水电网调控重任的丽水电力调度控制中心（前身为调度室，后经改革，随着电网发展更名），从当年的调度所一路走来，见证着丽水电网的进步与发展。特别是国家电网公司推行"三集五大"体系以后，"丽水电力调度通信中心"从此更名为"丽水电力调度控制中心"。在承担丽水九个县市区电网调度职能的同时，增加了电力设备集中监控的职能。

电力调度控制中心

从丽水电业局到丽水供电公司

　　1980年8月25日，丽水地区电力公司上报丽地水电党组〔80〕5号文件《关于成立地区电力工业局的报告》。报告中明确提出，丽水地区水、电合并的地区水利电力局已不符合统一归口管理，而且随着电力工业的发展，电力业务日趋繁重，水、电合并的形式已不相适应。特别是11万伏输电线路建成，与大电网联网后，问题更多。为此，经局党组研究，对地区电力机构提出：成立地区电力工业局，归口地区经委。

　　1980年10月10日，丽水地委下发地委〔1980〕50号文件，决定成立丽水地区电力工业局，撤销丽水地区电力公司，任命沈夏淳为局长兼党组书记，宠华民、余炳均为副局长。此时的丽水地区电力工业局不再是单一的生产发电，而是隶属于丽水地区行署的一个管电职能部门，既是电力企业，又是地区管电职能机构。至此，形成了一个清晰的部门职

1980年，丽水
电力工业局成立

能和管理架构。同年 11 月 24 日，中共丽水地区电力工业局党支部成立，杨冠忠担任支部书记，俞爱宝、俞根荣担任委员。

为适应电网发展需求，经电力工业部批准，将丽水地区电力工业局划归浙江省电力工业局管理。1981 年 4 月 1 日，经浙江省电力工业局批准，丽水电业局正式成立，同时撤销丽水地区电力工业局，仍由沈夏淳担任局长，宠华民和余炳均任副局长。同时，任命杨冠忠为办公室主任，石启明为计划财务科科长，陈衡为副总工程师，朱锡璋为生产技术科科长。丽水电业局直属于浙江省电力工业局，是华东电网的一部分，也是丽水地区行署管电的职能部门。此时，公司员工由原来的 51 人增至 150 人。

1981 年，丽水电业局成立，沈夏淳担任局长

1981 年 6 月 12 日，丽水电业局正式启用"中国共产党丽水电业局党组"印章，同时停止使用"中国共产党丽水地区电力工业局党组"印章。1982 年，丽水电业局实行职工代表大会制，并召开首届职工代表大会。不仅如此，还成立了中共丽水电业局委员会和中共丽水电业局纪律检查

委员会。为了进一步理顺管理职能，除了原有的二室二科之外，又成立了多个科室，分工更加明确，管理更加细化。

丽水电业局成立之后，丽水地区各县先后成立了县一级的电力部门：1982 年 1 月，遂昌县电力工业局成立；1982 年 9 月，松阳县供电局成立；1983 年 4 月，丽水县电力工业局成立。1986 年，丽水县撤县设市（县级市），丽水县电力工业局更名为丽水市电力工业局；1984 年 12 月，景宁畲族自治县电力工业局成立；1988 年 4 月，云和县电力工业局成立；1991 年 1 月，龙泉市电力工业局和青田县供电局成立，缙云县供电局于 9 月成立；1992 年 2 月，庆元县供电局成立。随着各县（市）供电部门的纷纷成立，各县市地方政府明确了地方电力部门为县（市）人民政府电力管理职能部门，全面负责地方电力规划、建设和行业管理工作。

1999 年 9 月 20 日，丽水地区行署主持全区趸售县（市）供电企业代管协议签订仪式。受浙江省电力工业局（省电力公司）委托，丽水电业局与龙泉、松阳、缙云、青田、庆元、景宁、云和 7 县（市）人民政府签订代管协议（遂昌县于当月 11 日已在杭州签字）。2000 年，丽水地区撤地设市，与之同时，撤销原县级丽水市，成立莲都区。7 月 14 日，浙江省电力公司撤销丽水市电力工业局，设立莲都供电局，负责莲都区供电管理职能。

随着电力体制改革的持续推进，2013 年，丽水电业局更名为国网浙江省电力有限公司丽水供电公司，简称"国网丽水供电公司"。9 个县（市、区）电力部门由"局"更名为"公司"，成为国家电网公司所属企业。

随着"子公司"改为"分公司"，9 家县级公司也相继更名为国网浙江省电力有限公司丽水市莲都区供电公司、国网浙江省电力有限公司龙泉市供电公司、国网浙江省电力有限公司青田县供电公司、国网浙江省电力有限公司云和县供电公司、国网浙江省电力有限公司庆元县供电公司、国网浙江省电力有限公司缙云县供电公司、国网浙江省电力有限公司遂昌县供电公司、国网浙江省电力有限公司松阳县供电公司、国网浙江省电力有限公司景宁县供电公司。至此，丽水电力的管理体制基本稳定下来。

丽水电力实现由弱变强的蜕变

丽水电业局成立之后的四十余年，无论在电网建设还是能源供给，无论在民生保障还是抢险救灾，电力部门都是冲在最前、勇于担当的急先锋，都是服务大局、一心为民的好集体。一路走来，丽水电力人用拼搏与智慧跨越了一次次挑战，用奋斗与奉献创造了一项项成就。

丽水电网从 20 世纪 80 年代之前的 35 千伏，发展到现在已形成以 1000 千伏为核心、500 千伏为骨干、220 千伏为支撑，110 千伏相配套、中低压配电网相协调的配置优化、装备先进、安全可靠的智能电网。截至 2023 年年底，丽水境内共有变电站 160 座。其中，220 千伏变电站 13 座、110 千伏变电站 56 座、35 千伏变电站 88 座。10 千伏配电变压器 15922 台，10 千伏及以上电力输电线路总长 23403 千米，其长度可绕地球半圈有余。

丽水供电区域 1.73 万平方千米，占浙江省的六分之一。20 世纪 90 年代的丽水电业，进入快速发展的变革时期，丽水逐步实现了乡乡通电、村村通电和户户通电。2002 年，完成两期"农网改造"，相当于再造了一个农村电网，并且打破了电价畸高的困局，实现了 3615 个行政村"同网同价"。到 2022 年年末，丽水供电客户已达 145.7 万户，全社会用电量达 139.08 亿千瓦时。

丽水电网

丽水电力取得了 2008 年抗击百年一遇抗击冰雪灾害的全面胜利，全力以赴完成了"里东""苏村"抢险救灾、G20 杭州峰会、台州"抗台抢险"、杭州亚运会等重大保供电任务。在一次次与自然灾害抗争中，党员干部身先士卒、舍我其谁的担当精神，抢险队员召之即来、来之即战、战之即胜的过硬作风，赢得了丽水老百姓的无数赞扬，得到了省、市、县各级政府的高度肯定。

重温这段旅程，责任与担当赋予每一个丽水电力人正向的力量，这里有奔波在江浙之巅、抗灾保电的无畏，这里有拥抱互联网、绿色能源的自豪，这里有在创新突破中壮大，这里更有用洪荒之力实现"你用电，我用心"承诺的情怀。四十余年的风雨兼程，印证了丽水电力人坚如磐石的初心，也让梦想之光熠熠生辉。

我们相信，当"双碳"目标下以新型电力系统为核心载体的能源互联网企业建设吹响前进的号角时，丽电人将凝结出更强的信念和力量，"跨山越水，向阳力行"，奔向更加美好的明天。

二 跃迁腾飞

06 35千伏金沙变，
丽水电力跃迁的符号

作为丽水地区第一座 35 千伏变电所，金沙变电所在丽水电力发展历史上是一个耀眼而独特的存在。

1967 年 4 月，位于龙泉县城 4 千米的金沙变电所建成投运，1989 年 7 月，金沙变电所撤出运行。在当年"备战、备荒"的思想指导下，金沙变电所从出现至退出，在丽水电力发展史上承担了 22 年的历史使命。正因其不可磨灭的历史地位，每个丽电人回忆起丽水电力发展，都绕不开金沙变电所，回想起金沙变电所往事，作为金沙变电所建设的亲历者，季金宝还原了沉淀岁月尘埃中的个个鲜活场景。

1965 年龙泉县电力总厂成立，季金宝即已投身龙泉电力事业，之后一直深耕其间，直至 1988 年担任龙泉县电力总厂厂长。再后来，1990 年 12 月龙泉撤县建市，1991 年 1 月龙泉市电力工业局成立，季金宝担任首任局长、党委书记。可以说，亲历龙泉电力发展 40 余年的季金宝，堪称龙泉电力"活字典"。更珍贵的是，季金宝在 1993 年还曾主持编撰了《龙泉市电力工业志》（未刊行），记述总结了之前龙泉电力发展的历程，其中包含金沙变电所专题，这部分文字作为一份鲜活的记忆流传了下来。

符号的孕育

1963年5月9日，为了浙西南山区林业发展和"三线"建设需要，经国务院批准，中共浙江省委和省人委决定恢复丽水专区。1965年6月，根据"战备"的需要，龙泉被列为"浙江省国防小三线建设县"（对外统称山区建设）。龙泉县成立了山区建设领导小组，下设山区建设办公室，县委常委田有琪、郭文隆先后担任领导小组组长。为了确保红旗机械厂、东风机械厂、浙江木材厂、新窑化工厂、小梅拖拉机厂等国防三线工厂的用电，浙江省水电勘测设计院也建立了"三线"领导小组，迅速组织力量进行勘察规划。

经批准，确定在龙泉县建设十座规模不等的水电站，分别是马蹄岙水电站（5000千瓦）、大白岸水电站（1890千瓦）、大白岸二级水电站（320千瓦）、庆元水电站（200千瓦）、蓬桥水电站（400千瓦）、宫头水电站（200千瓦）、庙下水电站（200千瓦）、剑湖水电站（250千瓦）、溪口水电站（200千瓦）、木岱口水电站（175千瓦），总装机8835千瓦。全部投资由浙江省水利厅从水利投资中拨款。大白岸水电站由浙江省水电勘测设计院设计，浙江省水电工程局三处施工；马蹄岙水电站由浙江省水电勘测设计院设计，浙江省水电工程局四处施工。其余8座水电站均由龙泉县水利部门负责设计。龙泉县委抽调了一批科局领导担任电站建设的负责人，调集全县水电技术骨干力量，全力以赴参加建设。经过各方努力，大白岸一级、宫头、剑湖、蓬桥、庆元等5座电站于1967年前后建成投产，其余5座电站在1970年前后陆续建成投产，谱写了龙泉县（庆元、龙泉当时并县）历史以来水电建设的新篇章。

就是在这样的大背景下，金沙变电所应运而生，最初的起因是把大白岸电站电能送至负荷中心县城，为当时"三线"军工等企业尤其是红旗机械、东风机械、浙江木材三厂生产用电提供可靠电源。

金沙的诞生

金沙变电所（代号035变电所）位于龙泉县城南金沙，交通便利。1965年5月开始筹备，根据中央确定"靠山、隐蔽、分散"的"三线"建设方针，所址选择四面环山，地形隐蔽。1966年6月动工兴建，由浙江省水利电力勘测设计院设计，浙江省水利电力安装大队安装，土建工程由浙建二公司施工，所区占地面积为1786.52平方米，为考虑主厂房的隐蔽缩小空袭目标，设计成一幢民间仿古庭园式建筑。建筑面积395平方米，由浙江省财政拨款，土建部分投资为3.77万元，电气部分投资为10.38万元。但在建设这项工程之初，也是困难重重。"技术"就是一个摆在龙泉电力人面前无法回避的难题。我们从来没有接触过高电压，一点技术都没有，想要建设这项工程，对我们来说，非常困难，还好省里派了支队伍来。1966年底，为了解决技术难题，上级部门集结杭州、湖州、宁波、温州等地各方面技术人员，派至龙泉开展建设工作。经过各地技术人员的共同努力，1967年4月顺利建成投产。

丽水地区首座 35 千伏变电所——龙泉金沙变电站旧址

因为将大白岸电站电能送至负荷中心县城，是金沙变电所筹建的直接动因，季金宝又介绍了该电站及大白岸—龙泉输电线路。大白岸一级水电站位于道太乡境内，建在龙泉溪支流白雁溪（雁川溪）上，距城区 25 千米。电站设计水头 27.4 米，发电流量 9.0 立方米 / 秒，装机 3×630 千瓦（可装 4 台，空 1 台待装），保证出力 450 千瓦。多年平均年发电量 813 万千瓦时，年利用小时 4301 时。工程自 1965 年 8 月筹建，1967 年 3 月建成发电，总投资 555.6 万元，全部由国家拨款。电站枢纽主要建筑物有拦河坝、发电输水隧洞、压力管道、发电厂房、升压站等。1984 年 12 月至 1986 年 11 月，又投资了 279 万元实施了改建工程。改建后电站设计水头 24 米，流量 11.2 立方米 / 秒，装机 2×1250 千瓦，保证出力 380 千瓦，多年平均年发电量 783 万千瓦时，年利用小时 3132 时。大白岸二级水电站建闸拦蓄大白岸一级电站尾水，开渠道 5000 米，设计水头 9.2

米，流量 6 立方米／秒，装机 320 千瓦，多年平均年发电量 86.49 万千瓦时，工程自 1967 年开工建设，于 1969 年建成发电。因紧水滩电站建设被水库淹没，1984 年报废。1966 年 11 月，与大白岸水电站同步兴建大龙线。该线起自大白岸电站，止于龙泉金沙变电所，全长 14.88 千米，线路由浙江省水利水电勘测设计院设计，浙江省水利电力安装公司施工。导线为截面 35 平方毫米的钢芯铝绞线，地线为截面 25 平方毫米的钢绞线；全线立水泥电杆 59 基。95% 以上线路架设在高山峻岭上，最大跨度526 米，每千米造价 9724 元。1967 年 4 月 15 日建成投运。

步入新时代的第一步

　　金沙变电所安装主变压器 1 台，容量 2400 千伏安，电压等级为35/10 千伏。35 千伏进线 1 回，10 千伏出线 3 回。分别到红旗机械厂、东风机械厂、浙江木材厂，所用变压器采用容量 20 千伏安 1 台，装在成套开关柜内。该所直属龙泉电力公司管理，1970 年 6 月以前，金沙变电所建制为每班运行工 2 人兼管调度任务；1971 年以后，调度和运行分开为二套班子建制，每班运行工 2 人，调度员 1 人合并分管值班；1985 年12 月调度室从金沙变电所迁出，1988 年金沙变电所有运行工 10 人，最高安全运行纪录为 1985 年 360 天，曾先后 3 次被评为厂级先进集体。

　　金沙变电所作用与意义何在？季金宝评价，该变电所是丽水地区第一座 35 千伏变电所，大白岸水电站至金沙线路（大龙线）是丽水地区第一条 35 千伏输电线路，其最为直接的作用当然是确保东风机械厂、红旗机械厂和浙江木材厂等军工企业的用电。

变电所工作人员在巡视

金沙变电所作用与意义不仅于此，对于龙泉电网发展来说，具有里程碑式的意义。它是自 1926 年 4 月龙泉普耀电灯公司开始在县城低压供电以来，龙泉出现的第一个 35 千伏电网，自此龙泉县境内拥有独立运行的电网，用电向普通百姓逐步普及。之后至 1988 年 10 月，全县已建成 35 千伏变电所 6 座，总容量 15670 千伏安。有用户变压器 583 台，容量 36455 千伏安，形成一个布局合理、网络与电源和用电负荷相配套，以小水电为主的发、供、用统一调度、统一管理的县电网。

对于丽水而言，金沙变电所是丽水电力跃迁的一个鲜明符号，标志着丽水地区自 1920 年，丽水县城建成全区第一条 220 伏配电线路以来首次出现 35 千伏网络。之后的 1970 年代，除青田县外，各县大力发展 35 千伏网络。1971 年 35 千伏溪遂、永壶输变电工程先后投产，遂昌县电网与浙西电网相联，缙云壶镇电网与金华电网相接。1973 年建成新龙输变电工程，庆元与龙泉联网。1975 年 35 千伏缙丽输变电工程投运后，缙云、丽水两县联网，1979 年 35 千伏云丽线投产，云和、丽水、缙云 3 县并网运行。

至此，全区 35 千伏网络形成 3 片，云和、丽水、缙云 3 县一片；龙泉、庆元两县一片；遂昌县一片。当年末，全区有 35 千伏变电所 14 座，变电总容量 5.31 万千伏安，35 千伏输电线路 326 千米。

1973 年马蹄岙电站投产（1974 年划庆元县），由新窑变电所向龙泉地区供电，因此 1973 年下半年对金沙变电所进行了增容改造，调换主变压器 1 台，容量 3200 千伏安；将原主变压器 1 台容量 2400 千伏安调新窑变电所，将新窑变电所 1 台容量 1800 千伏安主变压器调金沙变电所，金沙变电所总容量为 5000 千伏安，35 千伏分别由大白岸电站、新窑变电

1973 年，35 千伏新龙线并入龙泉县电网运行

所进线各 1 回，10 千伏出线增至 7 回，分别到浙江木材厂、红旗机械厂、二〇九矿、城镇、东风机械、水南、大沙电灌。35 千伏油开关由室内移至室外，并增加 35 千伏油开关 2 台。

马蹄呑水电站位于庆元县屏都镇菊水村下游的峡谷中，距龙泉城区约 76 千米。坝址以上流域面积 738 平方千米，多年平均流量 15.6 立方米 / 秒，总库容 539 万立方米，增容后装机容量 6800 千瓦，设计多年平均年发电量 2966 万千瓦时。枢纽主要建筑物有拦河坝、发电引水隧洞、发电厂房、升压站、生活区及上坝公路等。为了战备需要，厂房型式采用地下厂房。1966 年 8 月开始动工兴建，1967 年底到 1969 年 11 月工程曾几度停顿。1970 年 8 月大坝蓄水，1971 年基本建成，1972 年 4 月正式投产发电。

马蹄呑水电站投产后，电能除满足庆元外尚有剩余，为此架设新龙线送电至龙泉。该线起自庆元新窑变电所，经小梅至龙泉金沙变电所，全长 53.49 千米，由浙江省水利水电勘测设计院设计，浙江省电力安装公司送电工程队施工。全线立水泥电杆 201 基。新窑至小梅段，导线为截面 50 平方毫米的钢芯铝绞线，地线为截面 25 平方毫米的钢绞线；小梅至龙泉段，导线为截面 70 平方毫米的钢芯铝绞线，地线为截面 35 平方毫米的钢绞线，沿线地形复杂，90% 以上架设在高山大岭上，1973 年 1 月 3 日投运，总投资 50.5 万元。

完成了历史使命

1982 年 7 月，大赛电站建成投产，35 千伏进线因金沙变电所无备用间隔，接于大龙线；1982 年 2 月，35 千伏八都变电所投产，龙都线接于梅龙线。1985 年 12 月，110 千伏龙泉变电所投产，35 千伏龙都线移接龙泉变电所,金沙变电所 10 千伏出线解除 5 回,移接 110 千伏龙泉变电所;1987 年 10 月,35 千伏梅龙线亦移接 110 千伏龙泉变电所,35 千伏赛龙线直接接入金沙变电所,金沙变电所 35 千伏进线 2 回,分别为大龙线、赛龙线;1988 年金沙变电所 10 千伏出线余留 3 回,分别到城镇、浙江木材、大沙电灌,同时设置金沙变电所与 110 千伏龙泉变电所 10 千伏联络线 1 回。1989 年 7 月,35 千伏龙泉城镇变电所建成投运后,金沙变电所进出线均改接入城镇变电所运行。至此,金沙变电所退出运行。

悠悠岁月,往事如烟。时至今日,金沙变电所旧址,绿树依旧掩映仿古庭园,透露经年的气息,电力塔依旧矗立,留下一个时代印记。

07 从110千伏到220千伏，丽水电网的升级之路

20世纪70年代形成了各片区联网的丽水电网，从改革开放初期的80年代开始摸索，逐步形成了以110千伏、35千伏和10千伏为主的三级供电体系，及至第一座110千伏、220千伏变电站陆续投运与浙江电网并网，再到2020年丽水市最后一个220千伏变电站告别"单线单变"，丽水电网经历了由小到大、由弱到强快速发展的电网发展时期。方向决定道路，道路决定命运。自改革开放以来，丽水电力人充分利用先进电力技术，发挥吃苦耐劳的钻研精神，并将其影响力作用于丽水电网建设乃至城市发展。

丽水电网发展的第一座里程碑

如果改变观察电网发展的方式，具体来说，就是通过将注意力集中在面前这份1990年丽水地区电网地理接线示意图——红色的220千伏变电所（丽水变电站）及红色220千伏线路，4座蓝色的110千伏变电站（古市变电站、龙泉变电站、云和变电站和温溪变电站）及110千伏蓝色线路，黑色的35千伏变电站及线路若干的接线图——来观察丽水变化的方式。这种转变强调了从10千伏、35千伏向110千伏、220千

伏升级的过程，其中产生的许多趋势和走向决定了丽水电网建设的发展轨迹。

中国开始有电后，因电力供应有限，全国上下主要集中于大中城市，小城市甚至是广大农村地区一入夜仍深陷于黑暗。丽水有电后，经过八年抗战和解放战争，丽水电力经历了缓慢的发展过程。得益于丽水高山耸立的地质地貌与亚热带季风气候，小水电资源十分丰富，20 世纪六七十年代通过政府与广大民众的不懈努力，小水电渐渐点亮了农村。80 年代改革开放初期，百废待兴，各行各业一派生机勃勃的景象，电网建设亦不例外，是社会发展的先行官。这从中央至地方对电力发展的重视可见一斑。

古市变电所的故事还要回到 20 世纪 60 年代，当时电力工业在经历了几十年的艰苦创业后已经发展了一定规模，然而此时丽水地区的电网条件落后，供电范围狭小、电压低、电力供应不足等问题极为突出，无法满足当地的用电需求，时常出现断电、电压不稳定等问题。为了改善电力供应条件，政府决定进行电力改造，引进先进技术，兴建新的电力设施，先后投资兴建了多个项目，增加了输电线路和变电容量，提高了电网的供电能力。20 世纪 70 年代，开始筹划建造古市变电所，这是一项庞大的工程，需要前期勘察、设计等多项工作。直至 20 世纪 70 年代末 80 年代初，作为丽水地区第一条 110 千伏输电线路——衢遂紧输变电工程的一个建设项目，得到了充分的支持和资金保障，古市变电站也逐步成型。

古市变电站之所以能被形势与事件的共同作用推到历史的聚光灯下，离不开浙西南电力系统建设涌现出的一批优秀典型人物。这些电力建设探索者孜孜不倦地研究专研各项电力技术，不断精通电力工程的各个环节，对于如何设计一座高效率和节能的变电站有深刻的认识。他们对古市变电站的方案设计和实施方案，提出了许多高水平的建议和意见，为古市变电站的建设起到了至关重要的推动作用。建设过程中，在建材、人员、设备等方面都存在较大瓶颈的情况下，众人齐心协力克服了很多困难，有条不紊地完成了设计、建设和调试等工作。古市变电站于1981年竣工投产，是丽水地区供电的重要枢纽，主要担负遂昌、松阳两县的供电任务，并在丰水期把两县多余的小水电电能送入浙江电网。

经过几十年的发展，古市变电站一直稳定运行。随着电力需求的增长和电力技术发展，电压等级也逐渐提高，古市变电站也在不断加强自身建设和管理，积极推进技术创新和应用。2020年5月，古市变电站技

1981年6月，丽水第一座110千伏变电站——古市变电站投运

术改造工程如期开工。这一工程，创造性开展了"临时保供电主变压器35千伏移动式开关柜对负荷进行保供电"，利用古市变电站原2号主变压器配套35千伏移动式开关柜对站内35千伏及10千伏出线负荷进行转供，为主体工程的顺利实施争取了充足的施工窗口，保证了现场停电施工的安全，又避免了因工程施工停电对古市区域电网供电可靠性的影响。同时，优化调整110千伏电气主接线形式，由原单母线闸刀分段带旁路接线改成了单母线分段，提高运行方式的灵活性和可靠性。将变电站内近200根超40年水泥杆更换为钢管杆，对站内老旧的主变压器、断路器、闸刀、电流互感器、电压互感器和线路测控、保护及其他一二次设备进行了更新换代，切实提升了设备安全。其中，技改主体工程积极开展首台首套设备应用，创新主变压器直流偏磁下过载能力提升研究及丽水电网首套接地综合保护系统选线装置应用，为提高变压器过载能力提供科学依据，提高了低压故障线路选线准确率。同步完成部分保护和自动化装置改造，完成两组接地综合保护系统选线装置安装，以及全所环境整治等一系列配套工程。

2021年1月26日，随着1号主变压器冲击及带负荷试验完成，110千伏古市变电站技术改造主体工程顺利投产，这座丽水电网历史上首座110千伏变电站完成了华丽蜕变，继续为丽水市及周边地区提供稳定的电力供应服务，在松古平原上焕发出正茂风华。

架设起中国式农村电气化的闪耀银线

在业已泛黄的丽电业〔1984〕111号文——《关于下半年我区输变电工程建设安排意见》中，有这样一条信息："为了积极支持我区小水电的开发和利用，加快全区电力事业的快速发展，以适应工农业生产发展和国民经济建设需要……"这一历史背景被镌刻进了电力档案，当年重点建设110千伏紧龙线和龙泉变电站。工程已是后话，沿这条历史线索，似乎可以把脉到其时举国上下大兴小水电的风潮。

改革开放初期，电力建设主要集中在大中城市及其周边地区，无法满足广大农村发展生产和农民群众改善生活的需求，大部分农村地区还处在无电状态。1982年，随着"自建、自管、自用"和"以电养电"等政策的实施，国家通过政策支持和财政补助，鼓励地方政府和当地农民自力更生兴办小水电，调动了地方和群众办电积极性。丽水地区电力建设亦开始走多家办电、集资办电的新路子。毋庸置疑，这是一件好事。在山高林密的浙西南农村山区，小水电既可以满足农村基本照明需求，又可以满足地方农业生产的需要。一时间，小水电如雨后春笋般出现，比如县办的庆元兰溪桥、青田金坑、龙泉瑞垟电站，中央与县合办的上标水电站，省、县合办的成屏一级水电站，政府与村民合办的缙云好溪、盘溪六级水电站，村民独家创办、联户合办的微型水电站等，发电能力增加40余万千瓦，是前50年建设总和的四倍多。

通过发展小水电点亮农村，但建好了小水电之后呢？其时，中央提出了"中国式的农村基本上电气化"的口号，在了解了小水电确有丰水季和枯水季，而且小水电资源确实有限，"依靠小水电实现电气化，在大多数县都达不到这个目标"之后，中央提出100个中国式的农村电气化试点县建设。由此，自 1983 年起，丽水、浙江乃至整个中国的小水电迎来了黄金年代，开创了建设中国特色农村电气化道路，丽水电网也迎来了第一班快速发展的高速列车。

在全国首批 100 个农村电气化试点县名单上，水力资源丰富的丽水地区就有四个，其中就包括龙泉县。正是这样的历史背景下，110 千伏紧水滩—龙泉输变电工程应运而生。

当时，丽水电网只有遂昌（含松阳）、云和（含景宁）、丽水等县电网并入浙江电网，龙泉县仍是以小水电为主的独立小电网。长期靠当地 500 千瓦以下的小型、微型电站自发自供，供电可靠性差，枯水期缺电严重，而当时工农业发展较快，用电量不断增加，供需矛盾突出。作为全国首批 100 个农村电气化试点县之一，龙泉县人均拥有电量仅 78 千瓦时，距农村电气化县人均 200 千瓦时以上的要求甚远。

1985 年 12 月，110 千伏龙泉输变电工程投入运行

这时，有一笔紧水滩水库淹没大白岸电站的 750 万元退配费用，产生了一场"办电"与"买电"的辩论。主张"办电"的认为，为有效解决电源问题，达到试点县建设目标，关键是建设瑞垟电站。但向大电网"买电"的声音认为，龙泉小水电已经建了不少，可丰水期一来，没有网架送不出电，枯水期要用电又没处"进"。两种声音均不无道理。当然，这场辩论结局，最终退配费用于建电站，等于在决策上首先拿到了电气化试点县的入场券。

后面就是前文提到的丽电业〔1984〕111 号文的故事了。1984 年，经浙江省电力工业局批准，浙电计〔1984〕20 号文《关于下达 1984 年部属大中型电力基本建设计划的通知》下达了建设任务，兴建 110 千伏紧龙线和龙泉变电站。工程一经批复，丽水电业局立马将之列入 1984 年重点基建项目，并确定该项目为第一个自行设计、安装的 110 千伏输变电工程。时任设计室主任的应巧娜，负责这个工程线路和变电站电气部分的设计工作，根据要求 8 月底前完成施工图设计任务。也就是说，留给设计室的时间仅 5 个月，压力可想而知。

困难的另一面是挑战。冷静下来的应巧娜全面评估任务，从变电、线路专业各抽调 1 名技术人员充实设计力量后，制订并落实工作计划，按质、按量、按时推动设计任务。一波年轻人，每天像在打仗，一双双手不停地查手册，翻阅参考资料，再画出一张张图纸，最后交由应巧娜审核把关。终于，应巧娜的团队如期完成 110 千伏紧龙输变电工程的施工图设计，即使在今天看来，仍是一件非常不易的事。

110 千伏紧龙输变电工程于 1984 年 9 月 18 日动工，全长 48.3 千米，全线立铁塔 134 基，沿线平地占 11%、丘陵占 20%、山地占 27%、高山大岭占 42%，并多次跨越紧水滩库区，施工十分困难。1985 年 12 月 8 日，龙泉变电站同时投运，龙泉县电网从此并入浙江电网。

从第一座220千伏变电站投运到全覆盖、全互通

丽水电力建设系统"巾帼不让须眉"的典型代表应巧娜，被聘为丽水电业局副总工程师分管生产技术工作后，第一件任务就是220千伏紧丽金输变电工程的工程生产准备工作。

1984年8月，根据浙电计〔1983〕401号文建设要求，丽水电网首个220千伏输变电工程——220千伏紧丽金输变电工程，新建220千伏输电线路2条，全长125.38千米，220千伏丽水变电站1座。丽水变电站位于丽水市城西3千米外的吕埠坑，担负紧水滩电站、石塘电站及丽水、云和等县丰水期多余小水电电能的输出任务，同时供电丽水、缙云两市县，是丽水地区的枢纽变电站。工程由浙江省送变电工程公司负责施工，

1986年12月10日，220千伏丽水输变电工程启动试运行，图为现场启动总指挥应巧娜

1984 年 8 月动工，于 1986 年 12 月完工。

1986 年 12 月 10 日，220 千伏紧丽金输变电工程启动试运行。毕竟 220 千伏设备在丽水是第一次使用，大家对试运行能否顺利心中没底。好在生产前准备工作做得非常到位，为保证输变电工程基建顺利移交生产，要做好各项生产前准备和生产运行的各项规章制度、安全防范措施，开展投产前人员培训，编写运行规程及两票三制，启动前很多人连续 20 多小时没有睡觉。启动成功那刻，应巧娜差点流泪，那一刻，她为丽水电网升级到 220 千伏主网架，变得更加安全可靠而骄傲。

从 220 千伏丽水变电站开始，各县市区的 220 千伏变电站纷纷上马，到 2013 年，除庆元县外丽水各县市区都建有 220 千伏变电站。

2013 年 10 月，庆元县首个 220 千伏输变电工程——濛州 220 千伏输变电工程经过 24 小时试运行，设备状态良好，各项指标优良，顺利投入系统运行，对提高庆元县供电能力和供电可靠性，满足人民对美好生活

220 千伏丽水变电站主控室

71

20 世纪 80 年代，220 千伏丽水变电站主变压器吊罩检查

的电力需求，促进地方经济社会发展具有重大意义。这标志着庆元电网完成从 110 千伏到 220 千伏的跨越，成功迈入 220 千伏时代。

2013 年 6 月，220 千伏濛洲输变电工程投运，丽水实现了 220 千伏变电站县县全覆盖

作为省重点项目，濛州 220 千伏输变电工程共建设 220 千伏变电站（濛州变电站）一座，架设庆元至景宁 220 千伏线路 82 千米，实现从龙泉、景宁两个方向与大电网"高速联接"形成环网供电格局，彻底改善庆元电网结构，为庆元县"十二五"及长远经济发展提供充裕的电能保障，同时从根本上解决小水电送出难题，并为风电开发创造了良好条件。

毋庸置疑，220 千伏濛州变电站是丽水西部电网重要的变电站之一。然而，众所周知的是，庆元是丽水地区交通最不便利的县，正因如此，220 千伏濛州变电站自投产后，一直处于单回 220 千伏线路供电状态。

随着经济快速发展，庆元县整体电网负荷和供电可靠性要求也越来越高，转机出现在 7 年后。2020 年 5 月 20 日，随着濛州 220 千伏输变电工程设备冲击、送电、保护带负荷试验工作全部结束，220 千伏濛洲—宏山输电线路工程顺利投运。作为"十三五"期间丽水电力建设主网架的重点工程，该工程是衢宁铁路电力供应的重要组成部分，起于庆元县 220 千伏濛州变电站，止于龙泉市 220 千伏宏山变电站，线路长度 67.1 千米，动态投资 1.3 亿元。

工程投运后，庆元县 220 千伏濛州变电站与龙泉市 220 千伏宏山变电站形成联络互通，结束了庆元县长期只有一条 220 千伏对外联络线的供电状况，并使濛州变电站由供电末端成为区域电网枢纽，使宏山变电站彻底解决了单线停役存在四级电网风险的问题，有利于丽水西部电网的计划检修和运行方式变更，有效提升了庆元县、龙泉市等浙西南地区电网运行的可靠性，有助于增强丽水西部水电、风电等可再生能源送出消纳能力，同时满足负荷增长对电力的需求，为平稳迎峰度夏提供可靠保证。同时，作为衢宁铁路龙泉牵引站外部供电的配套工程，工程的投产也提高了衢宁铁路龙泉牵引站的供电可靠性。

从改变生产运行方式到生产体系进一步优化

随着智能时代的到来，变电站的生产运行方式已然发生了天翻地覆的变化。传统变电站运维巡视主要是通过人工方式，结合检测仪器对变电设备进行简单定性检查，为实现分散性站点的统一管理需要投入大量资源，运营成本较高。为提升变电站运维的智能化程度，切实满足用户对于现代化运维方式的需求，变电站监控运维管理系统的推行，满足变电站运行管理及无人值守要求，系统应用计算机技术、信息通信技术及电力自动化技术，具备监视、告警、分析、运维、移动应用等功能于一体，可实现变电站的全方位监控管理要求，实现变电站无人 / 少人值守，保证变电站安全、稳定、经济运行。

近年来，将机器人技术融合到电力系统的生产运行中也已经成为智能电网运检的发展趋势。2023 年 9 月 23 日，莲都区 35 千伏峰源变电站内首台智能巡检机器人开始对站内设备展开例行巡视，标志着丽水供电公司变电站开启"人巡 + 机巡"新模式。智能巡检机器人具备智能读表记录、红外测温等，对发现的异常数据进行自动报警，并存储数据及图片，回传电子巡检报表至 PMS3.0 系统（新一代资产精益管理系统），供运行人员分析参考。通过整合电力设备非接触监测技术、多传感融合技术、位置状态识别技术等，智能巡检机器人作为电力生产数字化转型过程中新兴的智能巡视设备，已实现对变电站室内设备的全方位、全自主智能巡检和实时监控，帮助运行人员全面实时感知设备状态，有效提高了变电站精益化管理水平，为电网安全稳定运行打下坚实的基础。

与此同时，为进一步打造现代设备管理体系，提高设备管理现代化水平，国网丽水供电公司深化运检监一体建设，从组织机构、职责界面、业务流程等方面开展优化调整，推进核心业务自主实施，打造"全科医生＋专科医生"变电运检监核心队伍，实现变电设备全寿命周期精益管理，促进变电运维专业质效双提升。2021年3月，变电运检中心挂牌成立，2022年9月变电监控业务划转后，进一步整合变电专业资源，推进扁平化管理，解决基层班组结构性缺员持续扩大、一专多能人才紧缺、管理人力配置冗余等瓶颈难题。在丽丽枫试点先行的基础上，于2021年7月、8月先后挂牌成立丽宏山运检班、丽遂松运检班，实现运检班组全覆盖。2022年9月监控业务下沉，成立丽东、丽西集控站，12月发文认定首批运监双资质人员12名、运检监三资质人员12名。各县（市、区）供电公司整合变电运维、检修资源成立输变电运检中心，运检监一体化后，各县公司探索调监分离道路。

机器人智能巡检

运检监一体化后，变电设备缺陷总量压降40%，遗留缺陷数量同比减少50%，缺陷处理时长压降30%，一年可节省运维人力1000余人时，整体工作效率可提升30%以上。在人才队伍成长上，已有43人（占一线员工总数的40%）取得运维检修双专业资质，12人取得运维监控双专业资质，12人取得三专业资质。根据"应装尽装，应用尽用"原则，所改变电站全部实现一键顺控"双确认"改造（不含开关柜），改造间隔停复役操作全应用，220、110千伏变电站站均改造分别为23个间隔和4.36个间隔。在改造落地过程中，编制一键顺控应用、检修规范，优化业务流程，提升变电倒闸操作工作效率。

上下求索，正道沧桑。

用发展的眼光看待电网建设逐步发展、壮大的过程，从丽水首次出现110千伏电网、220千伏电网，乃至实现220千伏电网全覆盖，到最后一个220千伏变电站告别"单线单变"，每一个具有历史意义的时间节点，都是见证丽水电网向前迈步、羽翼渐丰的里程碑。从古市变电站、丽水变电站到庆元变电站联网互通的历史作用看待其所发挥的现实意义，这一条条架设起中国式农村电气化的银线网架，是丽水电网不断升级迭代的历史印记。这些都是丽水电力发展的重要窗口和象征，具有重要的历史、现实和未来意义，是永不退色的银色闪耀，通往光明未来。

08 500千伏，丽水电网蝶变新动能

　　"十二五"末，丽水市初步形成了以 1000 千伏特高压为依托、500 千伏为支撑、220 千伏为主网架、各级电网协调发展的良好格局。"十三五"期间，丽水电网投资逐年递增，较好满足经济社会发展用电需求，但伴随光伏、风电、生物质发电等新能源项目建设的如火如荼，尤其是 2017 年年底装机容量 180 万千瓦、单体投资达 103.9 亿元的缙云抽水蓄能电站正式动工，其时丽水电网已满足不了最高用电负荷 161 万千瓦的需求。为此，丽水电力人主动作为，积极争取第二个 500 千伏输变电工程落地，打造能源送出"高速公路"，彻底破解"供不上，送不出"难题。这个时间定格在 2022 年 5 月 31 日，标志是 500 千伏丽西变电站投入运行。

万象变电站：实现了丽水电网500千伏变电站的零突破

　　丽水的山为江浙之巅，以海拔 1929 米的凤阳山黄茅尖为中心，周边坐落海拔 1000 米以上山峰 3573 座，成为众多河流发源的"水塔"。因之，丽水成为"六江之源"，群山起伏形成众多落差，孕育丰富的水电资源，全市常规水电可开发装机容量达 327.8 万千瓦，占浙江省的 40%，有

2008 年 5 月 27 日，丽水首座 500 千伏变电站——万象变电站投运

小水电站 800 余座，装机容量达 170 万千瓦，是全国首个实现超百万小水电装机的地级市。20 世纪 90 年代初，随着水电井喷式发展，丽水"小水电送出难"逐步显现。为此，丽水电力人开始了 15 年的长跑，先后投入资金 81 亿元，陆续新建 1 座 1000 千伏、1 座 500 千伏、5 座 220 千伏、6 座 110 千伏变电站等工程，电网最大送出能力从 20 万千瓦提升到 120 万千瓦，初步解决水电送出"卡脖子"问题。这一时间定格在 2008 年 5 月，标志是 500 千伏万象变电站投入运行。

万象变电站位于莲都区联城镇苏埠村，是浙江省重点工程，丽水市首座 500 千伏变电站，2007 年 4 月 27 日开工建设，由浙江省电力公司负责投资修建，总占地面积 107 亩。万象变电站远景规划安装 4 组 750 兆伏安主变压器，500 千伏出线 8 回，220 千伏出线 16 回，4 组变压器 35 千伏侧无功补偿装置，按每组变压器安装 3 组无功补偿设备配置。一期安装一组 750 兆伏安 3 号主变，220 千伏出线 5 回，3 号主变 35 千伏侧无功补偿装置安装 3 组 60 兆乏并联电抗器，采用 35 千伏干式空心并联电抗器。

万象变电站的建成运行，相当于建成了一个装机容量为 100 万千瓦，而且清洁、环保、无污染的发电厂，能汇集和稳定输出 300 万千瓦的电能，与其他电网联接后输出的电压稳定、质量高。此外，由于以前丽水市只有 220 千伏输变电网，承载能力弱、损耗大、稳定性差，峰期无力承担丽水市丰富水电的向外输出，枯期也无法保证本地用电。万象变电站的建成彻底解决了这一问题。2008 年 5 月 27 日上午 9 时，万象变电站正式启动运行。5 月 30 日凌晨 2 时，该变电站扩建鹤溪 II 间隔工程万水 4P20 线并网成功，标志着该项目第一阶段目标完成。

2009 年 4 月，万象变电站第二台主变压器扩建工程开工建设。该工程总投资 9473 万元，建设 750 兆伏安主变压器 2 台，500 千伏出线 4 回，220 千伏出线 8 回，60 兆乏低压电抗 3 组，60 兆法并联电容器 1 组，并于 2009 年 11 月竣工试运行。

2017 年 3 月，万象变电站第四台 4 号主变压器扩建工程顺利投运，使其变电总容量达 250 万千伏安。2017 年 3 月 23 日，万象变电站第三台主变压器扩建开工建设，该项目包括第三台主变压器（1000 兆伏安）及其三侧间隔设备，新增 2×60 兆乏电容器和 1×60 兆乏电抗器，工程线路全长 35 千米，新建铁塔 70 基，并于 2018 年 4 月竣工投运。至此，万象变电站完成所有的扩建工程。

万象变电站的建成投运，对于丽水电网发展具有里程碑意义。它实现了丽水电网从"通过 220 千伏线路从邻近地区受电"向"以 500 千伏变电站为支撑点"的供电方式转变，满足丽水市经济社会发展需要和用电需求，改善丽水电网结构和潮流分布，提高丽水电网电能质量，充分发挥丽水水电在浙江电网中的调峰作用。并且，随着配套的每县一座 220 千伏和一批 110 千伏输变电工程落地，丽水电网初具大跨越发展格局。

剑川变电站：实现了丽水电网历史性的重构

剑川输变电工程（原名丽西输变电工程）作为浙江省和丽水市"十三五"电网建设重点工程，既是"三年落地百亿投资、再造一个丽水电网"的龙头工程，又是丽水市第二座 500 千伏输变电工程。该项目位于龙泉市安仁镇昌文工业新区，占地 83 亩，新建 500 千伏变电站 1 座，500 千伏线路 2 回，220 千伏线路 14 回。一期主变压器容量 2×100 万千伏安，新建 500 千伏线路 500 千米，其中丽水境内 446 千米，衢州境内 54 千米，配套 500 千伏及 220 千伏线路涉及莲都、龙泉、云和、松阳四

2018 年 7 月 5 日，500 千伏丽西输变电工程（后更名为剑川输变电工程）在龙泉安仁镇正式开工建设

个县（市、区）。项目单体投资 23 亿元，加上 47 个 110 千伏及以上配套工程，总投资超 60 亿元。

　　"幸福都是奋斗出来的"。2017 年以来，国网丽水供电公司立足丽水市跨越赶超大发展的形势和要求，大胆将"建设第二个 500 千伏输变电工程"的远景设想纳入"十三五"电网发展视野，并积极向上争取。2018 年 3 月 22 日，浙江省电力公司发文正式启动项目建设，标志丽水第二座 500 千伏输变电工程拉开序幕。该项目的落地，创造了丽水电网谋划发展史上的奇迹，只用了半年时间，实现了从"愿景"到"实景"。原本需 2 年的项目前期工作，9 个月就完成，2018 年 7 月 5 日，基础设施项目开工建设，创造了"剑川速度"，一举将丽水电网发展速度调快十年以上，实现丽水电网历史性重构。2022 年 5 月 31 日，随着 500 千伏剑川变电站 2 号主变压器完成第 5 次冲击调试试验，该工程正式顺利投产，从而根本性改善丽水电网结构，供电可靠性显著提升。

剑川输变电工程新建丽西—莲都双回 500 千伏线路，起于龙泉 500 千伏剑川变电站，终于丽水 1000 千伏莲都变电站。新建铁塔 256 基，全线长 144.962 千米，沿线海拔 80 ～ 870 米，海拔落差大，其中平地仅占 0.5%。作为浙江首个实施全过程绿色建造的输变电工程，绿色环保理念贯穿规划、设计、施工、运行等各个环节，用数智应用与绿色技术守护浙西南的绿水青山。

剑川变电站采用半户内式结构，较传统变电站，具有占地小、设备集成度高等特点。同时，工程深化应用"绿建码"，量化评估工程建设全过程节能控碳效力，为工程建设节能减排与绿色低碳发展提供数据支持和决策支撑。在施工方面，剑川变电站项目团队针对山多路远、横跨浙西山川河网的实际，采用直升机运输物料、岩石锚杆基础、不等高基础

500 千伏剑川输电线路施工

设计等绿色施工技术，在提高施工效率的同时，大幅度减少占地和土石方开挖量，缩减钢材消耗，避免沿线植物砍伐。据统计，工程累计节省林木砍伐面积约17500平方米。

不仅如此，项目团队还通过全过程智慧基建实现了"智能化减人"，引入BIM、物联网、移动应用、人工智能等先进技术，并与国家电网公司基建综合数字化平台系统进行数据集成贯通，打造现场级智能化监控中心，实现"人、机、料、法、环"各关键要素实时、全面、智能的监控和管理，极大提升现场作业人员的工作效率，让施工现场感知更透彻、互通互联更全面、智能化人机协同更深入，最终实现"智能化减人"，显著提升工程精益化管理水平。剑川输变电工程创造多项纪录，包括浙江省海拔最高变电站、浙江省首座半户内500千伏变电站、浙江省在建规模最大500千伏输变电工程、浙江省首座实施全过程绿色建造输变电工

500千伏剑川变电站全景

程、浙江省首个全站采用"一键顺控"超高压变电站、浙江省首个采用半户内式结构超高压变电站等。

剑川输变电工程建设期间，项目团队以"源头创优、过程创优、一次成优"为目标，构建"我想创优、我要创优"的团队氛围，对施工质量细节进行详细分析与策划，努力攻关技术壁垒，优化工艺方法，应用"国家重点节能低碳技术"两项，"建筑十项新技术"七项，"电力建设五新技术"六项，"工程项目其他自主创新技术"一项，既为创优争先提供有力支撑，也是服务"双碳"目标的一次生动实践。

丽水电网：实现从"单核"向"双核"可靠驱动转变

从万象变电站到剑川变电站，近三十年时光，丽水电力人坚守"忠诚使命、求是挺进、植根人民"的浙西南革命精神，不分昼夜接续拼搏、不畏险阻攻坚克难，谱写了一曲丽水电网 500 千伏建设的壮歌。尤其是第二座 500 千伏输变电工程剑川变电站项目从无到有，提前十年落地，在原"十三五"丽水电网投资 50 亿元计划基础上，追加投资总额超 100 亿元，成就了全面建设绿水青山与共同富裕相得益彰的社会主义现代化新丽水，并精彩蝶变为全国革命老区共同富裕和现代化建设的鲜活样板的不竭新动能。

剑川变电站的建成，全面完善丽水区域 500 千伏电网网架，结束了丽水只有一座 500 千伏变电站的历史，形成丽水 500 千伏"东西互济"、每县 2 座 220 千伏变电站的可靠网架格局，实现丽水电网从"单核"向"双核"可靠驱动转变，提高电网输电能力，增强电网供电可靠性，极大缓解城市快速发展带来的负荷压力，对促进丽水区域经济社会高质量跨越式发展具有重要意义。

剑川变电站的建成，为丽水水电资源提供电网接入点，满足了总量近600万千瓦新能源的外送需求，成为浙西南能源输送的高速大通道，通过500千伏联络线路与浙北—福州1000千伏特高压交流输变电工程相连，承接福建的核电、水电等绿色能源，拓宽电能入浙通道，进一步完善浙江乃至华东电网网架，服务浙江乃至华东经济社会绿色可持续发展，为将丽水打造成为浙江乃至华东绿色能源基地奠定坚实基础。

剑川变电站的建成，促进丽水市境内新能源项目建设，带动丽水新能源投资超过500亿元，推动光伏助乡村振兴等一系列清洁能源扶贫项目落地，让浙西南丰富的抽水蓄能和太阳能、风电等新能源转化为富民强市的经济资本，助力丽水创建中国碳中和先行区，在"红绿金"融合协调发展之路上行稳致远。

09 特高压，为丽水经济发展打造"电力引擎"

2014年，一座横空出世的变电站与长途跋涉的输电线路打破了浙西南山区的寂静。两年的前期论证，四千多名建设者、一千多名工程保障者与550个日日夜夜，569基塔基与平均800米的海拔，历时7个月的大件运输，这组关于浙北—福州特高压交流输变电工程丽水境内的数据，彰显了艰辛、磨难与自豪，是坚忍、奉献这些朴素的情怀铸造了又一座电力建设史上的丰碑。

特高压，时代的选择

特高压是指 ±800 千伏及以上的直流电和 1000 千伏及以上交流电，输电能力是 500 千伏交流输电线路的五倍之多。

电压等级好比我们熟悉的道路。如果 35 千伏是"村道"，110 千伏是"乡道"，220 千伏是"省道"，500 千伏是"国道"，那么 1000 千伏特高压就是"高速公路"。通过道路中车辆的行驶速度和运载能力的比较，我们就可以对电力的各级电压有个相对清晰的概念和认识。特高压输电具备远距离输送、超大容量、超低损耗及超高效率等特点，可以实现能源大规模开发、大容量输送，以及大范围的配置。

特高压线路检修

通过建设特高压电网，把西部、北部的火电、风电、太阳能发电和西南水电远距离、大规模输送到东部，在能源终端消费环节实施以电代煤、以电代油（气），是保障中国能源安全可靠供应的必然选择。毋庸置疑，特高压电网的建设无疑是国家电网公司解决能源分布不均、促进清洁能源发展的必然选择，也是中国能源转型发展的一种客观需求。它更是服务碳中和、支撑经济转型升级的重要抓手。

2005年2月，国家发展改革委印发《关于开展百万伏级交流、80万伏级直流输电技术前期研究工作的通知》，对特高压输电技术前期研究工作进行了部署，同时明确了将特高压输变电工程作为装备制造业技术提升和自主创新的试验示范工程。通知明确要求，除部分关键技术由外方提供外，其他技术均由中国自主研发和制造。同年12月29日，国务院将发展特高压输电技术纳入《中国中长期科学和技术发展规划纲要（2006—2020）》之中，写入《国民经济和社会发展第十二个五年规划纲要》。

其实，早在1986年，中国就已经开始了对特高压输电的前期研究。2006年8月，中国首条1000千伏特高压交流输电试验示范工程和3条±800千伏特高压直流输电工程项目正式实施。以上项目的成功，标志着中国在远距离、大容量、低损耗的特高压输电核心技术和设备国产化上取得重大突破。这也代表着中国能源基础研究和建设领域取得世界级重大创新成果的成功。特高压交流试验示范工程，对优化能源资源配置、保障国家能源安全和电力可靠供应具有重要的意义。

2021年12月14日，特高压输电工程和长江三峡水利枢纽工程，一同入选"2021全球十大工程成就"。

责任，始于战略

浙北—福州 1000 千伏特高压交流输变电工程联接浙江与福建两省，始于 1000 千伏的浙北站，止于 1000 千伏的福州站。线路途经浙江的湖州、杭州、绍兴、金华、丽水、福州的闽侯等地。两回线路，路径长度约 1206 千米，丽水境内两条单回路，全长 252.236 千米，涉及丽水市景宁、云和、松阳、莲都四县（区）。1000 千伏浙南站落点在丽水莲都区境内，站中建设 2 组容量 300 万千伏安主变压器，变电容量共计 600 万千伏安。工程静态总投资约 213 亿，丽水境内投资约为 51.19 亿元。2011年，着手可研性研究，2013 年 3 月 18 日获国家发展改革委批准建设。作为超强电网规模建设新阶段的标志性工程，就这样嵌入了丽水历史的接口。

对于水电资源占全省 40% 以上的丽水来说，特高压建设不仅进一步落实了发展清洁能源、大规模能源资源的重大战略意图，也给丽水的经济发展带来了契机。丽水市委、市政府高度重视，成立了 1000 千伏浙北—福州特高压交流输变电工程（丽水段）建设领导小组，在讲政治、讲大局的高度做好服务，给予政策支持与人力配合，走上一条"政企联手"的和谐之路。国家电网公司也时刻牵挂工程建设，多次作出重要批示。

工程立项后，国网丽水供电公司将特高压建设作为公司全年重点工作之一，立即召开特高压工程推进会，上下层层签订责任书，布置落实工程建设相关事宜，全力配合工程设计测量。在全市调集资源，抽调精兵强将，全力做好路径和变电站的选址、征地等工作，确保工程建设有序推进。国网丽水供电公司主动与地方政府沟通，成立以政府为主管的工作小组，签订专项合同，推进政策处理工作。丽水公司全力配合，各单位鼎力支持，在属地化管理上主动作为，确保工程建设顺利推进。

2014年9月28日，线路工程全线贯通。2014年10月24日，线路工程丽水段竣工预验收及复验工作全部完成。2014年11月7日，500千伏配套工程顺利竣工。2014年11月30日，浙南站完成安装。2014年12月26日，1000千伏特高压莲都站终于成功投运。这标志着丽水电网进入一个特高压、大容量、大系统全新发展的轨道。在崇山峻岭的浙西南，1000千伏特高压莲都站隐藏在青山绿谷中，一座座巍峨的铁塔

1000千伏浙南特高压变电站

林立山间，一条条整齐的线路越水而去，发达的电力设施与新农村相映成景。

同时，整个工程联接浙江与福建两省，对于增强华东电网安全稳定水平和提升抵御严重故障的能力，提升沿海核电群应对突发事故能力，具有十分重要的意义。

奇迹，源于使命

浙北—福州1000千伏特高压交流输变电工程丽水境内工程历时18个月，奇迹迭出，光荣闪耀。建设者在这块热土上撒下的汗水，不仅将升华更多人的心灵，也将福佑民生，给丽水带来更多的现代文明。

奇迹之一是卓越的属地组织体系。工程移植了现代高效扁平化管理模式，凝聚了丽水供电公司和地方政府的力量，完成浙南站址范围内拆迁面积约3.7万平方米的艰难任务。1000千伏浙南特高压变电站选址在莲都区联城街道坑口村。变电站以地方命名，名为莲都站，涉及拆迁农户238户。为此，国网丽水供电公司主动与地方拆迁办沟通联合，为村民选择距离城区较近、交通较为便利且环境更好的地块，作为坑口村村民的安置小区。此外，国网丽水供电公司特邀中国电力工程顾问集团华东电力设计院的专家组，到丽水市莲都区坑口村进行电力科普工作，以解决百姓对特高压输变电的严重误解和排斥。塔基占地政策处理运用"一线工作法"，主动化解各类矛盾30余起，提前2个月全线率先完成。政策处理的快与稳，史无前例。后勤保障工作与舆论宣传工作相辅相成，助推了工程建设。

奇迹之二是攻克大件运输难题。2014年9月28日，浙南变电站7台单体重量达 388 吨的主变压器设备，经过海运到达丽水境内后通过 3 次码头换装、90 千米水路和 6 千米公路运输至施工现场，比原计划提前了三天。国网丽水供电公司扎实开展工程前期调研，主动争取当地党委政府的支持和协作，滚动优化运输方案，省地调联动调度八座电站，创造了丽水航运史上多个"首次"。

奇迹之三是成功应对自然灾害挑战。2014 年 8 月 19 日、20 日，丽水地区遭遇五十年不遇的强降雨，全市受灾严重，国网丽水供电公司未雨绸缪，赶在强降雨天气来临前化解居民阻工纠纷，推动浙南变电站站外排水系统提前完工，浙南变电站站外排水系统经受了这次考验，成功

特高压线路
施工现场

电力员工检修特高压线路

应对了自然灾害挑战。

奇迹之四是完成多项技术创新。浙南变电站在特高压工程中率先正式应用了 1000 千伏 GIS 安装用移动装配车间，大大提升了安装环境，实现了在工地现场的工厂化安装。上海送变电工程公司在线路工程第 12 标段使用 900 毫米落地双摇臂抱杆新技术，满足山区组塔的安全、技术要求，填补了国内空白。

奇迹之五是首次完成特高压线路验收。2014 年 10 月 24 日，1000 千伏浙福线丽水段验收及复验工作全部完成。历时 83 天，共计组织 3618 人次、623 辆车次参与工程验收工作。国网丽水供电公司在兄弟单位援持下，克服验收工作量大、时间紧、计划多变、环境恶劣等多重困难，多次协调验收计划，并运用"无人机"等智能设备协助验收试飞工作，有效解决验收难题，实现了高电压等级线路验收的首次突破。

云海电网交相辉映

浙北—福州 1000 千伏特高压交流输变电工程开展首套 1000 千伏 GIS 设备示范安装

丽水，正式迈入特高压时代

1000 千伏特高压莲都站的成功投运，是非常具有跨时代意义的一刻。它标志着丽水正式迈入特高压时代，推进了中国特高压电网进入加快发展、规范建设的新阶段。

浙北—福州 1000 千伏特高压交流输变电工程的建设成功，打通了浙江与福建的特高压的输送通道，极大地提升了华东电网与福建电网的电力互济能力，提高了丽水乃至浙江、福建电网应对恶劣自然灾害的能力，更增强了中国电网的安全性和可靠性。

时任国网丽水供电公司总经理王峰渊有一句话，很好地诠释了这条线路的重大意义。他说："特高压电网的建成有效减少浙江作为用电大省的夏季'电荒'现状，提高福建核电向浙江输入，以及丽水小水电输出的能力。"

是的！从此，丽水电网正式形成以 1000 千伏特高压为核心，500 千伏电网为主网架，各电压等级电网统筹协调的坚强电网。浙北—福州的这条特高压交流输变电线路为整个浙江，乃至中国提供了强大的清洁能源。

据相关数据统计，浙北—福州 1000 千伏特高压交流输变电工程建成后，浙江每年减少二氧化碳排放量 5880 万吨，减少二氧化硫排放量 4.9 万吨，减少烟尘排放量 1.5 万吨，为实现碳中和、碳达峰，促进丽水飞速发展，奠定扎实的绿色能源基础，保障优质的电能供应。

特高压建设是丽水电力史上的地标，丽水不再缺电，山区即将腾飞。依托充足的电力文明，丽水将开始走上新的征程，描绘最新、最美的蓝图，创造着属于自己的大时代。

三

灯火万家

20 世纪 60 年代普化水电站全景

10 源起普化，山村百姓的"电灯梦"

"点灯不用油，舂米不用老鼠头"，这是 20 世纪 60 年代缙云县人民对美好生活的向往。当时，缙云已有总长 70 余千米的 10 千伏线路，但并未覆盖全县，广大农村地区，特别是边远山区依然缺电，农民照明靠点煤油灯，燃松明、竹篾等，很少有电灯，生产、生活极为不便。其实，这种状况在彼时的丽水地区各县山村都一样。

为改变这种状况，当时的缙云人充分发挥人定胜天、自力更生的主动创造性精神，利用缙云山区落差大、水力资源丰富的优势，率先在丽水地区建设农村水电站。1960 年 4 月，浙江省农村电气化会议在桐庐召开，缙云县派出代表参观学习桐庐电力建设的先进经验。1961 年 8 月，浙南小水电会议在金华召开，来自各公社大队等几名代表参观了双龙洞水轮冲击发电机组。回来后，他们传达会议精神，发动社员进行水力发电尝试，实现山村百姓的"电灯梦"。

高高山头修水库建电站

早在 1959 年，在大源大队工作的金官多就萌发了水力发电的念头。那年，在大办工业的热潮中，他为了解决原料和机器设备的问题，到温州找"老乡"——缙云稠门村人李文辉同志想办法。李文辉时任温州地委副书记、温州专员公署专员，他带金官多到永强镇参观，金官多在那里看到了一个水电站，它利用山体落差，把高山上的水库的水用来发电。自己家乡不也是有这样的条件吗？山高且多，而且还有水，也可以修一个水库建一座电站呀！金官多这么想。

回到大源后，有心的金官多时时留意，寻找地貌差不多的大山。果然有，普化寺就是。它因曾经的一座寺庙而得名，海拔高，而且有一个水量可观的水库。但是，一没资金二没技术三没设备，更重要的是自己说了也不算。金官多也就搁下了这件事。

1964年，金官多调到章源公社任党委书记，他把建电站这件事提上了议程。1964年春天，他在全公社党员大会上提出了个设想，让党员讨论讨论，充分听取他们的意见。

这个设想具体来说就是，挖一条一千二三百米的引水渠，把越陈村的水引到普化寺水库里，增加水库容量，然后再通过水渠，把水放到低处的麻车村山顶，利用两者之间200多米的高程进行发电，水电站建在麻车村山边。

党员们讨论热烈，少数人不同意，但大多数支持，这个当时觉得有些异想天开的议题就算是通过了。于是，金官多就着手准备建造这座高水头的小型水力发电站。金官多又请来专业技术人员，对可行性进行专业论证，测得普化寺和麻车村两个山头之间落差为240米，装机容量可达500千瓦，这个容量可以解决章源、新化两个公社27个大队社员的生活用电问题。

工程动工之初，资金只有9.5万元：公社留下3.5万元，普化寺旧房卖了收入1万元，县里拨款5万。为了节省资金，公社动员社员参加义务劳动。这个工程用到的土地是新化公社的，水电站所在的麻车村是章源公社的，属于两个公社合办。到了1965年5月，又争取到了省里的配套资金 9.5 万元，这是一个莫大的鼓舞与支持。

1964 年秋末冬初，开始建大坝，正是农闲时节，两个公社各大队的人马先后都加入了这场"大仗"。工地上一派热火朝天的景象，最多时有 1600 多人。1965 年年底，大坝完工。接着，引水渠、出水渠、厂房等相继完成。建成的大坝高 24 米，引水渠全长 2500 多米，水库库容 80 万立方米。

党中央特批的水轮发电机组

就在大家为工程的顺利进行高兴时，一个难题横在了眼前：买不到水轮发电机组！在那个计划经济年代，物资奇缺，尤以基建工程的设备为甚。

怎么办？金官多四处打听、托人，积极与省、市水利局对接，希望得到上级部门的帮助，尽管对方态度好还是没有下文。1965 年秋天，省里要召开人民代表大会，章源公社的一位社员要参加，金官多特意交代他带一个建议——请求省里能尽快为普化水电站落实水轮发电机组。

怀着希望，金官多耐心地等待。但结果出乎意料，上头非但没给落实水轮发电机组，还指示要停建电站。

这怎么行呢？水库都修好了，万事俱备只欠东风。就如十月怀胎，都快分娩了却要夭折。金官多不想、不愿接受这样的结果，他很痛苦，同时又很紧张，甚至是不敢面对，万一广大社员知道了，怎么办？这个"点灯不用油"的许诺可是他亲口说的啊！

金官多绞尽脑汁想办法，但能想出来的之前都试过了就如一条条路都封死了，眼前是无路可走了。金官多只能一再交代和自己在一起的电站工人胡建火一定要保密。不能让这盆冷水把群众的热情浇灭了。

"不能就这么算了，一定要想出办法。"晚上，金官多睡不着，满脑子想办法。既然省市都走不通，那再往上，直接向毛主席、周总理汇报。章源、新化两个公社都是革命老区，是红十三军、红军挺进师的主要活动地区之一。小章村的蔡鸿猷烈士还是周总理致函证明其为共产党员的呢。老区要发展，要为老百姓做点实事，国家领导肯定会帮忙的。

第二天，金官多兴冲冲地回到了章源，他急着找各大队商量，大家都说可以。那就立刻写信！信写好后金官多读给他们听，大家没意见，又请了十二位老党员在信上签名摁了手印。这其中有参加了抗日战争、解放战争、抗美援朝等的小章村蔡通，还有鲤鱼孔村的李玉怀等人。

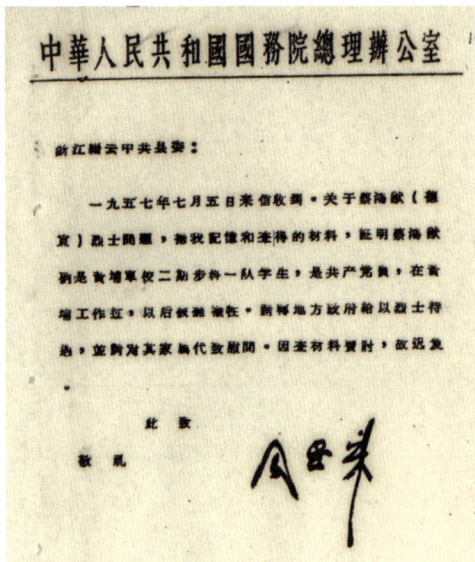

周恩来总理给缙云县委关于蔡鸿猷烈士证明的复信

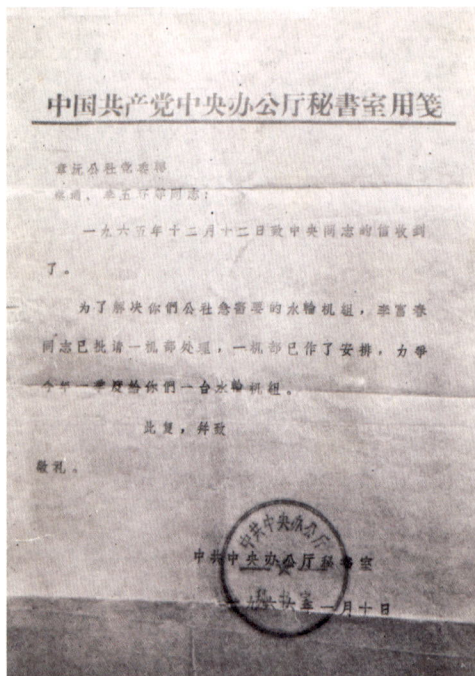

中共中央办公厅回信

信寄了出去，金官多的心这回放了下来，他很平静，如果这招也走不通，那就彻底放弃了，至少大家都努力过了，对老百姓也有所交代了。

此时是 1965 年 12 月。

两个月后，也就是 1966 年 1 月，党中央办公厅回信了：

一九六五年十二月十二日致中央同志的信收到了。

为了解决你们公社急需要的水轮机组，李富春同志已批请一机部处理，一机部已作了安排，力争今年一季度给你们一台水轮机组。

大家欢呼雀跃，真是柳暗花明又一村。

"七一"发电献礼党的生日

紧接着，金官多就组织社员抓紧架电线，他们专门请了缙云电厂的几位技术人员前来指导。材料因陋就简，砍了杉木当电线杆，架设一条条通往各村的输电线路。比较远的比如鲤鱼孔村，从越陈村过去还要有十几里路。

电站干部李道元回忆，当时有个规定，线路架到哪个村就由那个村负责砍树架线。比如从大源村到小章村的，就由小章村负责。

架设线路进度快，水轮发电机组也很快就到了。仅仅过了两个月，这台饱含党中央深切关怀的 250 千瓦水轮发电机组就从重庆运到了普化电站。然后就开始安装。但又碰到了技术问题，没人会操作。那时，整个丽水地区都没有建造过这样高水头的水力发电站，连县水电局的技术人员也没见到过。

金官多只好再次求助于李文辉同志，请求他派技术人员来帮助安装。那时没有便捷的通信工具，只能靠写信。李文辉收到信后，立即派了三位技术人员来。在他们的努力下，安装了总长 460 米钢质压力管。仅用了 45 天，水轮发电机组就安装调试完毕。

普化水电站 250 千瓦发电机组

为了感谢党中央的关怀和帮助，公社特意选在了 7 月 1 日这天开始正式发电。那天的庆祝大会，附近公社社员都来了，人山人海，大家都激动万分，拍手欢迎。"真是天上掉下来的好事！"当看到小蒲瓜似的电灯泡通上电立刻雪亮雪亮，放射出满屋子的光的时候，社员们这么说。

为了纪念这天，人们又将普化水电站称为"七一"电站。它是当时丽水市第一座高水头电站，水位落差 226 米。

此后，1969 年开始，缙云县开始兴建盘溪流域输变电工程。1975 年，缙云开始向丽水县（今莲都区）供电。1978 年，普化水电站扩大生产力，新增了一台发电机，也是 250 千瓦。1983 年，普化水电站通过 10 千伏普蛟线联入缙云县电网。随着电网迅速发展，农村进入电气化时代，电灯之外，家用电器纷纷出现。

时至今日，电灯早已不稀奇，但 20 世纪 60 年代的故事依然在人们的记忆中。任凭科技如何发达，人们的生活水平如何提高，依然不忘来

20 世纪 60 年代，普化水电站发电场景

时路，唯其难得，所以珍惜。那台党中央特批的珍贵的水轮发电机组运转了 33 年，于 1999 年光荣"退休"。它为当地人的生产和生活带去了极大的便利，人们忘不了它，人们更忘不了党中央对老区人民的关怀。当地政府将普化水电站改造成缙云"七一"电站红色纪念馆，这台发电机组陈列在纪念馆内，和其他见证过当年历史的老物件一起向游客讲述那段峥嵘岁月。

普化水电站所在的大源镇在红色文化的浸染下，开启"红绿融合"发展新篇章。普化源高山滑漂、黄茶产业等，农文旅深入融合，带动民宿、农家乐发展，村民们要实现的早已不是"点灯不用油，春米不用老鼠头"的梦想了，而是共同富裕！

今天的普化水电站外景

11 "两通"工程，
照亮百姓的"心灯"

1995 年年初，当大多数人尽情享受电气时代带来的精彩时，丽水地区还有 71 个偏远行政村没通上电，严重制约农村经济的发展。根据国家"八七"扶贫攻坚计划，电力部提出了 1995、1996 年两年在全国范围内消灭无电行政村的要求。在从"村村通电"到"户户通电"的攻坚大战中，数百名电力职工克服了规划施工难、运输物资难、架杆放线难、安全保障难等问题，历经艰辛，让电照亮每个山村，点亮万家灯火。

从这山到那山，"村村通电"铺就光明路

1995 年年初，浙江省有 207 个无电村，其中丽水地区就有 71 个，占全省无电村的 34.3%。1995 年年底，全省仍有 103 个无电村，主要集中在丽水地区和温州市，其中丽水地区云和县的无电村数量占了 7 个。

1996 年，浙江省委、省政府提出要实现全省村村通电（这里的"村"指行政村），该工作是浙江省电力局（浙江省电力公司）当年的重点工作任务之一。在此背景下，同年 2 月，浙江省电力局成立了以时任副局长陈渭贤为组长的"光明工程"领导小组。随之，地、县电力部门和当地县委、县政府也分别成立了"光明工程"领导小组，力求在年底实现全区行

政村"村村通电"的目标。

考虑到这 71 个无电村地处偏远山区，经济困难、通电难度大、投资费用高等问题，浙江省电力局对每个无电村补助一万元和 1 台配电变压器。丽水电业局和丽水地区三电办出资 142 万元，云和等 5 个县（市）电力部门提供了 89 万元。同时，浙江省电力局团委组织了以消灭云和县无电村为重点的"送光明献爱心"捐款活动，共收到捐款 42.87 万元，捐赠材料折价 18 万元。筹措到了启动资金，一场轰轰烈烈的"村村通电"工程蓄势待发。

为有条不紊地实施该项工程，让民心工程尽快惠及无电群众，丽水电业局及各县局成立了工作领导小组，指挥、协调工作，并抽调精干力量组成施工队、突击队，负责"村村通电"工程施工任务。

1995 年 3 月，"村村通电"工程开始实施，时间紧、任务重且意义重大。山里的天气说变就变，天晴的时候，横担很烫手，下雨的时候，又

1995 年 3 月，丽水地区开始实施"村村通电"工程

1996 年，"村村通电"工程施工现场

冷得透心凉。施工队员们克服施工难度大、地形复杂、环境恶劣、生活条件差等困难，在荒山野外搭起帐篷、支起炉灶，吃住在工地上，一天也未间断过，只为能尽早让无电村的村民用上电。

在这群施工队伍中，出现了一支打着"光明工程青春突击队"旗号的队伍，他们每到一地，都飘扬起黄色的旗帜。这支队伍由浙江省电力局团员青年组成，在时任浙江省电力局团委书记楼旻的带领下，在云和县开展"光明工程"活动。

云和县是浙江省电力局对接的扶贫县，该县未通电的 7 个村集中在大湾、沙铺两乡，以及石塘镇的张庄村。浙江省电力局不仅在物力和财力上给予了大力支持，还先后组织了衢州、绍兴、丽水、金华、台州、湖州电业局和省送变电公司 7 支青年志愿者突击队，分别奔赴 7 个无电村义务帮助施工，力求在国庆节前实现"村村通电"的目标。

丽水电业局光明突击队开进无电村

　　1996 年 5 月 22 日，"光明工程"的第一支青年突击队——衢州电业局团员青年志愿者突击队进驻云和县石塘镇张庄村施工现场，开展 10 千伏配电线路架线任务。听到消息后，老百姓敲锣打鼓地出来迎接，大家争着抢着把突击队员往村里请，生怕一眨眼，队员们就不见了。眼看就要开工了，一想到山里存在的种种困难，有些村民心里还是犯嘀咕，不晓得眼前的这些小年轻是否真能把电线架起来。

　　据"光明工程"云和分队当时的技术负责人王和平回忆，青年突击队到达村里后，就立即组织背运横担、电杆等材料，安排测量、开挖杆洞等准备工作。可是，山里几乎没有像样的路。从县城运来的材料只能先堆放在乡里，突击队员们只能靠肩膀扛起百余斤重的物料，坚定的身影在蜿蜒的山路上来回奔走，把一捆捆电线、一件件金具、一根根电杆运送上山。村民们得知了，就自发加入搬运队伍，帮着抬运电杆。

村民们自发加入到施工队伍中，帮忙搬运变压器

8月20日，在突击队的连续鏖战中，在各级政府和无电村村民的大力支持下，云和县率先完成了让7个无电村人民在国庆节前用上电的预期目标。接着遂昌、松阳等地捷报频频传来。

9月30日，丽水地区最后一个无电村——青田县祯旺乡应章村通电。至此，丽水3662个行政村全部通电。在实现村村通电的丽水地区，当年农村生活用电增加到13957万千瓦时。

时至今日，翻看应章村通电的照片场景，有儿童和妇女成群结队敲锣打鼓的，有鞭炮遍地炸的，村里通电了，一张张笑脸洋溢着发自内心的喜悦与激动。"电，是我们几辈人的期盼！感谢你们！感谢'光明工程'！"说不尽的激动，道不完的感谢，淳朴的山民为表达感激之情，背来了自己种的土豆、毛芋，为突击队员们送来了一面面鲜红的锦旗。

随着"村村通电"蛹化成蝶，户户通电也将破茧而出。

从油灯到电灯，"户户通电"照亮新生活

到了 2006 年，尽管"村村通电"过去了 10 年，但是在丽水市（丽水地区于 2000 年撤地设市）偏远的山区，尚未通路的地方，还有 743 户、1932 人没有用上电，过着没有电视、电灯的生活，夜晚与他们相伴的是油灯、蜡烛。丽水市无电户涉松阳、龙泉、景宁等 8 个县（市、区）、88 个乡镇 194 个行政村，无电人口占全省的四分之一。为贯彻党的十六届五中全会精神，积极服务社会主义新农村建设，国家电网公司和浙江省电力公司明确提出了 2006 年完成无电户通电的任务。

2006 年年初，丽水电业局投资 1100 余万元，实施"户户通电"工程。为确保"户户通电"工程如期完成，丽水电业局及下属各县局高度

云和县大湾乡林山下村通电了

重视，积极行动，不等不靠，早准备早落实。3月份，组织开展全市无电户的调查摸底等相关工作，电力工作人员不畏山高路远，先后进行了三轮的调查、核实，调查结果做到户户签字、地方政府确认。到4月5日，调查核实工作全部结束，调查组掌握了详实、准确的第一手资料，为下一步工作打好了基础。从调查的结果来看，这些无电户几乎都分布在山高路远的偏僻山区。有些村落甚至未通公路，需步行三四小时，且大部分无电户都远离通电村单独居住，需要另行架设输电线路，最长的有将近10千米。

4月6日，丽水电业局制订出台丽水地区"户户通电"实施计划，其中包括每一个无电户所处的地理位置、人口情况、实施方案、所需投资、完成时间等，内容翔实。各县局对各无电户的建设规模、工程进度、建设资金和开、竣工时间作出周密安排，随即开始了"户户通电"工程的勘察设计、概算编制、物资准备等前期工作，争取在10月底前全部完成施工通电。

松阳县是丽水市"户户通电"工程任务最繁重的县，在农网改造一、二期和全县移民复建完成后，仍有33个自然村156户529人未通电。经过近一个月的准备，松阳县供电局摸清了"无电户"的情况，完成初步规划方案，随之在全县范围内启动和实施农村"户户通电"工程，总投资达429万元。2006年6月8日，松阳县大东坝镇上桐坑自然村立起了第一根电杆，这标志着松阳县供电局"户户通电"工程正式启动。

松阳县无电自然村地处大山深处，海拔高、坡度陡，距离电源点和公路很远，许多村要走几小时的山路，有的地方只有羊肠小道，电杆、导线、变压器等设备无法运至施工地点，施工难度大，线路跨越复杂，环境影响大。但施工队伍的脚步并没有因此退缩，反而更加坚定了。就这样，一场一切为了"户户通电"工程的战役在松阳边远山区天鹅孵卵、焦坑、五里坟等高山自然村紧张进行着。

2006 年 9 月 22 日，松阳县大东坝镇芥源坑自然村最后一户无电户通电，标志松阳县"户户通电"工程竣工

　　与此同时，松阳县供电局还加强了优质服务的力度，开辟"户户通电"工程绿色通道。各供电营业人员将业务受理放在"户户通电"施工点，实行现场办公，为村民提供用电咨询和安全用电宣传。表后用电设施本是用户资产，理应自行承担费用，针对一些生活贫困的无电户，松阳供电局干部员工捐款近两万元，建立了"户户通电"基金，以解决贫困无电户的实际困难，帮助他们告别点油灯的历史，早日实现用上电的愿望。

　　一次，时任松阳县供电局局长的徐翔龙乘坐人力三轮车，他问起了"踏哥"所在村的用电情况，"踏哥"得知他的身份后，坚决不肯收车费。"踏哥"说："供电局为我家通了电，这下可好了，我以后不用踩黄包车了，回家种香菇、种茶叶，咱离好日子不远了，这两元钱一定不能收！"

　　针对个别远离村落、建造供电线路投资较大的无电户，各县电力部门各显神通。莲都区供电局采用太阳能供电装置来解决偏远山区无电户的用电问题。遂昌县电力局在实施"户户通电"工程的同时,积极争取各级政府的支持,动员离电源较远且投入资金较大的少数无电户下山脱贫。青田县供电局根据部分无电户离电源点较远,架设线路投资很大的实际,购置了4台发电机帮助无电户解决用电问题,确保"户户通电"目标圆满达成。

通电了,莲都区白羊村的严帮荣买来了村里第一台9英寸电视机,全村人围在一起看电视,瓦斯灯泡发着黄色的光和所有新鲜的东西一同涌来,在新奇、兴奋和对未来的憧憬中,他们就这样告别了无电时代,走进了现代生活。

2006年9月,莲都区太平乡白羊山村最后一户无电户通电,标志着莲都区"户户通电"工程竣工

莲都区太平乡白羊山村无电户通电了

2006 年 10 月 27 日，丽水市"户户通电"工程顺利通过浙江省"户户通电"工程验收组的验收。整个工程建设 10 千伏线路 111.88 千米，低压线路 102.67 千米，配电变压器 44 台，合计容量 840 千伏安，安装太阳能发电机设备 94 套，单相水轮发电机一台。

一个共同的心愿，写就一份别样的辉煌。在地方政府的大力支持下，在全体丽电人的共同努力下，历经了"村村通电"和"户户通电"的艰辛与努力，那些远在大山深处的百姓终于圆了祖祖辈辈盼电的梦，享受着电所带来的现代文明生活。现今的丽水山区，整齐划一、银线纵横的线路同鳞次栉比的村落交相辉映，它已经告别了往日的旧颜，焕然一新，山村农舍的美丽灯光与日月同辉。

老百姓用上电，用好电，再也不是梦。

12 "两改"强基础，"同价"惠民生

民生无小事，枝叶总关情。1998年和1999年，国务院相继发布国办〔1998〕146号、国发〔1999〕2号文，推动"两改一同价"，成为惠民的决心和动力。所谓"两改一同价"，即改造农村电网、改革农电管理体制、实现城乡用电同网同价，彻底解决农村百姓电价畸高的老大难问题。

1998年，丽水电业局组织各专业人员走访丽水地区各地的农户，对话用电难题，深挖农村电价畸高的根源。经过数月的实地调查，找到了农村用电难的症结。针对各疑难杂症，丽水电业局开出了新的管理处方——落实变损补贴政策，接收村里的电网资产，加快农村电网整改，加大农电管理考核力度……

1999年，丽水电业局与下属的9县（市）电力部门层层签订责任制，执行项目法人制、资本金制、招投标制、工程监理制、合同管理制，采用全程"阳光作业"，强化督审，接受监督。之后，丽水电业局与下属的9县（市）电力部门分别成立了工程领导小组、农改办和专业工作小组，一场"两改一同价"的大规模"会战"蓄势待发。

农网改造大干快上

早在 1998 年，"两改一同价"的消息就风一样地传遍了丽水地区。听闻这个喜讯，原本宁静的云和县桃子坑村变得沸腾起来，长期受电价畸高、生活负担重困扰的村民，早已期盼电力施工人员进村改造陈旧、落后的电网。当年 10 月，云和县电业局工作人员进村入户与村民协商签订协议，桃子坑村把村里的电网资产无偿移交给云和县电业局监管、改造。

到了 1999 年 3 月，当和煦的春风吹绿了云和大地，紧水滩镇各个村庄也迎来了农网改造的"春天"。一辆辆拖拉机载满电杆、导线、横担等器材"突突……"地开进田铺村小阴坑自然村。村民自发组织的队伍也闻讯而来，五十余人分工合作，有等候在村口搬运器材的，也有帮着挖基坑、抬电杆的，经过大家一个多月的改造，歪歪扭扭的木电杆换成了坚固笔直的水泥杆，小阴坑自然村的电网线路被改造一新。

9 月，迎着秋收的喜悦，云和县电业局的施工班组住进了桃子坑村。曾经的架空线路线径小、供电半径大、对地安全距离不足、存在人身触电隐患，电压低，大功率电气设备不能正常使用等问题，早已令村民有苦难言。

桃子坑村虽然是云和县的偏远山村，但村里的生产发展却不落后。村里向外购进 3 台总容量 22.5 千伏安的碾米机、总容量 13.5 千伏安的木珠机办起了碾米厂、加工厂，经济发展有了盼头、生活方式得到改变的同时，用电负荷也随之而增，村里原有容量 20 千伏安的变压器不能满足村里用电所需，想增容，村里又拿不出钱。为解燃眉之急，村里统一协商后，想出了错峰加工的法子。碾米厂每月 10 日、15 日、20 日用电。3 家木珠加工厂每月这几天都停工休息，把用电机会让给碾米厂。

在这次改造中，云和县电业局给桃子坑村送上了最大的福利，把原有变压器更换为 50 千伏安的大容量变压器。

施工过程中，电力工作人员与村民之间的情谊也得到了增进。

在每个山头都能看到村民自发组织的队伍抢着背电力工器具、搬运电杆、导线等器材、挖基坑……在电力施工的那段日子里，住进村里的电力施工人员，每天早上 7 点从村里出发，背着沉重的电力器材，攀爬高山，穿越一座又一座的山林，他们没有一声怨言。要是遇上恶劣天气架线，刚从电杆上拆下的旧导线，必须冒雨把新导线架上，才能使村里晚上有电用。有时赶工期，施工人员不能返回村里吃中饭，村民就把饭送到工地，施工人员席地而坐匆忙吃过中饭，继续工作，经过大家的努力，全村电杆全部更换成了 7～8 米的水泥杆。

丽水地区农网改造主要分为两期。1999 年，第一期农网改造开始动

2002 年，丽水市完成农网建设改造工程

工，批复项目资金 3.36 亿元。第一期改造主要以 110 千伏新建、扩建及改造工程项目为主。这次改造，丽水地区 2311 个行政村直接受益，新增、更换用户电能表 43 万余只。2001 年 9 月 26—29 日，莲都、缙云、遂昌农网改造工程顺利通过浙江省人民政府验收，成为丽水市（丽水地区于 2000 年撤地设市）第一批农改竣工县（区）。次年 4 月 15—24 日，龙泉、庆元、云和、景宁、青田、松阳，6 个县（市）也相继通过验收。

第二期农网改造主要针对丽水市 10 千伏及以下的农村电网，以及第一期农网改造未涉及的村庄和农户。这次改造总投资 2.85 亿元，这次农网低压改造，丽水市 1304 个行政村直接受益，更换表计 20 余万只。2001 年，丽水电业局再次投入 1.24 亿元对丽水境内大小水电站的自供区电网进行全面改造。

短短两年时间，丽水全境 3660 个行政村，完成农网改造 3615 个，

20 世纪 90 年代，景宁县周湖畲族村农网改造

完成率达 98.77%。完成改造全市农网供区 57.1 万户，小水电自供区超 7.6 万户。

在这两次大规模的农网改造中，丽水电业局严格按照丽水市物价局的规定，由农民负担的电能表以及入户器材（电表箱、表板、闸刀、熔断器、触电保护器、进户线、安装材料等），每户仅收取 150 元的费用。对只需更换电能表的原标准化用电村，不再收取任何费用。对五保户、困难户及烈属等优扶救济对象，予以全免。

丽水电业局这两次改造所涉及农户电能表装置费应收账款 9211.8 万元，人工施工费用 6319.11 万元，实际收款仅有 8002.74 万元。

这两期农网改造总投入资金 7.5 亿元，实现了丽水 3615 个行政村的"同网同价"。相较原计划预算投资的 10.05 亿元，节约了 2.55 亿元，圆满完成了农网改造任务。

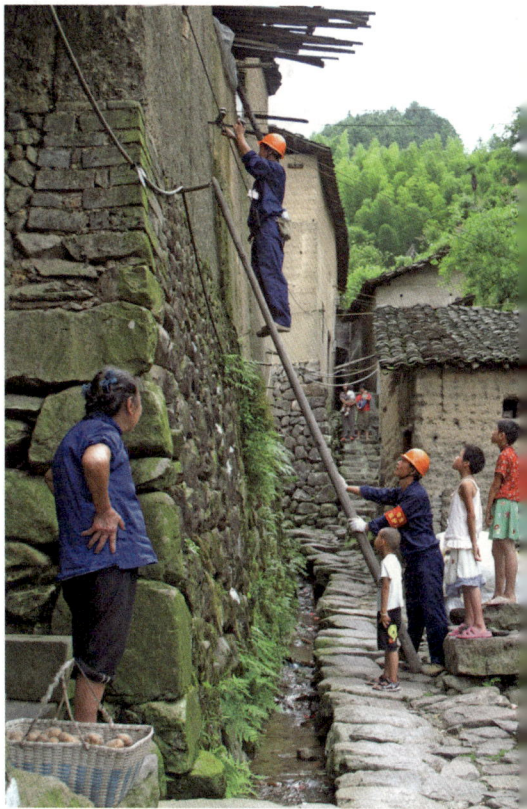
松阳县农网改造

"城乡同网同价"普惠民生

电网改造前，一本抄表卡成了丽水电业局抄表工的标配。每月的固定日期，抄表工都会走进自己管辖的村庄抄录变压器总表。抄表这天，村电工也会放下手中的农活，在变压器旁等候抄表工上门抄录总表，村电工根据总表电量，向每户人家收取电费，再把一个村的电费上交到电业局财务。收电费也是个怪模式，按每户人家的灯泡数来计费。那个时候，一个村一台变压器，只有一个总电表，哪家用了多少电，是一笔糊涂账。从村里到村组，线损电费都由用户承担，用电一层层承包，电价层层加码，一度电高达 2 元以上的事也有发生。

"两改一同价"之后，丽水市农村电力用户全面实行"一户一表"。全市开始实施"三公开""四到户""五统一"的电力管理制度。

从此，抄表卡退出了电力历史舞台，财务人员也得到了解脱，不再对着抄表卡计算每个村的总电费，这一系列的工作被电脑取代。抄表机顺应时代而来，它伴随着抄表工走进千家万户采集电量数据。所有用户档案也被录进电力营销系统。所有村庄用电问题不再是各自操心，只要是进户线前的电力抢修问题电力部门会安排专业人员抢修。乡镇营业所抄表到户，收费到户，服务到户，全面做到统一电价、统一发票、统一抄表、统一核算、统一考核。而电量、电费、电价，也做到全面公开，农村用电不再参差不齐。

2000 年 9 月 1 日，莲都区 17 个行政村成为"两改一同价"政策的首批受益者。网改后，村里有了悄然变化，村民家里换上了大英寸彩电，大铁锅归于沉寂，村民用上了电饭煲、电冰箱、洗衣机。"以前啊，家里的衣服手洗，不敢买洗衣机，电饭锅、电冰箱也是奢求，村里线路不好，一开就跳闸，没法享受。总表下的线损电量都分摊到每户村民头上，电价高。要是开一个月电费都要好几百，太贵了，只能当摆设。现在线路设施好了，用电正常又安全，还实行一户一表不用分摊线损电量，城乡用电一个价，我们老百姓得'实惠'啦！"莲都区村民叶大伟对抄表人员说道。

"两改一同价"后，农村生活用电电价平均降幅约 10 个百分点，下降到每千瓦时 0.6 元。非普工业用电也相应地从每千瓦时 0.95 元下降到

0.85 元，下降了 10.5%。农业生产用电降至每千瓦时 0.48 元。

作为全市第一批农网改造竣工县的缙云县，其农村电网用电质量和未来的发展需求得以提高。2001 年 11 月，缙云全县生活用电已全部实现"城乡同网同价"，平均电价从每千瓦时的 0.75 元降到 0.53 元，下降了 29.3%。

"两改一同价"从根本上改善了丽水农村电网的供电可靠性和安全性。同年供电可靠率为 99.76%，2002 年供电可靠率达到 99.96%。短短两年里，农网供电可靠率稳步提升，全市用电量明显增长。

缙云县农网改造

2003 年，丽水市供电量 21.76 亿千瓦时，售电量 19.70 亿千瓦时，与上年同期相比分别增长 29.27% 和 25.16%。

农网供电可靠性提升了，供电质量得到改善，农民的创业心也被激发了出来。丽水各地村民迈开步子开始尝试创业，拓宽了农村用电市场，给农村经济也带来了生机。

在莲都区的岩泉村，网改之前，大多村民以农耕为主，这里的工业产值只有几十万元。随着用电环境的改变，村民的生活负担大大减轻，他们就地取材，在村里办起了加工厂等。2001 年，岩泉村的工业产值增

莲都区农网改造

至 150 万元；2002 年，工业产值猛超 500 万元。岩泉村工业产值飞升，大幅度地提高了村民的经济收入。

2000—2003 年，这短短的 4 年时间里，丽水市完成同网同价农户约 63.77 万户，减轻农民负担 5870.79 万元。这次农网改造，被称为"民心工程"。

强化管理谱写新篇

2004 年 12 月的一天，赖理富迎来了他人生中的转折点。这天，他缓缓走进云和电业局的实操大院，登高板、安全带、扳手、横担、瓷瓶等器材平躺了一地，眼前是一根直立的水泥杆。其他人都神色紧张，只见他面露喜色，做好安全措施后，轻松登杆安装横担、瓷瓶，顺利通过农电体制改革考试，成为云和电业局的一名农电工。

这时期的农电管理体制"政出多门"，农电管理，何去何从？随着农电体制改革工作会议的召开，云和农电体制改革工作全面启动。撤销各乡镇府分管的农电站。农电站原配备站长、村电工，为了响应农电体制改革的号召，站长划归电业局统一管理，即如今的电管员，村电工则参与农电体制改革考试竞聘上岗。赖理富是幸运的，凭过硬的电力施工技能，考进云和电业局，正式成为一名农电工，从此告别了没有工资保障的日子。过去，他在村里当电工，工资由村里出。工资按每天5～7元算，每度电还提成3分钱做抄表补贴，再打点零工，为村民更换一只电表挣10元劳务费，每月下来收入微薄。

赖理富只是一个缩影。2005年，丽水电业局全面完成农电体制改革任务。对丽水全市农村电管员、农网专职电工、兼职电工共1701名进行了人事代理制合同签订，并强化了农电管理体系，建立相关的安全生产、线损率、电费回收率、综合管理、优质服务、营业窗口建设等指标体系。同时，以台区为单位，对农电管理人员进行综合考评。这些管理系统、指标体系、考评制度，有效地推动了丽水农电管理向规范化、精细化、科学化的方向发展。

农电体制改革后，丽水电业局在全市范围内开展了一次全员性的技能和业务培训，对农电管理人员进行分期、分批的培训，以全面提升农电队伍水平，适应农村用电不断发展的需求。与此同时，从办公硬件到软件，从电力设备、电力市场，到用户抢修管理维护，丽水电业局进行了一次彻底的大改革，促使农电系统体系化、规范化、标准化。

2009年，丽水电业局按照"管理集约化、机构扁平化、作业专业化"的原则，将供电营业所和地方供电所整合，推出绩效管理。将绩效工资与工作业绩、工作量、安全生产、优质服务等挂钩，提升农电管理水平。

一针一线编织出的农村电网，大大强固了丽水的农网系统，改善了丽水农村村民的用电质量，造福了丽水 214 万乡镇百姓，推进了丽水城镇现代化建设的进程，一步一个脚印地带动了地方经济发展，也加快了广大农民脱贫致富奔小康的步伐。

13 "三新"战略，走向丽水新农村

在中国农电改革发展史上，永远绕不过两座历史丰碑。一座是历时七年轰轰烈烈的"两改一同价"，另一座则是"新农村、新电力、新服务"农电发展战略（简称"三新"战略）。"三新"战略以"转变发展方式，县设新型农网，统一品牌服务，惠及家家户户"为基本要求，囊括了"户户通电"、新农村电气化建设、农村电网建设和改造工程、农电企

电力设计人员进行现场查勘

业规范化管理、农电队伍素质提升五大工程。

全面建设小康社会，最艰巨、最繁重的任务在农村；农业丰则基础强，农民富则国家盛，农村稳则社会安。从古至今，中国作为农耕文明源远流长的农业大国，在幅员辽阔的土地上，"三农"的发展成了中国现代化进程的重要使命。在工业反哺农业、城市支持农村的历史背景下，城乡统筹发展是解决中国"三农"问题的根本途径，党的十六届五中全会确定了"生产发展、生活宽裕、乡风文明、村庄整洁、管理民主"的社会主义新农村建设战略。可以说，"三新"农电发展战略是农电事业践行社会主义新农村的生动实践，亦是加快农村电气化建设、促进农电管理、提升农电服务质量的新契机。

拉开"三新"农电发展战略的序幕

在浙江，"三新"战略的出现曾引起不同看法，时任浙江省电力公司总经理赵义亮认为，这是浙江农电发展的新起点、新契机，维护和发展农民群众根本利益是农电工作的出发点和落脚点。于是，随着《"十一五"电力服务社会主义新农村指导意见》的下发，浙江贯彻"三新"农电发展战略的序幕拉开了。

"两改一同价"工程使农村电网经历了一次脱胎换骨的建设与改造，电能质量、供电可靠性都得到提升。但随着农村经济特别是县域经济的快速发展，农网普遍出现的低电压、卡脖子、超负荷等情况钳制了地方经济发展，暴露出一、二轮农网改造及县城改造面不足，且改造标准不高的问题，另一方面也反映了社会主义新农村建设中农村公用事业用电的蓬勃兴起，老百姓对于美好生活的向往。因此，响应"三新"农电发展战略号召，建设"结构合理、技术适用、供电质量高、电能损耗低"的新型农村电网，着力解决农村电网"卡脖子"问题，解决新农村电力服务的软着陆，实现农民用上电到用好电的转变，成了社会主义新农村农网改造的题中要义。

"三新"农电发展战略的重头戏是新农村电气化建设。国际经济学家丹比萨·莫约曾说，种一棵树最好的时间是十年前，而后是现在。可以预见的是，"三新"时期是新农村电网建设前所未有的一次历史性机遇。在这个过程中，逐步构建了"建、管、用"一体化的农村用电模式。

电气化是农村迈向现代化，实现城乡一体化的重要桥梁。1983年国务院批准公布全国100个中国式农村电气化试点县名单，浙江省11个试点县中丽水地区占据三分之一，缙云、庆元、龙泉、云和（含景宁）4个县入选，农村电气化完成第一项历史使命——把大部分人从琐碎的劳动中解放出来，推动了20世纪80年代浙江第一次农村个体创业潮。在浙江这个民营经济大省，在新时期"三农"工作"多予、少取、放活"的指导方针下，随着20世纪末及21世纪初的电气化建设，供电能力大幅度提高，个体民营经济与国有企业齐头并进。进入新时期，一句"祸在空调"精准描绘了这个时期的农村用电情况。从以前以农业灌溉、脱粒和生活照明为主，到新时代"三大件"电视、空调、冰箱广泛涌入农村，居民生活水平不断提高，农村用电以每年15%以上的速度增长，农村用电量一路高歌，突飞猛进。而前两期农网改造的成果经过了几年，又不得不进行改造。在这样的环境下，新农村电气化建设是箭在弦上，不得不发。

政企联手的和谐之路

在浙江省发展改革委的支持下，浙江省电力公司启动了"十一五"新农村电网建设和发展工程，"十一五"期间投入 35 千伏及以下农网改造资金 150 亿元。面对浙江农网急需改造和建设的现实，以往电网建设都是等上级给资金、给政策，这样的做法已经不适应眼下的经济发展用电需求。观念转变天地宽，浙江省电力公司深谋远虑、运筹帷幄，64 个经济上独立的县级电力部门中有自我发展能力的不少，于是，各地（市）、县电力部门纷纷担当起了新农村电网建设和改造的责任，主动

2006 年，丽水市开始实施新农村电气化建设

取得政府支持，将"十一五"县电网规划列入地方"十一五"发展规划中，突出农村低压电网规划和政府新农村规划中涉及的农网部分，同时加大对农改一、二期未改造村和改造村电网标准低、卡脖子线路、供电可靠性差农村电网的改造力度，全面推进新农村电气化建设。

新农村电气化建设作为农村建设的一项基础工程，与政府唇齿相依，息息相关。其时，从上至下建立了政企共建的工作体系，是建设新农村电气化的必由出路。2006年，丽水市委市政府（丽水地区于2000年撤地设市）按照"政府发动、乡村主动、电力推动、百姓互动"的工作原则，成立由市农办、市经信委、供电等部门负责人组成的领导小组，层层签订责任书，坚持与美丽乡村建设相结合，与农村中心镇规划相结合，与"低电压"整治相结合，将电气化建设纳入地方政府总体规划，由政府牵头，结合全省"百村示范、千村整治"和"小康示范村建设"推动电气化工作，结合地方经济发展和新农村建设规划制定电气化模式，以创建新农村电气化县、镇（乡）、村为抓手，电气化促进新农村电

新农村电气化建设施工现场

2014 年，丽水市实现全市电气化

网建设。农村电气化工作被浙江省人民政府列为服务新农村建设的典型经验。

2006 年，新农村电气化工程"新农村、新电力、新服务"的电网建设在全省农村开展。如果说，之前十几年的电网改造是运动化的，新农村电气化建设则进入了电网建设规范化、计划化、布局化的规划历程。具体地说，就是实施"新农村电气化县""镇镇电气化""村村电气化"三步走计划。打响新农村电气化攻坚战第一枪的缙云县供电局，经过两年多的艰苦努力，于 2008 年 12 月率先宣告工程竣工。2009 年作为试点县之一的莲都区供电局，于当年 12 月完成工程建设任务。2012 年，青田县、松阳县供电局和遂昌县电力工业局完成建设任务。2013 年，龙泉市、景宁县、云和县电力工业局和庆元县供电局完满收尾，丽水市新农村实现"县县电气化"。

2013年11月，丽水市实现"镇镇电气化"。2014年3月，庆元县成为全市首个"村村电气化"县。2014年，全市电气化建成，丽水乡村实现了从"有电用"到"好用电、用好电"的深刻转变。

硕果累累的收获之路

经过9年的努力，一个"坚强、智能、节能"的崭新农村配电网基本成型，丽水市农村用电环境有了很大的优化，政府公共服务能力得到提高，有力推动了区域农村社会经济的可持续发展。

优质服务的难点在农村，薄弱点在农电。新农村电气化践行"三新"战略的关键，是把国家电网服务延伸到广大农村，不仅让人民群众用上电，而且要用好电。丽水市大多村庄偏僻遥远，施工条件之艰难超出想像。几千名建设者发扬"艰苦不怕吃苦、山高要求更高"的精神，采用联建模式及项目"五制"落实，提前两年建成精品工程。更可贵的是，建设速度不仅没有以牺牲质量为代价，反而让质量更上一层楼。在采用集束电缆、集中抄表系统和三级剩余电流保护方式等方面，工程取得了多项创新成果，大大提高了工程的可靠性与经济性，有效确保"三农"安全可靠供电。

2007年9月27日，浙江省电力公司新一代电力营销技术支持系统在全省供电企业全面上线运行，用户超过1900万户，成为全国规模最大的电力营销系统。当年的10月11日，丽水率先开通了浙江电力95598网上营业厅。丽水电业局加强农村供电营业窗口的软硬件建设，主动对接

"村级便民服务中心"平台，将用电业务咨询、受理、电费回收等多项供电服务无缝衔接，真正做到"用心服务、靠前服务"，形成优质、立体的新农村服务体系。

9年的新农村电气化建设，国网丽水供电公司共累计投入资金20.04亿元，其中农村中低压电网改造资金13.32亿元。截至2014年6月，丽水电网拥有500千伏变电站1座，220千伏变电站11座，110千伏变电站36座，合计110千伏及以上变电站48座，总容量762.55万千伏安；110千伏及以上输电线路136条，长度2984.95千米。其中，新建、改造10千伏线路2117.7千米、0.4千伏线路4139.4千米，完成新增配电变压器1154台、新增配电变压器容量22.3万千伏安；增容配电变压器979台，增容配电变压器容量17.9万千伏安，改造配电变压器928台，改造配电变压器容量17.4万千伏安，累计新增容量57.7万千伏安。

新农村电气化建设施工现场

全市乡村生活用电量由工程实施前的 2.39 亿千瓦时增加到工程实施后的 5.47 亿千瓦时，增长了 128.87%；农村电压合格率为 99.733%，与工程实施前的 95.05% 相比提高了 4.683 个百分点；农村供电可靠率为 99.8622%，与工程实施前的 99.7213% 相比提高了 0.1409 个百分点。农网综合线损为 5.6%，与工程实施前的 6.18% 相比下降 0.58 个百分点。9 年的新农村电气化建设，全市农业总产值由工程实施前的 70.96 亿元，提升到工程实施后的 129.68 亿元，增长 82.75%。农村居民家庭陆续拥有了电脑、空调和电冰箱，进一步缩小了城乡生活差距。

在滚滚向前的历史车轮里，电能不仅仅是电能，更是一个地方经济发展、人民富足、文化成长不可或缺的引擎。我们有理由相信，当更多的电能注入山村的脉搏，这片土地和它所孕育的文明，将产生节奏更为有力的律动，焕发无穷的生机。

四

服务在前

14 金牌窗口，"阳光服务"塑品牌

　　阳光，蕴含温暖向上、诚心向善之意，代表着生机和朝气，更象征着希望和力量。在浙西南莽莽群山之中，有一个被当地百姓比作"阳光天使"的服务团队，她们秉持"客户满意，我的责任"的核心价值观，践行"有限服务、无限价值"的服务理念，打造"责任、感恩、进取"的高素质服务形象，成为全省电力行业追求客户满意的一个缩影。"阳光服务"便是这个团队创立的品牌，自 2006 年结对困难姐妹付丽玉这一小

2011 年 6 月 15 日，浙江省供电营业厅标准化建设与推广现场会在莲都供电公司举行

小善举中萌芽，2007年确立品牌创建思路，历经17年，"阳光服务"成为国网丽水市莲都区供电公司（简称莲都公司）的一个代号、一种精神。17年来，莲都公司持续深耕"阳光服务"品牌，不仅创成省内唯一获评知名品牌的供电服务注册品牌，也成为丽水电力优质服务的金名片。如今，"阳光服务"已推广成为丽水区域性服务品牌。一支支阳光服务队活跃在城市乡村，以标准化、专业化、个性化、多元化的服务，体现了"专业、贴心"的品牌定位，树立了"舒心、放心、贴心、暖心"的阳光形象。

"阳光服务"的高光时刻

2007年，丽水电业局提出优质服务工作要走在全市各行业和全省同行业前列的"两先"战略目标。为推动"两先"战略落地，以优质服务"阳光工程"为载体，在做好基本服务和普遍服务同时，逐渐将重心转向品牌服务，向优质服务的高级形态迈进。

具体来说，确立了以"阳光服务"品牌实践为基础，逐步形成全市"阳光服务"品牌的建设思路，全力打造"阳光服务"区域性供电服务品牌，重点突出标准化、专业化、个性化、多元化的服务特质，凸显"国家电网"品牌在浙江绿谷的落地价值。经过三年左右的积极探索，形成"阳光服务"的三大品牌要素和四类品牌标准，全面完善了品牌理念识别、视觉识别和行为识别系统，为实现优质服务"两先"战略提供了强大动力。

为强化"阳光服务"品牌的内涵和外延，率先在省内提出了"全程式引导"服务理念，推出"阳光天使十二进"服务活动，这两项举措极大提高了客户满意度。同时，建成丽水市首个"三型一化"营业厅，依托"互联网＋营销服务"，助力客户办电"一次都不跑"。推出"阳光助企"综合能源服务八项服务举措，编制完成全省首个《综合能源服务业务一本通》。文化打造上，为了构建阳光企业文化，出版了包括《阳光天使》在内的七本"阳光文化"系列丛书，推出"阳光莲电""阳光天使""天使之歌"音乐视频三部曲，微电影《阳光故事》，构建"1+1+5阳光"文化体系，推进供电所文化建设全覆盖，形成以"阳光"理念为核心的"一花五瓣"企业文化莲都模式。2010年，"阳光服务"品牌成功注册，自此开启"阳光服务"品牌的向阳成长之路。

2011年6月15日，"阳光服务"迎来高光时刻。

这一天，全省供电营业厅标准化建设与推广现场会在莲都公司召开，以莲都供电营业厅标准化管理制度为参考依据而编制的《浙江省电力公司供电营业厅标准化服务手册》向全省推广，以此统一全省供电营业厅的服务标准，全面提升供电营业厅标准化服务水平。

"姑娘们在做到规范服务的基础上，服务应变能力也很强，体现了'阳光天使'们的高素质，也反映了供电营业厅深厚的文化底蕴"。服务的最高境界就是让被服务人员感到不可思议。与会代表还来到莲都供电营业厅，现场体验了该营业厅的日常管理模式和独具特色的"全程引导"服务，直观感受了丽水"阳光服务"的标准化服务理念和服务方式，

《浙江省电力公司供电营业厅标准化服务手册》

进一步加深了对新标准化服务手册的理解和认识。

2018年"阳光服务"品牌被认定为浙江名牌产品。

"阳光天使"的服务风采

供电营业厅是展现电力行业形象的窗口，也是最能体现"阳光服务"的载体，这里的营业人员被称为"阳光天使"。"时刻保持微笑，时刻保持阳光心态。"

在莲都公司阳光营业厅，每一位客户都会被"阳光天使"们的微笑所打动。这微笑是百合、是玫瑰、是沁人的甘醇，传递的是友善、是关切、是真诚。"看了阳光营业厅，给我留下了深刻的印象。无论是窗口服务人员还是其他支撑服务人员，精气神都展现得非常好，这确确实实是咱们丽水电力的一大亮丽名片和优秀品牌，一定要把这个良好文化继续传承下去，要把这个名片越做越亮，把这个窗口越擦越亮。"越来越多的领导与同仁在阳光营业厅调研后纷纷给出肯定。

离客户3米时微笑；1.5米时起立、鞠躬、迎坐；客户离开时起立，微笑与之道别；离开座位时，将凳子右转90度紧贴桌子摆好……在这里，每位窗口人员都必须按照这样的标准，精确规范服务。这就是营业厅所倡导的标准化服务——"阳光服务"的精髓所在。看似简单的标准化服务，想要真正做好却并不容易。营业厅的"阳光天使"们更是为此付出了超常努力。每年上千次的重复训练，上百课时的理论培训，各种业务考试、知识竞赛……自2006年以来，通过标准、训练、督导、考核一系列硬战，这支娘子军坚持高标准高强度的系统培训，培养专业技能型服务人才，强化全面实践能力。

正是如此日复一日的严格训练，使她们练就了一身过硬本领。端庄的

莲都供电营业厅前台

仪容，标准的服务姿态，使所有体验过"阳光服务"的客户都会毫不吝啬地对她们竖起大拇指。她们热情的服务态度，高效的办事效率，真正践行了"人民电业为人民"宗旨，也让客户看到了"阳光服务"的风采。

在智能手机还没兴起的年代，网上交电费还是一件稀罕事。如果办理用电业务，跑几次供电营业厅也是常规操作。2010年夏天，市民郑基正第一次到丽水，"一个朋友打算在丽水开眼镜店，营业的'吉日'都选好了，请柬也发了，结果竟然忘了去办理通电手续。我因为刚好提早一天去帮忙，就被他一起拉到了供电营业厅。""阳光天使"接待了他们，不仅耐心宽慰，还全程引导他们办完用电审批手续。从现场勘查、装表接电到最后验收通过，"阳光服务"开辟"绿色通道"，让整个办电流程非常顺畅，当晚眼镜店就通上了电。"整个办电过程感觉特别舒服，让我对丽水这座城市的好感提升了好几度。"在那个服务意识还未高度发展的年代，郑基正被这一优质服务的品质与精神所深深震撼。

　　"你们服务态度真好，这些桔子留给你们吃。"拄着拐杖的王大妈来到营业厅前台，非要将手提的一大袋桔子送给营业厅工作人员，她说她就想给这些孩子们送点桔子。原来，王大妈是营业厅的常客，家住营业厅附近，虽然腿脚不便，但平日经常到营业厅休息或看报纸，有时她会让女儿将饭菜送下来给她，她就把在营业厅的书写台当做餐桌吃饭。尽

微笑服务

"阳光天使"

丽水电力营商环境服务中心

管会影响到一些工作，但营业厅姑娘不仅不介意，还经常主动关心，帮她清理餐后垃圾，给她倒杯茶水，这让她感觉很温暖。时间久了，王大妈就把营业厅当成了自己的家，还把这儿的姑娘都当成了自己的孩子，亲如一家。

这样的故事，在营业厅里时不时就会发生。"把客户当做亲人，服务就多一份真情；把服务当成感恩，客户就多一份满意。"正是用心勾画出了这样的"阳光服务"理念，才成就了一个个美丽动人的故事。

营商环境的走先领跑

新时代新发展新要求。营商环境成为地方谋发展、提升区域竞争的软实力，也是推动经济社会高质量发展的硬支撑。2023年，浙江省委省政府将营商环境优化提升纳入"一号改革工程"，对全省营商环境提升提出高标准严要求。如何让"营商环境"在"阳光"下不断优化，如何围绕"供好电、服好务、用好能、守好规"12字要求，确保电力营商环境服务举措有效落地，也成了"阳光服务"品牌不断迭代升级的重点发力方向。

近年来，供电企业贯彻落实国办函〔2020〕129号文要求，实施电力接入工程分担机制，有效降低企业用电成本，做到营商环境优化"电力先行"。2023年3月30日，莲都区完成全市首个县级电力接入工程分担机制政策发布。

"这个办电'大礼包'真是我们今年收到最好的礼物了，整个项目实施可以帮我们节省将近480万元的投资，多亏了你们供电公司！"白桥双创中心项目负责人说道。此次政策出台，进一步扩大受益面，供电服

丽水电力营商环境服务中心直播区

务的起点从申请用电阶段前移至土地出让阶段，在土地开发前期，政府部门就会和供电公司按分担机制进行协调，并按照拿地企业的需求时间，提前做好用地项目的电力接入工程建设，破解以往因企业申请用电晚带来的电网规划不衔接、配套工程跟不上的难题，让企业真正享受零成本开门接电的便捷服务。截至 2023 年 6 月 30 日，莲都区已完成碧湖白口双创园、万洋 12 号地块、18 ～ 20 号地块的电力外线工程电力分担机制落实，累计为用户节省投资约 5500 万。

2023 年年初，国家电网公司提出建设卓越供电服务体系，要求对营销前端服务模式进行变革与升级，构建以客户为核心的服务理念。根据浙江省电力公司统一部署，莲都公司推进供电服务模式转型，打造电力营商环境服务中心，创新研发了轻型云终端、掌上营业厅、浙电小云三大数字化服务工具，并在基层供电所试点应用。"阳光服务"的数字化手段为丽水山区用户提供了更为高效、便捷、优质的服务；轻型云终端实现客户免登录、刷脸办、零证办、远程办，解决了实际服务过程中碰到的用户无智能手机、无网上国家电网账号等问题，降低线上办电的门槛；掌上营业厅把营销 2.0 移植到 i 国网上，实现客户信息查询、服务订阅等 7 大功能随时随地使用，将传统"柜台式"服务转变为"走动式""上门式"服务，让服务方式更灵活；"浙电小云"机器人入驻到社区群、乡村群，实现了客户诉求秒级抓取。

优质服务永无止境。随着人们对美好生活的不断向往与用电需求和服务期望不断提高，服务不再停留于一杯热水、一张笑脸、一件好事、一点温暖，"阳光服务"的背后是丽水电力人共同构筑的全方位、全过程和全员参与的大服务体系，每一位丽水电力人都怀着美好的心愿传播光明，以客户满意为己任，用汗水挥洒着责任，用微笑演绎着真诚，铸就了"客户满意，我的责任"的"阳光信念"。

15 乔帮主，服务走出去、侨商请回来

　　2015 年来，为贯彻落实国家顶层合作"一带一路"倡议，实现电力服务"一带一路"落地，国网青田县供电公司（简称青田公司）以"精准服务华侨"为出发点和落脚点，持续创新服务载体、拓宽服务渠道，推出"侨帮主"海外服务平台，开发线上"办电微平台"实现"国内业务海外办"，创设线下"海外营业厅"实现"海外业务国内帮"，不断联动政府资源，逐步向"助侨微联盟"延伸，形成"一侨三轨"的服务新体系。通过健全配套支撑体系、建立服务保障机制、融合相关涉侨单位这三个途径，充分整合线上线下、海内海外资源，最大限度向青田华侨开放，实现资源互联互通，另一方面确保内部流程运转流畅，推动涉侨服务更便捷、更高效、更到位，为美好生活充电，为美丽中国赋能。

没想到国内用电业务也能在海外办理

　　习近平总书记高度重视侨胞这一群体，曾在多个场合谈及侨胞及侨务工作。2017 年 2 月，总书记对侨务工作作出指示，他指出，实现中华民族伟大复兴，需要海内外中华儿女共同努力，把广大海外侨胞和归侨侨眷紧密团结起来，发挥他们在中华民族伟大复兴中的积极作用，是党

和国家的一项重要工作。近年来，服务海外华侨，引领侨资回归，也是国家电网推动深化"最多跑一次"改革的方向之一，并且卓有成效。

浙江是中国重点侨乡之一。近年来，浙江省不断优化营商环境，积极引导侨商侨资回流，利用侨务资源推进"走出去"和"引进来"发展内容，帮助海外华侨领会国家及浙江各项政策。以青田县为例，这个人口57万的浙西南县城有38.1万华侨，他们分布在全球146个国家和地区。如今，得益于当地政府及公共服务业提供的支持，已有超10万青田华侨陆续带着理念和资金回归家乡。叶理火就是其中之一。

叶理火的人生轨迹是很多华侨的缩影。少年时怀抱梦想，离乡背井，历经千辛万苦，异国他乡打拼。事业有成后，带着对家乡深深的眷恋，重回故乡。

一切的开始，要从叶理火在西班牙找到了国家电网的"海外营业厅"说起。这次遇见，让他惊叹身处海外依旧能保障自己在国内的权益，同时也成了叶理火日后归国反哺家乡的契机。

长年身居海外，最让叶理火放心不下的就是老母亲。年事已高的母亲，不愿离开故土，一人留居在老家。每两个月左右，叶理火就丢下手头工作，赶回国内探望母亲。中国和欧洲隔着万水千山，往返一次相当不容易，但即使再忙再累，叶理火也风尘仆仆地赶回来，哪怕只在家陪母亲几天也行。

2017年秋，独自生活在青田老宅里的母亲不慎扭伤了脚，她给儿子打去电话，说家里的电费很久没去缴了，自己又去不了营业厅，让叶理火想想有什么办法。叶理火一边安慰母亲，一边在青田华侨圈子里打听怎么联系国内供电公司的工作人员，看看是否有提供上门收取电费的服务。此时，一位名叫包越瑜的女士回复了叶理火的求助信息："来Lumisa公司吧，我们这里可以代办国家电网的国内业务。"看到信息后，叶理火匆匆来到Lumisa公司，通过这里的国家电网"海外营业厅"为家里缴足

西班牙巴塞罗那的国家电网"海外营业厅"

了电费，这是叶理火第一次知道原来国内的用电业务还可以在海外办。

"海外营业厅"是青田公司依据青田是华侨之乡的特色，服务海外华侨的第一个阵地。旅居西班牙的华人通过该平台可以直接在海外办理国内用电业务，解决办电和用电难题。"海外营业厅"没有独立的门店，但后台服务网络十分强大，海外用户可以通过关注"侨帮主"微信平台，直接办理国内用电业务。"海外营业厅"的运维工作人员通过微信，在最短的时间内受理并安排人员办理业务。就这样，无形的网络将国家电网与旅居海外的华侨连接在了一起，华侨隔着电子屏就能享受到有形的优质服务。

如今，依托海外同乡会、中餐馆、华人超市、华侨联络员队伍和国外能源公司，国家电网"海外营业厅"已经在西班牙、捷克、意大利等国家的共 12 个城市设点。"侨帮主"由虚拟走向现实，成为海外华侨之间口口相传、可以信任和依赖的"娘家人"。通过一个小小的微信平台就可以解决用电难题，国外的用户不再受时空和国界的约束，真真切切地感受到电力服务的周到和细致，家乡电力服务的热情传递到了万里之外的游子心坎上。

我看到了回国投资的可能性

除了办理用电业务，"侨帮主"平台也会推送电力产业的相关投资信息。在一次"侨帮主"平台发布的"电力获得指数"信息中，叶理火看到了国家电网为改善营商环境取得的成绩，他敏锐地感觉到国内投资环境正变得越来越好，而且国内政治稳定、社会安全、经济保持稳步增长，这些都是其他很多国家无可比拟的优势。叶理火久居海外，足迹遍布全球各地，但对家乡、家人的思念时常萦绕在他心中。如今自己事业有成，看着国内环境的不断变化，他萌生了回国发展的想法。

有了想法后，叶理火通过"海外营业厅"拿到了成体系的家乡政策解读、归国投资、公共服务等方面的宣传材料，特别是当地政府也在号召侨商回归，这让长年待在国外的叶理火对国内的投资环境有了更深入的了解，也坚定了回国投资的决心，用他的话说就是："我看到了回国投资的可能性。"

在充分了解家乡关于光伏项目的具体政策后，叶理火决定在家乡投资光伏电站，打造一个集光伏发电、生态种植、观光旅游于一体的现代农业综合体。

出国二十多年，如今要回国发展，叶理火在创业初期还略有担心。但他的顾虑很快消除了：通过"侨帮主"，他不仅可以在线办理装电手续、翻译国外电费单、咨询电价政策等国内外各类涉电业务，还能一并解决政策解读、公共服务等其他民生问题。没多久，在"侨帮主"的帮助下，叶理火快速办理了涉及各个部门的项目前期申报工作，大大缩短了前期等待时间。

2019 年 6 月 29 日，叶理火投资的光伏电站成功并网发电。2020 年 7

月，也就是投运一年后，叶理火的光伏电站运行良好。在别人的建议下，他又在光伏板下试种起了油茶，产出后还将叠加收益。望着这一切，叶理火觉得，他与故乡的距离又一次拉近了。

位于青田县方山乡的 35 千伏龙脊光伏电站，由归国华侨叶理火投资建设

最开心的是新一代华侨也回国创业了

"我儿子也回国创业啦！"说起这件事，叶理火的脸上绽放出发自内心的喜悦。儿子从小在国外长大，叶理火一直担心这代人跟家乡就此失去密切的关联。走得再远，叶理火的内心深处还是希望孩子的根能扎在祖国，扎在故乡。"看到年轻人愿意回国创业，是我们这一辈最欣慰的事。"叶理火的话代表了老一代华侨的心声。

　　叶理火的光伏电站步入正轨后，受父亲影响，儿子叶正川也添加了"侨帮主"平台，关注起了丽水市青田县的招商政策。近年来，跨境电子商务在国内势头大好，叶正川动了投身跨境电子商务的念头。在平台发布的青田进口商品城招商须知中，他嗅到了商机，决定租一个店面开一家西班牙进口超市。

　　叶正川说："我完全没有国内生活的经验，但我也完全没有担心。"因为通过"侨帮主"平台，青田公司主动为叶正川提供了增值服务，不仅为他的店铺在用电新装上开方便之门，还帮助指导办理工商、税务、消防等登记手续。"从店铺选址到开张，只用了不到1个月的时间。特别是从办电到通电'一次都不跑'，仅2天就完成了，这在国外是无法想象的。感谢'侨帮主'这个好平台，让我既能抓住商机，又能让项目快速落地。"叶正川的表情，包含了钦佩、感激，但更多的，是幸福，一种被祖国、被家乡给予母亲般细致呵护、兄友般温暖情谊的幸福。

红船党员服务队为侨博会保供电

在青田召开的第二届华侨进出口商品博览会

　　像叶正川这样开设的进口商品店在青田有 200 多家，这也是青田县"服务华侨要素回流，抱团走向全国"的一个缩影，仅青田进口商品城三期、四期项目中就有 118 户店主是在国外通过"侨帮主"办理的用电报装。

国网青田县供电公司"侨帮主"服务人员走访归国创业的华侨

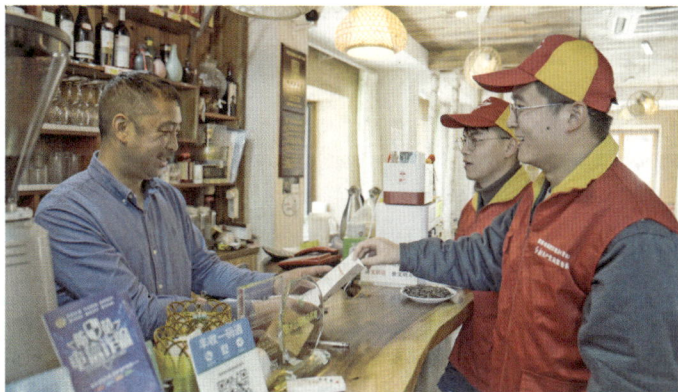

自 2015 年推出，截至 2022 年，"侨帮主"已累计为海外华侨办理了 238 户大工业、一般工商业用电及 143 户居民生活用电，累计吸引 368 名华侨回乡投资创业，为青田引进侨商资金 2.64 亿元，共有 28 名华侨通过"侨帮主"推送的信息，回乡积极响应国家节能减排政策。

如今，"侨帮主"平台正在充分发挥微媒体开放性强、自由度大、信息传播快等特点，联合当地侨联、招商、经信等相关单位，充分整合各方面资源，丰富"侨帮主"微联盟服务元素，打出一套服务民生、助力经济的组合拳。

16 龙南明珠，"江浙之巅"的党员服务队

从龙泉市区出发，往东南方向行进 60 余千米就抵达龙南乡。这里与景宁、庆元交界，十分偏远，海拔又高，将之称为江浙一带最离群索居的乡镇，想来并不为过。年轻人大都出门务工，远的去了东北、云南，近的在丽水、温州，村里只有深居简出的老人与孩童，国网龙泉市供电公司龙南服务站就坐落于龙南乡蛟垟村。

2021 年 8 月，在由浙江省委宣传部和浙报集团联合推出的"浙江好人榜"名单上，龙南党员服务队获得了"敬业奉献"这一集体殊荣。

龙南供电服务站员工在暴风雪中徒步巡线

点亮明珠的电力人

去过蛟垟村的人用"绿树村边合，青山郭外斜"形容这里。村子因一条将其蛟垟源一分为二的溪——而得名，如此一来，也就分外契合画中古村的诗意与禅味。蛟垟村平均海拔 1356 米，相对于江浙沪平均一两百米以下的丘陵平原，龙南服务站在这儿，颇有些险峻之中的威仪与平和之态。高山的料峭繁茂给人以沉静的力量，这些内部气息，磅礴又平稳，大抵是力量感与归宿使人心安。

村落的森林覆盖率高达 81.7%，对于只有 7 名工作人员的服务站来说，并不友好，因为密林的存在导致了树线矛盾。这种对抗性在余盛春看来，对抗即存在，颇有互生共存的意味。密林之下有线路，无林之处仍有线路，只要有一个人住在那儿，线路就到那儿。余盛春从服务站一眼望出去，满眼都是浓厚的、暗暗的绿，一座小小的服务站镶嵌其间，像是遗落在高山深林里一枚珍贵的明珠，在暗夜清风袭来时，给黑暗中的眼睛带来温暖与明亮。

这支坚守山区的龙南党员服务队，先后荣获了全国模范职工小家、国家电网先进班组、国网浙江省电力公司电网先锋党支部、丽水电力系统抗冰抢险一等功臣集体、群众满意基层站所等荣誉称号。这支只有 7 名队员、平均年龄 54 岁的服务队，日常负责 15 个行政村 98 个自然村 2 万多群众的供电任务，服务面积达 219 平方千米，属全省辖区面积最大，辖区内 10 千伏线路长达 187.3 千米，低压线路 129 千米，线路所经地区均为高海拔山区。在这样的条件下，这支身处"江浙之巅"的党员服务队寒来暑往，春去秋来，日日不缀。

当然，如果说老一辈的村民是明珠点亮的见证者，余盛春们更是亲历者。从没电到有电，从有电到用好电。

八十年代，龙泉县严重缺电，当时全县水电装机容量13200千瓦，多数为500千瓦以下的小型、微型电站，人均拥有电量仅78千瓦时。到了1990年，龙泉农村生活照明用电占据了用电量的半壁江山，当年龙泉有电视机、电冰箱等6万余台，电炊具4万余只。进入新世纪，新时代赋予新使命，在新农村、新电力、新服务农电发展战略出台之后，这时候，转变发展方式，建设新型农网，统一品牌服务，惠及家家户户，启动新一轮农网改造工程，新建10千伏线路，更换老旧线路和变压器，让群众用上电、用好电。直至眼下，第三产业旅游潮火热，炉岙农家乐和凤羽山庄等民宿在高山上拔地而起。这颗深山里的夜明珠，托举起了乡村的希望。有了电，再偏远的高山也有夜间行动的自由。有了电，深山有了电饭煲、电风扇、电视、电冰箱、空调的自由，有了跟上世界节奏的权利，让更多人有了走出深山的勇气，有了城市与乡村的互动共通，有了乡愁即可抵达的慰藉。

"江浙之巅"的守护人

余盛春自小出生在龙南乡，年轻时当村支书，在这一带颇有声望。后来，成了龙南供电所的一名抄表员。成日上山下乡，不是在村子里开展农村安全用电宣传教育，就是在前往另一个村子的路上进行安全用电巡回检查，分发安全用电常识读本，但这一带的村民仍习惯有事就找余盛春，好像是一种习惯，余盛春却说，是大家信任，他的眼里闪着蛟垟青绿色的光。除了用电问题，有时候余盛春帮山里的老人捎来城里的油盐酱醋、饼干和糖果，再后来，服务站的工作越来越细致，细到摸排村落里的贫困户和需要帮助的老人，过年过节送大米和油上门。

转岗线路运维后，日常最高巡线点位达 1700 米，被称为最高、最险、最长的"江浙之巅巡线路"。作为一名线路工，余盛春整日浸泡在大片密林中的线路底下，与高山密林里大片大片闪着银耀色希望和光亮的竹子斗智斗勇，拯救冰雪雨水天气下附着千斤惴惴不安的银线。后来余盛春当上了龙南服务站站长，大家都说，老余当站长是定心丸，是全村的希望，用电有保障。

也是因为海拔高，范围广，龙南大部分山区不通公路，巡线和抢修从站里到最远的巡线点位要走 30 多千米，一个青壮年也需接近 4 个小时脚程。脚下是弯弯绕绕的艰险山路，背着瓷瓶、令克棒、避雷器、脚扣、手电筒、砍刀、螺丝刀、虎口钳等重达几十斤的工具材料，在广袤的密林内，巡线人弯着腰、弓着背，饿了吃面包饼干，乏了就席

龙南供电服务站站长余盛春为当地留守老人送去春节的祝福

地而坐。直至现在，龙南最远的巡线点位离服务站 60 多千米，乘车一个半小时，尚未通车的小横坑和黄九坪台区离最近的公路尚有十几里山路，需负重徒步前往。每个巡线工有各自负责的线路，平时每两个月巡查一次，碰到台风、冰雪恶劣天气，重要的线路每月巡查一次，一次长达半个月以上，因为这些重要线路中的很多段既高且险，还很长，其中跨度大的某段线路，三四天才能全部巡完。他们穿梭在弯弯绕绕的山路上，消失在密林之中。

巡线人与巡线路上的一草一木产生了息息相关的互动与关照，余盛春们或许比这座山里的大部分人更熟悉这座山。因为年复一年、日复一日地巡线，比大多数山里人更勤快些。有些地方没有路，仅是供人侧身而过的一条小道。他们不得不每巡一次，就当一次造路人，拿上柴刀左砍砍、右割割，在未知名字的道上勤勉开路。天气不好的时候，山路不好走，这时候取一捆稻草揉搓成绳，踩实后牢牢绑在鞋子上，再打个结，"脚码子"就做好了。这个"脚码子"是爬山利器，类似于给地球引力引起的身体重力设置一个阻滞的钝感器。如果脚下没路，就抬头看天，看线路，那就是出路，这些巡线人是介于农民与诗人之间的哲学家。

凤阳 184 线 108 号杆塔海拔 1700 多米，把杆塔建在最靠近"江浙之巅"黄茅尖这儿，在仰视与对视之间，颇具深意，仿佛太阳与铁的对话。这条线是所有线路里最高最险最长的，周世通足足巡了 34 年，记不清摔了多少次，留下多少伤疤，记住了每根线、每个杆塔、每个部件的日常情况。"瓷瓶、避雷器没有破损，导线正常，塔杆没有裂纹，塔基没有下沉……"他的巡线日记早已泛黄，在细密的汗珠之下，时间不知是随着日子翻卷而消逝，还是随着皱卷的记录本失去了鲜活力，朝晖夕阴，气象万千，长此以往的巡线工作，使他们变得踏实，从容，气度平和，或许与这一方山水有关。

师徒接力的自家人

　　龙南地处偏远，交通不便，供电面积大，人口居住分散，在众多的空巢村里，平常只有 2000 余人居住，大部分是孤寡老人、贫困户、五保户、残障人士等。他们连自家的漏电保护器跳闸停电也不会操作，有时候老余他们走几十千米的山路，就为了"咔嚓"一下，合上一个漏电保护器，既委屈又心酸。这些时候，他们索性不走了，挨家挨户走走看看，排查用电安全隐患，检修室内线路，再遇上老人在干农活，也上前去帮一把，和田里的老人聊天，唠的嗑，说的话，稀稀拉拉地落在了田埂上。

　　冬天山里天黑得很快，傍晚六点多，已是漆黑一片。一天，巡完线沿着曲曲折折的小路下了山。车子发动，却没有开回服务站，而是径直驶向村里。原来老余打定了主意要去看望村里的吴元铨。独自拉扯大两个儿子的老吴快 80 了，这些年两个孩子都在云南打工，很少回家。临近春节，他家昏黄的灯光彻夜通明。余盛春带着徒弟进村，开展节前安全用电巡查，老吴倚在门口，余盛春知道，他心里盼着，孩子回家的时候，家里是亮的。临走前，老余给门口贴上了对联，还挂了一对红灯笼，徒弟叶根弟把送给老吴的水饺煮上一碗，端桌上叫老吴进屋吃，老吴这才回过头来，进屋吃饺子。"上次换的电热水袋还好用吗？要过年了，给你带了点东西。"老余在沾满草屑的工具包里翻找着，递了些香皂、盐、牙膏等日用品。"吴伯，下次再来看你，就是我徒弟啦。"老余握着老人的手说，"以后用电和生活需要帮忙的，只管找他！"

　　老吴抓着老余的手，回忆起 2008 年那场大雪。

　　2008 年 1 月 15 日清晨，龙南乡庵边村民摸黑早起烧饭，插上插座，按下按钮，电饭煲指示灯怎么也不亮，去开灯才发觉庵边停电了。这是浙西南山区农网冰雪灾害的一个预示。随后，龙南乡东坑、东湖等几个行政村发生倒杆断线，陆续断电。龙南供电所的值班电话不停地响起：义和线断电！建龙线断电！凤阳山线断电！建新线断电……轻如鸿毛的雪花瞬间形成千钧重负，境内 6 条千伏线路多处发生故障。为及时修复受灾线路，服务队第一时间出动，清除线路积雪 2000 多处，排除故障 1400 多处。顶着风雪抢修，同事们形容余盛春像个雪人，衣帽披着雪花，眉毛胡子结着冰碴，大家觉得他更像个铁人，雪水浸透棉衣，鞋子里灌满了泥浆，倦容难掩，但从不倒下。

就这样，在漫天飘雪的回忆中，老余郑重地将老吴交给了徒弟叶根弟。从村里出来，他们走上了回程的路，一路上盏盏红灯笼点亮了龙南乡，灯火通明。40 年了，龙南党员服务队，除了保障山区电网安全稳定运行，还点亮了最需要温暖的孤独群体的"心灯"，或许这就是这片地广人稀的土地上，人人都把电力人当作自家人的缘故。

余盛春自诩乡里深山的点灯人，回望驻扎龙南几十余年，从意气风发到鬓鬓白发，与这片情谊深厚的山水告别了。一回望，这些披着薄雾

龙南供电服务站
员工雪后清障

龙南供电服务站员工在暴风雪中开展抢修工作

出门的普通人，夕阳西下时身披彩霞而归，在一杆杆电力杆塔下，组成了一幅山景盛世图，在这江浙绝顶与山河深涧下，代代电力人在所热爱的事业中的传承与接续。

龙南供电服务站抢修车行驶在蜿蜒的山道上

17 电力老兵，
红色热土上的守护者

　　青山座座，乌溪江穿行而过。走在遂昌王村口狭长的石阶道上，青砖黑瓦，转角与历史人文之美不期而遇。宏济桥、蔡相庙、天后宫……一座座红色建筑遍布巷弄之间，见证着中国工农红军团结群众、解放人民的红色记忆。当来到浙江省丽水市遂昌县，就踏上了这样一片红色热土。中国共产党的第一块革命根据地是井冈山革命根据地，那浙江的第一块革命根据地在哪里？ 1935 年，刘英、粟裕率中国工农红军挺进师进入浙江，开辟了以遂昌王村口为中心的浙西南革命根据地，留下了丰富

革命老区王村口镇

电力老兵服务队归来

的红色印记。"忠诚使命、求是挺进、植根人民"的浙西南革命精神传承至今，依然充满磅礴的力量。

自 20 世纪 90 年代开始，在这片红色热土上，出现了一支电力老兵服务队。他们长期扎根在电网建设的一线，活跃在抗灾抢险的现场，奔波在为民服务的路上，以"薪火铸魂 挺进燎原"的工作理念，守护和见证着老区人民的幸福事。他们是国网遂昌县供电公司（简称遂昌公司）的一线员工，更有着一个共同而光荣的身份——退伍军人。当年，他们守卫祖国疆土，如今红色土地成了他们新的哨所。他们迎着风雷雨雪、穿过深山密林，在不知不觉间走过了 30 多个春夏秋冬，以青春和汗水守护万家灯火。

为人民服务哪里会怕麻烦

电力老兵服务队的队长廖水保今年 60 岁，是一名党龄超过 30 年的共产党员。他 1980 年参军，参加过对越自卫反击战，1985 年 4 月 3 日在战场上正式加入中国共产党。退伍回来后，廖水保加入黄沙腰供电服务站，这里是遂昌最偏远的乡镇，一干就是 34 年。

"为人民服务哪有怕麻烦的道理。"勤奋与执着、忠诚与奉献，秉持着这样的品质，寒来暑往，廖水保和队友们用心雕琢着属于电力老兵服务队的乡村服务记。

时间拨回到 2008 年寒冬。受连续雨雪冰冻恶劣天气的影响，山区供电线路和设施受损，廖水保和服务队的队员们天天在村里抢修。

那天，大伙抬着电杆从巫樟环家门口经过，想进去讨口热水喝。巫樟环热情地将众人迎进屋休息，泡好了热茶。

看到一群人满脸的疲累，巫樟环把领队廖水保拉到一边，小声问道："现在都两点多了，大家是不是还没有吃饭？"

廖水保有些不好意思："确实对不住干活的兄弟们了，但现在还有几个村没通上电，大家着急，想先把手上活干完，能早点用上电……"

"老弟呀，你们这几天的辛苦我们都看在眼里。你们坐着喝点热茶暖暖身子，我去厨房给你们弄吃的。"

"不要了，不要麻烦你……"

"不麻烦！你们都从来不会嫌我们麻烦。"巫樟环干脆利落地打断了廖水保，走进厨房。

"不麻烦"三个字，让廖水保的思绪不由回到十几年前的那个多雨的夏天。

2020 年，连着多日的雨天，柘岱口乡柘岱口村龙井头自然村唯一一条进村的公路被山石掩埋。平日里半个小时能走到村里，这天廖水保背着工具沿着山路徒步走了近两个小时，途中时不时有山石滑落打破大山的寂静。

在村口闲聊的秦远洪远远看到背着电力工具包的两个人朝他走来，并冲着他说："家里停电，你怎么不告诉我们，要不是别人讲，你是不是打算一直摸黑过日子了。"

"我是不想麻烦你们，这几天路不好走，又那么远，村里也没几户人家了，还要你们特地跑一趟，这不是耽误你们工作么。"老实的秦远洪嗫嚅道。

"你这样就不对了，这本来就是我们的工作，一点都不麻烦！"廖水保边走边"埋怨"，没一会就到了秦远洪家里，很快廖水保就找到了停电的原因。灯一亮，围观的人们都露出了安心的微笑。

电力老兵服务队为留守老人更换节能灯

就是这次事件，让廖水保有了很深的感触。

"修灯、接线是我们的特长，但对于普通人来说不是容易的事。"廖水保从小在山里长大，他深知这些乡邻们不爱给别人添麻烦，怎么样才能让他们愿意找我们，而不是觉得麻烦？"队长是退伍军人，队里还有好几名退伍军人，以电力老兵服务队的名义上门服务，或许他们就不会觉得生分了。"大伙一合计，给出了答案。

自那以后，抱着试试看的心态，不管是去村里检查线路还是上门收电费，廖水保都会向他们介绍电力老兵服务队，并把号码写下来递给他们，让他们有事情就打上面的号码。

"但凡答应了，不管多困难我们都要去帮他们解决。"对于接到的任务，服务队从来不挑三拣四，也不说困难谈条件，总是很爽快地答应。

"这些年，全靠有他们这样热心的帮忙。"黄沙腰镇大洞源敬老院的老人们把服务队当作"恩人"。老人普遍患有高血压、糖尿病、心脏病，

电力老兵服务队走进敬老院开展关爱留守老人活动

需要常年服药，但医院的药都是一个月一配。服务队得知老人们的情况后，当场就把这活"承包"了，每月跑腿送药，多年来从未间断。

换灯泡、修电器、跑腿买药……"为人民服务哪里会怕麻烦，就是要和老百姓紧紧地拧成一股绳。"服务队帮助山里百姓的点滴日常，点亮了偏远山村乡亲们的"心灯"，也赢得了乡亲们对服务队的信任和亲近。电力老兵服务队用实际行动诠释着"忠诚使命"这一浙西南革命精神的内涵。

山地掘金者挖出致富"黄金条"

柘岱口乡地处偏远，出了名的"山路十八弯"。经过数不清的弯弯绕绕后，抵达了当地有名的"番薯村"——柘岱口乡五星村。茶叶、烤薯是这里山民的主要经济来源。

遂昌民间流传着一句谚语："爬山过岭当棉袄，辣椒当油炒，番薯干当蜜枣。"很生动地形容了山区的地势气候、饮食习惯，尤其是最后一句"番薯干当蜜枣"，味蕾瞬间被勾起对番薯干的好奇和食欲。

因为地处高山，有着适宜的温度、湿度和土壤，这里种植出来的番薯个头匀称，色泽金黄，甘甜可口。山民将新鲜番薯切条晒烘，制成琥珀色的番薯干，就成了蜜枣般的甜蜜美食。

"过了谷雨，接下去正是种植番薯的好季节。"沥沥春雨打透了尹余禄家的耕地。靠着小小的番薯过上了甜蜜生活的尹余禄卷着两条裤腿，正起劲地翻耕着土地。他说，我现在的好日子，离不开电力老兵服务队的帮忙。

传统的番薯干制作，看天吃饭，全靠太阳晒，碰到下雨天，就要烧柴烘干，既不环保也不安全，产量也上不去。2020年冬天，看着村里人都置办了电动烘干机，尹余禄也买了一台，以为这样就完事了，但他却不知道这个烘干机需要申请专门的电能表，看着买来的机器闲置着不能正常使用，尹余禄干着急却没招。有经验的邻居给了他一张纸，上面有一个电话号码，让他打去试试，尹余禄将信将疑，拨通了上面的号码，把自己的需求告诉了对方。

"您好，有人在家吗？我们是电力老兵服务队的，来给您装电能表。"尹余禄讲起当时的情形，如在眼前，连对话都记得一清二楚。山里的冬天很冷，打完电话的第二天晚上 7 点多，他正准备睡觉，突然听到外边有人一边敲门一边问话。他赶紧打开房门，只见三名电力工人冻得脸鼻通红，头上却冒着热气，正笑盈盈地站在门外。进到屋里，他们顾不上休息，就动手安装起电能表，一番忙碌过后，闲置的烘干机顺利开机。

尹余禄心里的一块大石头终于放下了。队员们收好工具，背上工具包准备离开。"你们等等，我还没有给钱。"尹余禄急忙叫住他们，可他

电力老兵服务队到番薯干加工厂了解用电需求

171

们只留下一句话："不用给钱，我们的服务都是免费的。如果遇到什么问题，记得联系我们。"

用上了电动烘干机，番薯干产量剧增，人也轻松了许多。可是看着从烘干机里取出来的一条条烘得光泽莹润的番薯干，尹余禄却又开始头痛如何销售的难题。

得知情况的电力老兵服务队再次来帮忙想办法。他们利用自己的微信朋友圈转发信息，同时帮忙联系电商，不到两天时间，一千多斤番薯干一抢而空。听闻这个消息，之后每一年，找服务队帮忙销售番薯干的村民络绎不绝。

就是那个冬天，电力老兵服务队利用休息时间免费为100多户薯农安装电能表，同时他们还推出"无障碍"办电模式，通过网格化划分，为老年人开展"零距离"延伸服务，定期上门开展用电检查，消除安全隐患，让薯农及时用上"致富电"。

如今，遂昌番薯条销往全国，成了名副其实的致富"黄金条"，电力老兵们则成了村民眼中的山地掘金者。他们在绿水青山间挖"金"炼"银"，让茶叶、山茶油、冬笋等一批批土特产经过电气设备加工后，从"养在深闺无人识"到"插上翅膀飞向八方"。

牢记"求是挺进"这一浙西南革命精神内涵，不断求新求变，为人民的"黄金条"保"电"护航，越来越多的绿色宝盒正被电力老兵们一一打开。

从有界服务到"跨省"上门

遂昌供电辖区内有一个际洋村。这个村子海拔934米，是典型的

"空心村"，全村超过 80% 的年轻人外出打工，留下了许多孤寡老人。更为特殊的是，际洋村在行政区划上属于福建，电力供应和维护却一直由电力老兵服务队负责。

为什么会有"越境"服务呢？

原来，电力线路并不完全按行政区划分，而是综合考量供电半径合理性、运行维护便捷性、电能质量等因素后决定。根据地理位置分析，际洋村区域的电力线路更适合接入遂昌电网。

每个月的 15 号，一辆浙 K 牌照的黄色供电服务车都会准时地从遂昌县柘岱口乡际下村越过浙闽两省边界，驶向福建省浦城县忠信镇际洋村。

际洋村的村支书巫平松早早等在村口。他知道，这天电力老兵服务队都会雷打不动地到村里开展供电服务，有时候他们也会帮村民捎带些生活用品，而村民们也会泡好茶等他们。

在村子里走走看看，仔细检查线路，问问村民们还有什么用电需求，每个细节过一遍眼，服务队才放心。"虽然分属两省，但我们就像一个大家庭，服务也是一样用心。"

巫平松说，经过电力线路改造，村民再也不用担心用电问题了，但服务队还是坚持每个月过来。

"现在不一样了，以前是能用上电，现在是要用好电。"际洋村村民巫平财说，现在的供电服务真的好到没话说。

村民们切实感受到的变化并非是一蹴而就的，为了让际洋村民和县城人民享受一样的安全电、优质电、放心电，服务队将"诉求"变成"职责"，打破行政区域，真正实现无差别供电服务。

2022 年大暑那天，巫平财着急地找到村支书，他家养猪场的空调、电扇集体罢工，猪场里的猪热得快要变成"烤乳猪"，他到处查找也找不出原因，想让村支书帮忙找人看看。

此时正值中午，巫平松给电力老兵服务队打去电话，有些不好意思地说："老哥，午休时间实在不好麻烦，但我们村的100多头猪等着你们来救命。""不要着急，我们马上过来。"

到达猪场的那刻，他们被眼前的一幕惊住了，100多头猪横七竖八地躺在地上，猪场里面的温度已经超过40℃。顾不得休息，几人分工合作，很快就找到了原因——线路被老鼠咬破导致漏电。更换了新的电线，合上漏电保护器，空调和电扇立即精力充沛地开始工作。

"谢谢你们救了我的猪，不然我至少要损失好几十万啊！"看到猪场内的温度慢慢降了下来，躺在地上的猪也渐渐恢复了活力，巫平财激动地说。

"线在哪儿，我们的服务就延伸到哪儿。"廖水保对着徒弟朱丽军语重心长地交待。服务队打破省域界限，回应着每一个山区群众的期盼。定期为孤寡老人排查用电安全隐患、提供免费电力维修、更换老旧

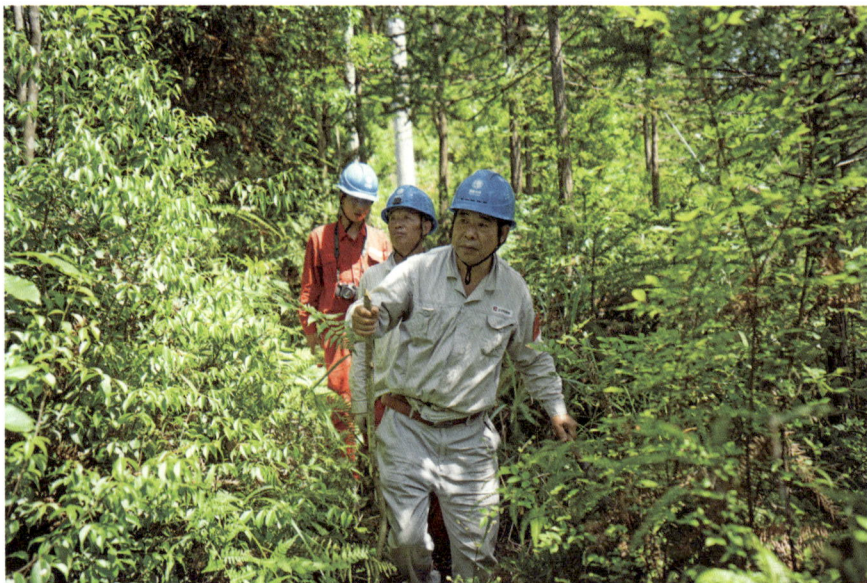

电力老兵服务队在密林中巡线

电线……一桩桩、一件件看似不起眼的小事，聚沙成塔、滴水成河，"越境"30年，两省交界处的深山密林中留下了电力老兵服务队扎实的脚步，福建百姓更是在心底记下了他们的名字。

在队长廖水保带领下，傅军、陈容光、潘立波、朱丽军……一位位退伍老兵每天天刚蒙蒙亮就带上巡线四件套"望远镜、记录本、砍刀、木棍"，穿梭在崎岖山路上，春夏秋冬、寒来暑往，路程竟已超 10 万千米，这相当于从中国最北边走到中国最南边，且往返 5 次。

他们是与群众最亲的退伍老兵，是离群众最近的一线电力人，他们说自己以山为伴、为电而行，普通得不能再普通了。但是，那份"全心全意为人民服务"的赤忱初心和"植根人民"的信念，与无数先辈的革命理想遥相呼应，红色热土上的电力老兵们，在平凡中创造非凡，传承了生生不息的精神火炬。

"忠诚使命、求是挺近、植根人民"的浙西南革命精神是电力老兵服务队的力量源泉。他们几十年如一日地认真践行着"为美好生活充电，为美丽中国赋能"的国家电网企业使命，争当"能源革命践行者、国民经济保障者、美好生活服务者"。

他们脚步不停，故事不止。

五

铁军风范

18 援建斐济，
太平洋上的电力丰碑

　　20 世纪 70 年代，缙云人民自力更生，肩挑手扛，修建了大洋水库，向高山要水要电。1980 年 10 月，联合国官员和 24 个国家代表 60 余人考察盘溪梯级电站，缙云小水电工程受到国内外专家和媒体的高度评价，成为可学习、借鉴的典范。

　　斐济，位于西南太平洋中心，由 332 个岛屿组成，其中 106 个有人居住。陆地面积 18333 平方千米，海洋专属经济区面积 129 万平方千米。热带海洋性气候，常受飓风袭击。

援建斐济电力工程队载誉归国

20世纪80年代，中国与斐济达成了一个援助斐济建设水电站和电网工程项目。鉴于缙云在这方面具有先进的经验，这个项目实施落到了浙江丽水缙云县供电公司（简称缙云公司）身上。1987年，供电公司遴选了沈叶华、陈理温、姚刘庆、王国亮、丁家华、张建明、胡定、林根友、徐良友、朱耀勤10名技术骨干，分批前往斐济，进行援建工程的施工。中方把中国设备、中国技术、中国管理等整套东西无偿送给了斐济。

继第一批次援建后，1989年10月，由丽水电业局牵头组建的第二批次11人再赴斐济开展水电工程援建工作，次年11月，提前完成11千伏46千米库路浮电网线路、威尼丘电站线路施工任务，该工程被斐济国家援外浙江省国际技术协助公司评为优质工程。

远赴异国

1988年年初，杭州火车站，沈叶华从绿皮火车的车窗内探出头来，和妻儿告别，妻子李晓玲怀抱着不满两周岁的儿子，沈叶华拉着儿子的小手，朝着儿子微笑着，李晓玲的姐姐给一家三口拍下了这张珍贵的照片。

彼时阴历是1987年腊月廿二了，再过8天就过年了，白雪飘飘。

单位专门送沈叶华一行人到杭州，家属跟着去送行。在中国浙江国际经济技术合作公司处，他们接受了出国前的纪律学习。此前，他们已经陆续接受过三四个月的培训。每个人都深知自己代表着国家的形象，穿西装、戴领带，这身"洋气"的打扮是必备的装束。

在杭州住了一晚，第二天坐火车到广州。南方天暖，冬衣都让家属带回了缙云。到了广州，一早天下着雨，从那坐飞机到香港，再从香港坐飞机直达斐济，途经菲律宾、瑙鲁。当飞机在太平洋上飞行时，沈叶华觉得总是飞不到头：太平洋怎么这么宽呢？往下看，那一艘艘轮船就像火柴盒一样。

从缙云到斐济，跨越万水千山，当时，有的人最远只到过金华，而这次一脚就跨出了国门，关山千重远，家乡万里遥。

入乡随俗

当飞机低飞，快降落时，沈叶华往小窗外俯视，只看见一片的绿，没有一丝裸露的黄，河流是金色的。正是清晨，太阳从海天交接处升起，光束透过云层洒在海上。

这就是斐济，时间是 1988 年年初。

彼时，北半球的中国正是春节，而南半球的这个国度却是盛夏。西装、领带耐不住热，早已脱了、摘了。当地人端上来一盘西瓜招待他们，沈叶华觉得奇怪：怎么过年还有西瓜呢？他一时还没回过神来，自己已经从冬季切换到夏季了。

对于他们来说，这是全新的开始。

援建工程的任务就是在土著人居住的里瓦河三角洲地带建设布库亚水电站，他们主要负责水电站的水轮发电机组、电气设备和输电线路的安装和架设工作。水泥杆、导线、变压器、水轮机、发电机等一应电力设备事先都通过轮船运到斐济。

工程队在斐济的一个城市瑙索里向一位印度老板租了一栋有院子的房子，既是仓库、办公楼，又是宿舍楼。工程队以此为大本营，早出晚归：早上租了船到 10 多千米外的一个个岛屿上架电线，晚上收工回来。一日三餐，早晚轮流做饭，午餐就在施工现场将就着啃个面包喝点牛奶。

　　为了不耽误工期，他们周末也出去干活。让人意想不到的是，他们很快就收到了当地法院的传票，一看，才晓得是违反了当地的风俗习惯：周日一律禁止工作。这是斐济人铁打的规定，但凡这天，除了面包店还开着外，其他店都不营业。居民都做礼拜去了。

　　工程队委托一位台湾人出庭，跟法院说明情况，了结此事。后来，也明白了传票是当地人解决一切矛盾纠纷的手段，即便是芝麻大一点小事，也通过起诉来解决，他们也就见怪不怪了。

　　入乡随俗。他们周日待在家干活，整理电线，测试电器，记账算钱等。沈叶华是会计，陈理温当出纳，一切开销，生产的、生活的，都要在预算范围内，一月一报。好在斐济物价便宜，食物充足，米、鱼、肉等都不贵，牛奶浓稠，海鲜论堆卖，但是蔬菜稀缺，笋、酸菜等都没有，豆腐偶尔能看见，当地华侨做好拿出来卖。

　　工程队托运了很多黄豆过来，还有汾酒，连年货冻米糖也捎上了，为此，还闹了个小笑话，过安检时，工作人员以为是毒品，带东西过检的队员英语不好，只能吃给他们看，这样才放行。

　　斐济是个热带国家，靠近赤道，常年高温，四季不分明，只有旱季和雨季。一到雨季，雷雨多，且毫无征兆，说来就来，工程队在外作业时，时常被雨淋湿。回到家来，就呷一口汾酒，祛除寒湿之气。当地只有啤酒，没有白酒。

　　斐济人却爱雨，一下了雨，姑娘穿着筒裙往外走，小孩子踩水坑、踢足球。土著人的生活更是简单，几块石头架起一口锅，食物是椰子和木薯，那地不用锄，火烧后插根木薯杆在上面，半年多就可以挖起来煮着吃了。椰子等水果更是漫山遍野没人摘，气候适宜，土地宽广，人口稀少，这是斐济的地理风貌。

　　但，工程队无暇欣赏热带风情，他们的工作紧张而辛苦，要在两年内完成整个援建工程。

攻克难题

　　援建工程的主体内容为里瓦河三角洲电网工程、布库亚水电站及送出工程。前者包括 4 条电力线路的架设，后者的电压等级为 11 千伏，高于国内的 10 千伏。与之对应，工程队分为两组人马，架线路和整电机。但人手不够时，合二为一，不分你我。大家一样都要抬电线杆。虽然也雇了斐济人干粗活，但他们不会用肩膀抬东西，只会随意地"哐当"扔掉。工程队不放心，只能自己干。

　　斐济天气热，阳光猛烈，紫外线强，扛着成捆的电线在日头下步行，没一会就被晒得红黑红黑，甚至脱层皮，遇到说来就来的暴雨，则被淋成落汤鸡。当然也有好的地方，那就是出外不用带水，椰子树随处有，当地人叫工程队自己上树摘就是。队员们利用老虎钳、起子等工具在椰子上敲个洞，拈根草当吸管，"咕咕"吸着喝。

　　虽然干活苦又累，但这些还都不是大问题。最大的困难在于岛屿离海面近，有些地方是沼泽地，土壤松软，并不适合施工。挖好洞准备立杆时，海水一涨潮，就倒灌进洞里，把洞冲毁了，队员们又要跳进去重新挖出软泥，反复几次皆如此。初时，队员们难免焦躁，但这无济于事，想法解决才是关键。

　　"我们就用井栏圈，一边挖一边放，它就沉下去，把淤泥排挤出去，4 个就能够 2 米深，相当于打了一口浅水井。"负责线路架设的陈理温介绍。洞挖好后，底部安放一个底盘，等重力杆置入，一圈又放卡盘，两种盘都能起到固定的作用。

　　工程队对工程质量要求高。一次，斐济人没等底盘放平，就想把电线杆放了进去，陈理温看到一边高来一边低，就对他们说："你们没放

援建斐济的电力工程建设人员前往施工现场

平。"斐济人不相信。陈理温坚持，并且告诉对方如果不重新弄就扣工钱。他操着不地道的英语，连说"No dollar"，这可急坏了斐济人，忙摆手说"No、No"，马上"扑通"一声跳进洞里，溅起脏脏的泥浆。第一次整，仍没平，他自己跟陈理温说"No"，第二次又整，弄好了，他说"OK"。陈理温检查了一下，确认平了才放心。

这些斐济工人做的是点工。按时论工钱，以美元计。等待的时间也算在内。为了避免不必要的计费，工程队都要跟他们明确宣布："你的工作开始了。""你的工作结束了。"这样账目清楚，各无异议。

立杆后是架线，这对工程队来说不是难事，套上脚板爬上去就行。但斐济不同于缙云，这儿泥土软，一根测试杆随手一插就直入2米深的地里。爬上去杆会摇动，即便学过架电线，沈叶华第一次爬上去还是有点怕，一手紧紧抱住电线杆，一手拿着工具操作。后来就习惯了，他明白安全是没问题的，洞有2米深，为的是对抗强烈的龙卷风，而中国的标准是1.5米。底盘长宽各80厘米，卡盘1.8米长，30～40厘米宽。

斐济人架线是靠着梯子爬上去，看到工程队上下爬行自如，赞叹道："China Gongfu！"他们的线路都是沿着公路布设，并不像中国是直线进行，遇山则山，遇水则水。电线杆大多是不会腐烂的大木头，很少有水泥杆，有也是方形实心，便于架梯子。中国的是圆形空心，有利于减轻重量。

线路架设好，经过测试，水电站的电机也安装调试完毕，收集整理各种数据，把这整套的竣工材料交给斐济的电力局，通过验收后，中方的任务完成了。工程队分前后两批回国，线路工先回，安装电机的后回，队员们在斐济待的时间短的一年半，长的两年。

两年时间里，工程队架设了 30 多千米的 11 千伏线路，安装及调试配电变压器 28 台，为当地 3556 户村民通了电。

中方工程质量高，达到优秀工程标准，赢得了斐济政府的嘉奖，中方人员也与斐济人民结下了深厚的友谊。

中斐情谊

斐济人民热情，喜欢载歌载舞迎接客人。工程开工仪式上，他们伸手邀请队员们一起跳，即便不会跳舞，队员们也被这种气氛感染，迈着自由步，踩着音乐，其乐融融。

欢送仪式上，主人给客人套上花环，双方坐成一圈，吃着木薯，喝着"雅科纳"（饮料）——当地人把一种植物的根捣烂，榨出汁水制成的饮料。实际上，队员们并不习惯喝这种饮料，它又苦又涩。而在对方看来，这是待客必备的食物，且第一杯先要由村长献给客人中的"头头"喝，陈理温起初不明白，以为是给自己，忙去接了，岂料对方说"No、No""Boss、Boss"，指的是工程负责人林根友，他喝了其他人才能继续。

斐济能源局给每个队员都颁发了一张荣誉证书，斐济总统更是亲自到水电站施工现场看望中方人员。

在日常相处中，队员们和当地老百姓结下了深厚的友谊。当地人住着高脚屋，时时邀请队员们到家里做客，端上木薯、烤芋头，还有"雅科纳"，作为一种礼节，即使难喝，队员们也喝下了。

当工程队要从璐索里转移到布库亚时，当地人流着眼泪，舍不得他们走。有个七八岁的小男孩，就住在工程队租的房子附近，时常到他们这玩，学会了简单的缙云话，他尤其舍不得"胡伯伯"——线路技术员胡定，他经常用棍子给小男孩演示中国功夫，一次不小心，胡定敲了自己的头，惹得小男孩呵呵笑。

沈叶华等四人是最后离开斐济回国的，飞机上，他同样看到了底下那片土地：绿色的植被，金色的河流。但同样的景物感情却大不一样，两年的相处，他已经把它放在心里了。

1989 年，沈叶华回到家时，儿子已经 3 岁了，他怯怯地叫了声"爸爸"。而陈理温的儿子却不认得爸爸了，反问道："你是谁啊？"听得陈理温心里酸酸的。远在异国他乡，家里照应不上，一封信来往两地，至少要两三个月，一个字母写错了就寄不到。徐良友妻子来信中说割麦子了，但读信时掐指一算，已过去半年了。

"苦都会忘记的。"回忆起往日独自一人带孩子的艰辛，李晓玲却云淡风轻。

一晃 30 多年过去了，在斐济时，沈叶华还是 30 岁出头，如今已 60 多岁，退休在家，儿承父业，做的也是电力工作。陈理温则已 70 多岁了，当年一同出国的人中，有的已去世，"经常做梦会梦到，醒来却过了那么久。"他感慨道。

"我们还想哪天再到斐济去看看。"这是沈、陈二人共同的一个愿望，在那，有着一段他们的青春岁月，更有一段国家的记忆。

19 电力铁军，
两张嘉奖令的背后

2009 年 2 月 2 日，丽水市人民政府颁发嘉奖令，对丽水电业局在春节抗击雪灾保供电过程中的突出表现予以表彰。

嘉奖令指出，丽水电业局在人民群众节日用电受到较大影响时，坚决贯彻丽水市委、市政府和浙江省电力公司关于"全力抢修故障停电线路，尽快恢复停电区域正常供电"的重要指示，行动迅速，放弃春节休假，组织一切力量，采取有力措施，调动全市 1000 多名电力抢险干部、职工，克服低温冰冻、冰雪封道、山高路险等各种困难，踊跃投身"抗灾抢险保供电"战斗中，发扬电力职工特别能吃苦、特别能战斗、特别能奉献的精神，为恢复电网正常运行作出突出贡献，再次弘扬了电力职工英勇顽强、连续作战、不怕困难的优良作风，充分体现了全市广大电力职工国家和人民利益高于一切的政治觉悟，展现了反应及时、行动迅速、攻坚克难、战无不胜的过硬素质。号召全市广大干部群众要以电力职工为榜样，努力工作，为丽水市创业富民，创新强市总战略和全面推进生态文明建设与全面建设小康社会作出新的贡献。

因为抗击冰雪保供电的突出成绩，丽水电业局已是连续两年受到丽水市政府通令嘉奖。

2008 年年初，一场历史罕见的雨雪冰冻灾害袭击丽水。从 1 月中旬以来持续 21 天的严重雨雪冰冻灾害天气，让丽水电网遭受重创，大量线路因覆冰严重而不堪重负，出现倒杆、断线等险情。其中，丽水农网在此次灾害中成为全省农网受灾最严重的区域。面对冰雪，丽水电力抢修人员克服艰难险阻，在上级领导的正确指挥和兄弟县市的全力支持下，鏖战冰雪 46 天，终于在 2008 年 2 月 29 日使全省最后一个因灾停电村遂昌县三井村恢复供电，夺取了抗冰抢险的全面胜利。

2008 年 1 月中旬至 2 月，丽水电网遭受百年一遇冰灾，丽水市 4000 多名电力职工与 2 万余名外援人员经过 46 天的奋力抢修，恢复供电

2009 年春节期间，冰雪灾害再次袭来。1 月 26 日，大年初一，当大多数人沉浸在节日的欢乐中时，丽水全市出现较大范围雨雪天气，西部、西南部山区积雪厚度达 50 ～ 150 毫米。这场雪灾共造成全市多条 10 千伏线路跳闸，遂昌、松阳、龙泉、庆元、缙云、青田等地 400 多个行政村的 5 万多户家庭断电。在充分吸取 2008 年抗冰灾经验教训的基础上，丽水电业局未雨绸缪，及早预防，因此在灾情面前沉着应对、正确决策、

迅速反应，采取了切实有效的抢险措施，将灾害损失控制在了最小，以最快速度恢复了受灾地区的供电。经过上千名电力员工连续 3 昼夜的奋战，丽水电网又一次经受住了考验。

灾害已经过去，回眸鏖战冰雪的日日夜夜，总是令人难以忘怀。丽水电网两次成功抗击冰雪灾害的过程，既有成功的经验，又暴露出了弱点。只有总结经验、克服弱点，一切做到未雨绸缪，丽水电网才能在今后再次遭遇灾害袭击时岿然不动，屹立不倒。

披荆斩棘尽展铁军风范

"事实证明，我们的电力职工是一支特别能吃苦、特别能战斗、特别能奉献的队伍！"这是 2008 年 2 月 29 日，时任丽水市委书记、市长陈荣高在三井村全面恢复供电仪式上对参加决战冰雪保供电战役全体人员的评价。

冰雪灾害面前，丽水电力铁军展现出的超强战斗力，让所有山区群众钦佩。

在 2008 年初的冰灾中，丽水农网受损线路 87% 在海拔 500 米以上，81.08% 发生在山地，抢修工作的艰难程度可想而知。

"用力，一二三起，一二三起……""兄弟们，坚持啊，坚持就是胜利。"在云和县安溪畲族乡东岱村海拔 700 米以上的高山上，2008 年初电力抢修人员的口号声已深深烙刻在当地村民的心中。山上的冰还未融化，抢修队员抬着电杆行走，脚下传来"嘎吱嘎吱"的声响，不时有人滑倒；10 米长的电杆在山路陡坡或急弯处显得特别笨重，队员们只有高举双手撑着。深一脚浅一脚，一些队员甚至掉进了路旁冰冷的水沟里。而等电

抢修人员将电杆抬至施工现场

杆搬到目的地，队员们要么满身泥泞，要么手脸被路旁的荆棘划出了血。

2009 年 1 月 26 日晚，在龙泉高山之巅的龙南供电所，曾在去年冰雪灾害中断电的建新 186 线再次跳闸停运。仅仅 15 分钟后，供电所全体抢修人员就集合完毕踏上了抢修征途。连日的积雪积冰压断树木竹林，断杆倒线埋在深深的冰雪之中，平时徒手攀登巡线只需几十分钟的路程，在冰雪中抢修人员却要花上两三个小时。雨雪越下越大，山里不时传来树木被冻雨压断的"噼啪"声，路上结了一层冰。队员们手拉着手，连走带爬，一步一步艰难地行进着，一点一点地寻找着。巡线人员在泥泞的山地里砍伐树障，冰条落在他们身上，顺脖子冰冷地钻进衣服，冻得人直打哆嗦；鞋子里的冰条被体温融化，几分钟时间就成了硬壳壳……即使这样，也没有一个人退后，大家渴了就喝一口冰水，冻僵了就跺几下脚，坚持在冰雨中奋战。当晚 22 点 11 分，故障终于排除，只用了 3 个多小时，建新 186 线全线恢复供电。

"我们知道你们会来的。"面对快速到达故障现场的电力抢修人员，村民短短的一句话，寄托着对电力员工无与伦比的信任。

"向初一晚上参与王金洋线抢修的电力工人致以最崇高的敬礼、最深切的慰问。""昨天晚上10点多，我这里10千伏线路也断电了，电力人仅用一个多小时就恢复了供电。向你们致敬！"2009年春节期间，在景宁畲乡风论坛上，网友"呼啦圈"和"东哥"表达出了对电力员工的诚挚敬意和由衷赞美。

通过抗灾抢修，所有参加人员培养出个人利益服从全局利益、在困难面前冲锋陷阵的精神，一种特别能战斗、特别能吃苦、特别能奉献的精神。同时，锻炼出了一支具有坚强领导指挥力的领导队伍；锻炼出了一支具有实事求是精神，科学计划、科学管理、全面协调的组织指挥队伍；锻炼出了一支具有不怕困难，有惊人毅力和坚强意志的抢修队伍。

创新"尖刀"沉着踏雪破冰

2008年，时任丽水电业局局长杜晓平的办公桌上，新添了一本厚厚的、装订成册的丽水农村电网抗灾抢险总结。这里面，密密麻麻地记录下了丽水农村电网在抗击冰雪灾害过程中的经验点滴。

50年一遇的冰雪灾害，在2008年初猝然袭来。突然而至的灾害面前，丽水电业局在国家电网公司、浙江省电力公司的统一部署下，沉着应对，积极探索抗灾抢险的方式方法。抓科学计划、抓有序抗灾、抓队伍管理、抓督导落实、抓抗灾物资供应、抓宣传发动、抓后勤保障……这些创新举措有效地遏制了冰雪灾害造成的电网损失扩大，在最短时间内恢复和保障了万家光明。

1月中下旬冰雪灾害发生后，丽水电业局经过研究，迅速做出安排，将运行、主网、农网以分离方式进行抢险抗灾。其中，针对农网抢修专门成立了农网抢修协调小组，并将协调小组集中起来一起办公，之后又派出督导组督察全市农网抗灾抢修进程，为农网抗灾抢修工作有序推进提供了切实保障。

奔赴冰山开展抢修

2008年2月初，《丽水农网全面恢复重建工作计划》出台并马上进入了工作日程，在此基础上，《丽水市行政村计划恢复时间表》和《丽水市自然村计划恢复时间表》也相继出炉。同时，丽水电业局专门成立了安全监督专业组，在每天现场监督检查的基础上，综合各单位的情况，有针对性地提出次日安全工作重点，有效地指导了现场的安全工作。2月19日，丽水电业局又成立了丽水市电力安全稽查支队，明确了安全督查的重点、工作要求。制定和下发一系列安全管理规定和山区抢修工作注意事项，抽调协调工作组成员参加现场检查指导，有效地减少了现场违章。在整个抢修过程中，实现安全抢修"零"事故。

为防止队伍疲劳作战，丽水电业局创新工作方式，对连续工作4天以上的队伍进行提醒，要求更换作业人员，进行适当休整，既保证队伍的施工安全，又保持队伍持续的战斗力。另外，后勤保障工作有专人领导分工负责，组建非抢修人员后勤保障工作组，进行一对一服务，为抢修提供坚强的后盾。在加强自办媒体宣传的同时，着力组织加大在社会媒体上的宣传报道力度，形成了上下联动、内外结合、以外为主的大宣传格局，为抗灾抢险营造了浓厚的氛围。

抗击冰雪灾害，丽水电业局并没有太多的现成经验可以借鉴。因此，当2008年初历史罕见的冰雪灾害袭来时，丽水电业局及时创新了工作机制和工作方式，积极探索新方法，为抗灾抢险提供了切实保障，也为电网如何应对自然灾害袭击积累了宝贵的经验。

时间节点凸显科学组织

时间见证了历史。

2008年时任丽水电业局副局长刘卫东的工作笔记上，记录下了抗击冰雪灾害的一个个时间节点。

2008年1月29日。面对恶劣天气造成的电网灾情，浙江省电力公司领导深入丽水农网抢修一线指导抗灾工作，要求全体干部职工要以恢复供电为首要责任，科学安排抗灾救灾工作。

2月4日。丽水电业局成立了农网抗灾抢险协调小组，协调小组下设技术、安全、物资、后勤、理赔、劳动组织、信息7个专业组，分头负责协调抢修过程中的有关问题。同时，各县局分别成立了现扬抢修指挥部，两级机构分工明确，运转有效，保证了丽水农网抗冰抢险工作的有序开展。

更换变压器

当天，《丽水农网抗冰抢险攻坚计划》得到落实，确定了抗灾抢险日工作计划和前一天计划完成情况报送制度。

2月13日。进入全面恢复重建阶段，由于电网损失十分严重，抢修所需人力、物资运输量巨大，丽水电业局及时调整思路，修订攻坚计划，制订了 4 个时间节点目标。

2 月 17 日。丽水市农网协调小组集中办公，加大协调力度。同日，浙江省电力公司派出了由农电部领导带队的督导组，进驻丽水靠前指导，检查和督导抗灾工作。

2 月 19 日。丽水电业局派出督导组进驻重点受灾县局，全程指导县局抗灾。

……

在 2008 年的抗冰抢险过程中，丽水电业局根据丽水农网受灾和抢修的情况，将农网抢修分成三个阶段，并确立了各个阶段前指导思想。1 月

在冰天雪地中开展特巡

14 日—2 月 3 日为抗灾阶段，特点是边抗边抢，指导思想是保证尽可能多的用户供电。在丽水电业局应急指挥中心负责指挥下，采取有效措施，确保主要线路安全运行，尽力避免脱网运行，将影响范围减到最小；采取多项有序用电措施，保证重要用户、居民用电的供应和供用电秩序的稳定。2 月 4 日—2 月 12 日为抢修阶段，特点是冰退人进，指导思想为"安全第一、进度第二"，计划分四步走，在元宵节前恢复所有全停乡镇供电。2 月 13 日—2 月 29 日为第三阶段，特点是破冰而进，指导思想是在确保安全的前提下，确保 2 月底前实现所有行政村供电。

通过科学组织，丽水农网在最短时间内恢复了所有因灾停电村的供电。

科学组织是胜利之"魂"。丽水电业局在抗击冰雪灾害过程中，做到了组织到位、职责明确、综合协调、分工负责，从而使工作忙而有序、卓有成效，以实践证明了建立一套科学有效的抗击电网灾害的组织模式，是抗灾抢险并夺取最终胜利的根本。

未雨绸缪保障电网安全

"没想到你们来得这么快，我们以为这么偏远的地方三、四天后能修好就不错了！"2009 年雪灾之中，线路受损的庆元县官塘乡白柘洋村老支书胡存爱面对第二天就冒雪赶到的电力抢修队伍动情地说。

牛年大年初一，在庆元县第一个党支部诞生地——官塘乡白柘洋村，输电线路严重受损停役，500 多名老区群众的春节用电一度中断。同时，道路冰冻、交通封阻更是让白柘洋村几乎与外界失去联系。就在老百姓焦虑等候时，一支电力抢修突击队在大年初二一早就快速赶到了受灾现

开展线路抢修

场。在此前一天，庆元县供电局接到灾情报告后，电力职工当即返回工作岗位待命。左溪供电所职工冒着漫天飞雪，组织精干力量肩挑背扛运送抢险物资，在冰山上、雪原里小心翼翼地摸爬滚打了2个多小时赶到故障现场，用最快速度使村子里重新亮起光芒。

前车之鉴，已成为后事之师。

2008年冰雪灾害过后，丽水电业局及时总结经验，并在2009年初及早开始预防。早在低温天气到来之前，丽水各级电力部门就已全面落实国家电网公司、浙江省电力公司防冰冻灾害工作部署，并召开输变电设施防范低温雨雪冰灾工作会议，采取积极措施，全力开展防范工作。按照应急预案充分作好各项工作，及时掌控电网情况，深化灾害预警，主动与气象部门联系，全面加强冰雪天气抢修安全管理。

2009年春节假期期间，丽水各级电力部门共调集抢修人员920名，各项防冰灾物资发放到位，2辆应急发电车及一批柴油发电机调试完毕，可随时调用。事前有效的防范措施，让丽水电业局在 2009 年再度遭遇雪灾袭击时危而不乱，仅用短短 3 天时间就全面恢复了所有因灾停电村的供电。

防患于未然，这是在各种灾难来临前最科学的防灾减损手段。事实再次证明，事前积极有效的预防能够最大限度减少因降雪带来的损失，为科学有序、高效安全推进抗灾抢险工作奠定了基础。

20 灯塔树，
苏村电力大救援

据《遂昌县志》记载，顺帝至元六年，公元 1340 年，大水，平地三丈余，桃源乡山崩，压溺民居五十三家，死三百六十余人。元朝时期，天灾曾几乎摧毁苏村。在《桃源苏氏宗谱》里，苏氏后人曾以一首《仙人踹石》的七言绝句记录苏村的泥石流：踏破云峰石慢川，朝流霞彩暮腾烟。千秋莫讶空留迹，可有婆心警后贤。诗歌形象化地描绘了泥石流：一个神仙一脚踏破云雾间的山峰，随之乱石滚落，填满河川。没人料到，几百年后苏村将再次罹难。

2016 年，第 17 号强台风代号"鲇鱼"来势汹汹。9 月 28 日 17 时 28 分，突然一声巨响，"破崩坛"山体奔腾而下，天地一片昏暗，村庄瞬间湮没在巨大的白色烟雾中。苏村的历史在这里定格。或许，有苦难，才有伟大。

应急体系下的第一盏灯

灾情发生后，党中央、国务院高度重视，习近平总书记牵挂灾区，对救灾工作作出重要批示，要求抓紧搜救被埋人员，严防发生次生灾害。国家安全监管总局立即指示国家安全生产应急救援指挥中心启动应急响应机制，协调民航部门紧急调运中国安全生产科学研究院研制的激光雷达和边坡雷达参加抢险救援，这个设备在 2015 年深圳光明新区"12·20"特别重大滑坡事故抢险救援中发挥了重要作用。灾后 24 小时内，公安、消防、武警、交通等社会各方 1200 多名援救人员立即到位，数量可观的挖掘机、抽水机、铲车、发电机等救援设备悉数投入到位。

上至省委、省政府值班应急指挥中心，浙江省电力公司应急指挥中心，下至国网丽水供电公司应急指挥中心，持续连线灾害现场和丽水、遂昌、浙江公安消防总队指挥中心，省防汛防台指挥部，指挥抢险救援，要求现场救援队伍认真落实中央领导同志重要批示精神，抓住"黄金 72 小时"，争分夺秒。在苏村救灾一线，除了北界镇政府和北界派出所等紧急撤离村民的队伍外，国网遂昌县供电公司北界供电所抢修队伍和遂昌县消防大队成了第一批到达苏村的外部应急救援力量。随之，供电救援队伍如同潮水般一轮轮地涌往苏村。仅遂昌公司就在当晚组织了三支应急救援队伍，分批次抵达苏村，为初期的电力保障救援提供了充足的人员和物资保证。国网丽水供电公司迅速组建了强有力的前线指挥系统，并迅速调集公司应急基干队伍入驻苏村。除常驻现场的一级供电保障部队外，国网丽水供电公司的应急领导小组始终在最前线开展指挥工作，沟通协调、现场督察和作战指挥，应急基干队伍队员们全程轮守，物资装备保障充足。一方有难，八方支援，电力应急外援队伍主动请战，根据浙江省公司统一调派，杭州、金华和衢州供电公司先后驰援苏村救灾。

这场救援，从浙江省电力公司到国网丽水供电公司再到国网遂昌县供电公司直至北界供电所的一体化救援体系，再到电力救援从主动融入到探索丰富政府应急救援的举动，是全体国家电网人在做的一件共同的事——社会责任。而当我们开始谈论这场救援，必须得先从第一个出现在苏村的电力人周文星开始说起。

北界供电所运检班班长周文星在苏村滑坡后五分钟内接到了北界镇副镇长电话："出事了！苏村塌方了！你们赶紧过来看下！"副镇长的电话十分急促，从电话里可以听得出事态严重程度，周文星从办公室第二张办公桌上站了起来，叫上隔壁办公室小伙子拿工具马上出发。从接到副镇长电话到第一时间赶至苏村，以周文星为首的第一梯队力量——遂昌县应急反应体系属地化管理部门北界供电所，只用了平时的一半时间即二十分钟就抵达苏村。

在灾后救援现场，由于事发仓促，一时之间，从遂昌县委县政府、消防官兵到陆续抵达的各个部门，并没有马上建立处理滑坡灾害的统一战线，现场并没有一个统一的指挥者，也没有人来向他们交待工作。在一片断壁颓垣的土地上，所有行动着的人都在自己的分管专业内埋头干活。

面对一盘散沙的救援现场，周文星很镇定，要保证接下来的战斗持续下去，首先必然是要有电，这是常识，也是电力人的天职。第一步，干活前必须得先切断附近电源，防止触电伤害发生。周文星爬上乱石，在石块堆积下，电杆在泥石流的威逼前屹立不倒，淌过不断上升的泥水，他找到 0.4 千伏北界镇 234072 苏村 2 号配电变压器 2 号线变压器并切断电源。

在暗夜里点亮第一盏灯是最重要的事情。

他们随车带上了一台应急灯塔，必须得先把这个灯给用上，但这第一盏灯放在哪里更合适？周文星一边观察四周状况，一边思考。很快，他决定将照明灯塔搬运到尽可能靠近泥石流的核心区域，很可能就有人在那下面，灯在那里更方便开展救援工作。但必须特意指出，当时现场情况不明，随时会发生溃堤的风险，在山坡上还有零星石块不时掉落、滚动，严峻冷酷的事实就是——越靠近核心区，越危险。很快他们便将两百多斤的照明灯塔搬到大樟树附近，启动发电机，2016 年 9 月 28 日

遂昌县苏村抢险救灾保供电

18时20分，滑坡发生后一小时，一台四米高的照明灯塔渐渐升上愁云惨淡的天空，四盏照明灯同时点亮了苏村黑暗的夜空。

那千千万万的光束，在地上胡乱地跑啊跑，哪里有需要，就到哪里去！

苏村亮了。

黄金救援作战图

2016年9月28日17时30分—10月1日17时30分，是苏村滑坡后的救援黄金72小时。在这个时间段内，遇害人员存活率高，但存活率随着时间消逝渐呈递减趋势。黄金72小时内，苏村媳妇占叶秀的故事堪称生命奇迹。泥石流时占叶秀已经怀孕近六个月，灾后被困堰塞湖，幸而抓住了水中的毛竹树枝，后来被救援部队及时发现并送往医院。此后，现场紧急转移和营救遇险人员15人。生的希望，鼓舞了在这片土地上一直努力的人的信心。另一方面，救援指挥部制订出人机结合、多点突击、昼夜不停展开地毯式精准搜救的工作方案，集中使用生命探测仪、搜救犬昼夜不停开展地毯式搜救。此间，持续不断的救援，特别是夜间搜救，对光照需求依赖度很高。

点亮苏村第一盏灯后，电力应急救援队伍分成三个分队，第一队为政府救援指挥部提供照明保障。一发生滑坡就形成了堰塞湖，排查堰塞湖的险情成了第一时间的重任。灾害现场的具体情况怎么样？堰塞湖到底有多大？如果发生溃堤会造成多大的二次灾害？这些都需要专家做评估。作为政府支援指挥总部正常运作的供电保障排头兵，必须把光带到勘察组要去的地方。灯源从大樟树下缓缓迁移上山，光明的版图逐渐扩大。第一分队扛一个小灯塔，给勘察组照路，另外几个人扛着另一台灯，他们要看哪个位置就把灯转向那头，对准、聚焦。在第一分队支援下，地质水利专家借着光在第一时间内迅速得出了坍塌面积、堰塞湖现状、现场土方量等基础数据，为抢险救援提供了第一手可靠翔实的资料。

随着救援现场挖机陆续进入救援现场，仅一台照明灯塔远不能满足现场救援的全部需求，第二分队开始了光明版图更恢弘大气的排兵布阵。他们个个肩挑手扛，扛着设备趟过泥水，有些灯塔的布点在高处，就扛着设备在满是乱石的山坡上攀爬，手脚并用，将照明灯塔布置到各个需要光照的地方。随着高杆照明灯纷纷升到高处，一点光、二点光、三点光，犹如明月照亮村落，"轰隆隆"的响声响彻山谷。

将电缆运送至抢险现场

　　第三组队员是立杆架线的好手，他们的任务是架设四十九只照明灯具，尽量扩大照明面，再进一步扩展光明版图。在特殊时期，如果按照标准的工艺流程立杆架线耗时长，影响救援时速。遂昌公司配电运检中心副主任罗庆华和队员因陋就简，想出一个奇招——充分利用山坡植被，将线路和照明灯架设到树木和毛竹上。滑坡现场对面山坡并未受泥石流影响，植被完整，高度比塌方区域高，在这个相对制高点上架线，灯源可以居高临下，覆盖塌方及堰塞湖区域。

　　在电力指挥部的电力作战图上，一幅泥石流现场的全景图布满密密麻麻图钉，图钉色彩丰富，红、黄、蓝、绿四种颜色挤在了一片待施援救的江山版图上。如果将受灾的苏村大约一平方千米的灾区范围一分为三，前方是生命搜寻和抢险施工区，中间是核心指挥监控区，后方则是后勤保障区、官兵住宿区、物资储藏供应区、灾民安置区等功能区域。

与之对应的，现场的每一个照明点都精准覆盖了一片预定区块，确保了抢险现场的夜晚亮如白昼。

在前线区域，所有抢险作业点均处于不固定状态，黄色的是中型照明塔，蓝色是高杆照明灯，它们的机动性很好，两三个人就能将其移动，救援到哪里，照明塔就提前布阵在哪里。抢险作业涉及生命探测、施工面的扩张和移动、险情的出现和排除、指挥员往返、人员交接，燃料及辅助器材的搬运等多内容。此外，时不时地突击修路、突击搭桥、突击排水、突击焊接等临时作业，都依赖于电力保障。到了夜间，降温了，那些在满目疮痍的苏村大地上的绿色小型照明灯，每只重三十多斤，工作人员徒手将灯搬运到指定地点，仍旧持续不间断工作着。

在中间缓冲地带，指挥控制区在这里，红色是大型照明车，到点到位后即 24 小时不间断值班，保供电工作有两个重点。一要确保苏村救援的大脑中枢，即设在苏村文化礼堂的军地联合指挥部供电万无一失。很快，双电源保供方案就出台并落实了，主供电源由变压器供电，白天由大型照明发电车备用保供，夜间开启发电机进行备用保供，确保指挥部在任何情况下都绝不停电。另一个重点则是应急监控系统。应急监控系统 24 小时对堰塞湖及滑坡区不间断进行 360 度监控，对实时掌握现场救援情况及后续开展抢险救援至关重要。

黄金 72 小时内，救援队伍共找到 7 名失联人员。

决战堰塞湖

黄金 72 小时无情消逝之后，苏村救援进入开沟渠、辟新路、排积水的第二阶段。也许有人要问：难道人不救了？遗体不找了吗？在黄金 72

徒步两小时将发电机运送至现场

小时里，救援队伍几乎已经将泥石流掩埋现场挖了个遍，可是只找出了7具遗骸，军地联合指挥部在汇集各方面信息后，得出在堰塞湖下方可能存在失联者的判断。根据灾情评估和现场勘查，确定了当前工作的重点是排出堰塞湖的积水，消除堰塞湖对下游的险情，继而在堰塞湖底搜寻遗体。

堰塞湖一般是由火山熔岩流，冰碛物或由地震、泥石流等地质活动使山体岩石崩塌，引起山崩滑坡体堵截山谷，河谷或河床后贮水而形成的湖泊。在苏村，山体滑坡体堵塞河道，形成库容约100万立方米的巨大堰塞湖。它对下游造成两个威胁，堵塞物不是固定不变的，它们受到冲刷、侵蚀、溶解，坝体不稳定，从一形成就伴随渗水的威胁，不到一天，救援现场积水已将近30厘米。长时间降水等客观原因导致湖泊水位迅速上升，淹没了上游破崩坛自然村部分房屋，这两种情况都可能造成堰塞湖决口倾泻而下形成洪灾，这种次生灾害的破坏性不亚于滑坡本身。

汶川大地震、舟曲泥石流等都造成过极具威胁的堰塞湖，但这种对于救援工作造成二次灾害的双重威胁堰塞湖在国内还是首次发生。为消除堰塞湖对救援工作的影响，10月2日，在军地联合指挥部晨会上，指挥部决定集中力量打一场攻坚战，力争在24小时内打通堰塞湖排险泄流水槽。

根据救援到哪里，电力照明就到哪里的原则，供电部门一定在10月2日天黑前，将照明向堰塞湖区域延伸，确保作业施工的夜间照明保障。供电部门作为重要保障，在这个重点救援工作中再次发挥了巨大作用。在军地联合指挥部沉重的氛围下，相关部门负责人都默默领了军令状，一场与时间赛跑的战斗就这样悄无声息地打响了。

9时20分，队员们背上重达80斤的探照灯和镇流器开始登顶突击，天气闷热，走了不到100米就已汗流浃背，但没人停下来。9时58分，抢险队员到达目的地后，兵分两路，一路开始紧固探照灯，一路着手在毛竹上拉线、布线，蚊虫在毛竹林肆意扑扇，泥土渐渐沾满了衣服。11时47分，克服现场道路崎岖、泥泞难行等困难，电力线路架设完毕。13时21分，现场负责人现场指挥，根据现场情况制订方案，在武警交通部队协助下，一台4千瓦中型照明设备安装到位。13时52分，根据现场救援实际情况，分别在堰塞湖两端架设8盏1千瓦的照明灯和4千瓦中型照明设备，最大限度地满足现场救援的照明需要。

白天，架设线路，安装照明灯，搬运照明灯塔。夜间，24小时不间断值守照明灯塔，并根据部队官兵和现场挖机驾驶员要求随时调整光照面。武警水电部队投入200多名兵力、30台套大型主战装备，对堰塞湖展开全面排险。在紧急进行堰塞湖库容计算、溃坝分析计算等工作后，部队专家组确定了"开槽引流、降低水位、排除险情"的思路，采取"全线展开、多点作业、分层剥离、接力开挖"的战法进行排险，采取一台挖机、一名操作手、一名指挥员、两名安全观察员的"1112"编组作业法接力开挖导流渠。两名观察员主要是为了观察在机械开挖过程中，土层里是否有失联者。

经过两昼夜，终于成功挖出一条泄流槽，约180米长，11米深，5米宽。至此，堰塞湖水位缓缓下降了三米。成功泄流后，堰塞湖依然存在风险，为防止溃坝，不能过度拓宽泄流槽。30余台大型机械沿导流槽一线排开，在两岸交错对向布置，克服"二次滑坡风险高，堰塞湖水位高巨石多，场地道路狭窄、机械难以展开，作业环境复杂"等困难展开持续作业，在这其中，有武警水电部队救援官兵带来的24米长臂的重型挖掘机和凿碎大块石的榔头机，极大提高了作业效率。

10月11日，水利部门决定调用龙吸水进行抽水排水。为了保障龙吸水的正常运作，在异常艰苦的条件下，供电部门围绕三十余台水泵下足功夫。这一场堰塞湖作战——利用冲锋舟在堰塞湖上电缆移线作业，将电力人与堰塞湖的决战推到了最高潮，也填补了国内电力救援的一项空白。

在武警水电部队开挖堰塞湖上游岸边的土石前，供电部门必须将原先架设在岸边供抽水泵使用的五条电缆临时迁移到湖中树木上，作业点距离岸边五米左右，需在船上开展电缆迁移作业。爬过高山，走过丛林，白天黑夜，移杆架线对于电力员工那都不是事。可黑夜中划着小船，把树当作电线杆，在湖里架线还是头一回。

武警官兵负责驾驶冲锋舟，电力员工陈雪军、潘昌军负责在冲锋舟上操作，岸上的人理顺断电的电缆，递到陈、潘两人手中，他俩拿稳电缆后，武警官兵驾船驶往湖中的树木方向。在这整个过程中，部队运用三维激光扫描仪和六旋翼无人机全时监测滑坡体和堰塞湖状况，确保作业环境安全可控。

冲锋舟很小，陈、潘两人手握电缆，无法全力保持在船上的身体平衡，一路摇摇晃晃，船离岸边越来越远，电缆线越拉越长，重量随之增

保供电人员检查应急照明发电车各项参数

加。为了减轻电缆重量，站在岸上的人努力将电缆托举抬高，以减轻船上作业负担。冲锋舟达到第一株树，两人密切配合，迅速将电缆架设到树上，冲锋舟继续开往下一株树，两人在船上扎稳马步，试图掌握平衡感，而在岸上的人则始终托高电缆。经过两小时，22 时 30 分，电缆移线作业结束，终于将近六十米的电缆成功架设在了十五棵树上。随后他们又架设一百米集束电缆到前移的抽水点，在夜色中借着灯光制作电缆接头，整理电缆，直至深夜 23 时 50 分，线路架设完毕，现场响起了龙吸水的轰鸣声。

在苏村的 28 个日夜，地方政府对供电保障赞许有加，浙江省人民政府授予国网丽水供电公司"遂昌县北界镇苏村'9·28'山体滑坡抢险救援集体一等功"。电力保障工作之所以得到一致认可，从自上而下的应急指挥体系、作战体系、各界支援、后勤保障等方面诠释了"人民电业为人民"这一宗旨，从一个原点，燃烧成了一团火焰。据国网遂昌县供电公司统计，此次救援电力保障共投入抢修人员 1662 人次，安排车辆 239 班次，铺设线路 11596 米，安装照明灯 803 盏（户内 648 盏、户外 155 盏），投入应急发电车 2 辆，大型照明车 4 辆，发电机 9 台，中型照明灯塔 8 台，高杆照明灯 23 台。送走一批又一批部队官兵后，电力人是最后离开的，那天，村委书记给保电队伍送上一面沉甸甸的红色锦旗，上面写着："光明使者，情系人民。"大家在苏村文化礼堂前拍了一张合影，身后是一面共产党员服务队党旗。起风了，风吹起了共产党员服务队的旗子，留在了丽水电力史里。

21 决战巴青，
雪域上的电力天路

　　2020 年是决胜全面小康、决战脱贫攻坚的收官之年。深度贫困地区脱贫是打赢脱贫攻坚战的关键。电网是改善深度贫困地区生产生活条件的重要基础设施，与贫困地区人民群众的幸福感、获得感息息相关，在脱贫攻坚中发挥着基础保障作用。

　　国网浙江电力积极响应国家电网公司号召，承担西藏地区"海拔最高、区域最广、投资最大、自然条件最恶劣、施工条件最复杂"的那曲电网工程建设任务，对口帮扶西藏"三区三州"深度贫困地区电网建设工作。

对口帮扶西藏那曲巴青县"三区三州"电网建设帮扶组队员合影

为此，国网丽水供电公司派出了 17 名援藏帮扶人员。他们舍小家、顾大家，不畏高寒缺氧，发扬"艰苦不怕吃苦，缺氧不缺精神"的作风，奋战在"三区三州"深度贫困地区电网建设最前线，充分展现了"电力铁军"的精神风貌。

迎接挑战，没有一个人懈怠

位于藏北高原的巴青，面积是整个丽水的三分之二，平均海拔在 4500 米以上，高寒缺氧、地形复杂，交通十分不便。

"只有亲身经历，才能体会到这种挑战生理、心理极限的日子是多么的胆战心惊！"谭日是这次援藏帮扶组里年龄最小的队员，刚到那曲，他就出现了高原反应，头晕眼花、恶心呕吐，甚至腹泻，"那时候天天想回家。"

时间不等人，想回家的谭日还是在第一时间就投入到帮扶组的工作中。

兵马未动，粮草先行。一个项目开工，物资准备更是必不可少，大到电杆，小到一颗螺丝，缺一不可。为此，帮扶组就地成立物资催收工作小组，徐佳敏成了该小组负责人。

徐佳敏每天都要打好几个电话询问供应厂商物资运送情况，加班加点核对物资清单。为了实时与厂商保持联系，保证手机 24 小时在线，他的包里还常常装着好几个充电宝往返于各个作业现场。

作为徐佳敏的搭档，刘欢负责物资的运送和现场管理工作。物资到货的时间是不固定的，迟的时候要晚上 9、10 点到货，但无论时间有多晚，数量有多少，刘欢都会连夜驱车到指定地点领取物资，为第二天的

海拔 5000 米以上的立塔施工现场

施工做准备。

"我们碰上过杂色镇的持续暴雨天气，经历过岗切乡的漫天飞雪，也遇见过江锦乡的山体滑坡……"经常往返于那曲市与巴青县项目部的刘欢，遭遇了那曲的各种极端天气。

困难还不止于此。巴青的盘山路又高又陡又窄，一个悬崖的落差就有五六百米，加上漫天飞雪和夜色昏暗，让原本驾龄20多年的老司机都胆战心惊，"巴青气候多变，加上路况差，在之字形山路转弯的时候，胆子都吓破了，感觉车子就悬在半空中，没人敢在车上吱声，只听见窗外'呼呲呼呲'的大风和轮子碾压碎石的声音。"

"3月底的时候，我们还碰上了运输主干道路塌方，运往6个项目相关的施工机械车辆、物资不能顺利进入施工现场，真把我们急坏了。"刘欢清楚记得那时候的焦虑感。好在功夫不负有心人，在当地政府的协调下，巴青县公安局出面向西藏自治区公安局申请炸药清除塌方，比原先由公路部门层层报批提早了近 30 天，为工程顺利推进争取了宝贵时间。

除了物资运输困难，"冻土"也是帮扶组遇到的另一块难啃的"硬骨头"。

"在我们浙江，挖机挖 2 米的深坑只要几分钟，而在高原的冻土上，却要花费近 25 倍的时间才能完成，工程难度十分大。"帮扶组组长蓝健说，挖冻土也没有别的捷径，只能拉长工作时间，花时间来磨。

越是困难，党员越要带头上

巴青县是浙江省对口帮扶任务最艰巨、条件最恶劣的地区之一。

大雪封路、冻土难挖，加上受疫情停工的影响，电网建设的工期被大大缩短，使得 2020 年 4 月 1 日前，丽水公司援建巴青县 9 个配电网工程整体进度仅为 15.79%。项目团队面临着极为严峻的考验。

作为丽水公司在巴青的项目负责人和援藏帮扶临时党支部书记，黄伟君带领项目部党员、青年突击队队员站了出来："越是困难，党员越要带头上！"

为了保质保量完成电网建设任务，国网丽水供电公司巴青临时党支部建立了党员项目认领机制和"一对一"项目帮扶，建成 9 个项目党员责任区，还同步设立了属地工作组、进度攻坚组等党员先锋组，对工程项目存在的难点、险点进行攻克。

"我们行车 20 个小时，奔走 1000 余千米，用两天时间对巴青 8 个乡镇的 9 个项目施工现场都进行了开工核查，覆盖率 100%。"作为帮扶组副组长和援建项目安全管理责任人的沈荣飞，随身携带的工作笔记本上，密密麻麻地写满了 9 个项目施工现场的进展情况。

海拔 4960 米的那曲巴青县贡日乡立杆施工现场

　　两天的核查让帮扶组对各个项目都做到了心中有数，为"百日攻坚"打下了良好的基础。

　　环境的苦、身体的痛、精神的累，大家没有放在心上，最让帮扶人员忧虑的是施工现场的管控。巴青的施工力量虽能基本满足工程建设需求，但恶劣的气候条件却常常让施工人员打"退堂鼓"，影响工程进度。加上工期日趋逼近，大家的压力变得越来越大。

　　如何做才能让工程进度提质提速呢？帮扶组为此多次召开了工作协调会，共同探讨解决办法，对存在的突出问题提出了针对性建议，创新性地提出了"1360"十日管控纠偏机制。

　　"我们以 10 天为一个单位，每天进行进度管控，对进度不符合计划的项目，第 3 天启动进度纠偏机制，及时调整施工计划，对纠偏措施执行不到位，未在规定时间达到计划目标的，第 6 天进行通报考核，确保每 10 天攻坚节点计划可控、在控。"帮扶组组长蓝健高兴地表示，通过

"1360"十日管控纠偏机制，国网丽水供电公司巴青帮扶组硬是在"不可能"的质疑中，把一度落后的工程进度抢了回来。该机制还得到了上级项目部的高度认可，并在那曲各项目中进行了全面推广。

精准发力，点亮巴青新生活

"脱贫攻坚路上，一个都不能落下。"这是国网丽水供电公司对巴青县两万余名藏族同胞坚定的承诺。

2020 年的巴青县，和以往的样子有些不大一样。走在雪域之巅，可以看到根根电杆拔地而起，条条银线横穿远方，与周边的群山、积雪融为一体，美如一幅长卷挂画。

2020 年 4 月 28 日，国网丽水供电公司对口帮扶的巴青项目首个台区搭火通电，该县杂色镇易地搬迁的 15 户村民率先告别了用牛粪、木炭来烧饭、烧水的生活，也将彻底告别太阳能板用电历史，用上国家电网的

帮扶组员赠送阿秀乡中心小学学生学习用品后与学生们合影

"稳定电""放心电"。

随后的一个月时间里，巴青乡、阿秀乡、本塔乡、玛如乡等工程也先后完工，具备了通电条件。

"没电的日子真的太不方便了，以前功率大点的电器很难正常使用，家里的冰箱成了储物柜，存放的牦牛肉常常会变质。"看着家里通上了国家电网的"稳定电"，藏族同胞巴桑扎西开心地笑了。

与巴桑扎西一样沉浸在喜悦之中的还有巴青县阿秀乡中心小学校长索朗琼族。在没有通电之前，阿秀乡中心小学缺电少暖，设施十分的简陋。索朗琼族表示，通电后，校园内添置一些取暖设备和教学用具，让孩子们有了更好的学习环境。

除了援藏电网建设，这个"能干"的团队还把丽电正能量传递到了藏北高原的每一处角落。"老援藏"沈荣飞在参加援藏帮扶工作三年间，一有时间就在高原上捡垃圾做公益；帮扶组队员季伟，主动连线公司，将电力爱心超市开进了巴青县，帮助藏族的孩子们实现"微心愿"……

帮扶组员走进巴青县阿秀乡中心小学，为师生上一堂安全用电课

　　从"浙丽"到"那"里，国网丽水供电公司援藏帮扶团队用 3700 多千米的跋涉改变了藏族同胞们的用电生活，用 70 多个日夜的攻坚完成了 1.28 亿元的投资，用 17 颗炽热的心温暖了"一年只有冬季和大约在冬季"的"大牦牛帐篷"。

　　总投资 1.38 亿元，新建及改造 10 千伏线路 374.41 千米，电杆组立 9026 基，配电变压器新增 / 增容 164 台，低压线路 169.34 千米，户表改造 3145 户……2020 年 6 月 17 日，西藏那曲市巴青县户表全部安装完成，也预示着国网丽水供电公司顺利完成了援建西藏巴青"三区三州"深度贫困地区 9 个配网项目。

　　那一天，帮扶领队吴广飞在巴青县的岗切乡自拍了一张照片发到朋友圈，并写道："来巴青工作，有喜悦，有痛苦，有思念，有感动，既领略了高原的雄壮美丽，也适应了高原严酷的环境，体验了藏族同胞的热情，这是我一辈子都忘不了的地方。"

六

乡村振兴

和光同成

22 结对帮扶，共筑共富光明路

　　2006年，丽水龙泉的兰巨乡、道太乡成为国网浙江省电力公司定点结对帮扶乡。一直以来，省公司以及下属单位国网丽水供电公司、国网龙泉市供电公司（简称龙泉公司），17年如一日，联手帮扶两乡，秉持"输血"更要"造血"的帮扶理念，紧密结合帮扶乡实际发展情况，围绕乡村建设、乡村治理、产业结构优化、清洁能源发展等重点工作，结合当地产业分布特点及红绿资源禀赋优势，开展"农村再电气化""生态产业致富""共同富裕绘景""红色慈善引领"四大行动，因

国网浙江省电力公司与兰巨乡政府签订结对帮扶协议

地制宜形成了"蛋奶工程""e阳光公益""一图一码一指数""电力爱心超市"等特色帮扶实践案例。

17年里，累计帮扶金额达2600余万元，帮扶惠及低收入农户1181户、2124人，农民人均收入较2006年实现上涨400%以上……这组让人感动而振奋的数据，让我们看到了的力量和电助共富的成果，也看到了乡村振兴工作含"金"量、含"新"量、含"绿"量的不断提升。

"一图一码一指数"

电力民情地图快速"定位"服务对象，"龙e买"二维码拓宽农产品销售渠道，活力指数"撬动"乡村振兴……在兰巨乡仙仁村，有这样一个"一图一码一指数"的服务，要问这服务有多暖心多周到，村民们脸上的笑容就是最好的答案。

"我家那天停电，打电话向电力网格员潘宇峰求助，他马上带上工具过来，不到半个小时，我家就有电了。我问他怎么这么快能找到我家位置，他说他查一下'电力民情地图'就能知道。"仙仁村低保户练书坤说道。

龙泉地处山区，地域宽广、人口密度小、交通相对不便，为解决在供电服务过程中遇到的一些问题，龙泉公司以仙仁村为试点，设立红船光明驿站，与当地政府合作绘制"电力民情地图"，客户视角和电力视角的相关信息一目了然，服务村民便人又便己。

驿站与村里的便民服务中心合署办公，辐射周边两个行政村和7个自然村，为3500余名用户提供服务。驿站以供电所所长担任第一书记，台区经理担任电力网格员，并与环保、应急、民政、卫健、公安等多个

电力员工为仙仁村开展老屋安全用电排查

职能部门的网格员组成全科网格员队伍，通过"民情地图"完成信息共享，与孤寡老人和 80 岁以上老人进行"1+N"结对帮扶，按需提供代买生活用品、设置亲情键等延伸服务，打通基层社会治理的"最后一米"。"我们老人家不会用智能手机，也走不了太远的路，家门口有这个驿站，帮我们代办很多事情，方便。"长寿老人练诗然说。

驿站里还设置了一台包含网上国网、移动营业厅、浙里办等 App 的平板电脑，方便村民办理各项业务。而且，驿站和市区的五金店合作设立"诚信货架"，货架上方的物品通过扫码平价销售，下方的工器具只需村民登记在册即可免费借用。

有了驿站，村民的生产生活都方便多了。龙泉公司又开始思考如何拓宽仙仁村农产品销售渠道。线下，与政府在供电营业厅合作设立特色农产品展示区，并组织开展"爱心订购"活动，通过牵线搭桥，促成政府部门和丽水全市各家供电公司来龙泉兰巨采购香菇、木耳等特色农产品近 25 万元。线上，开展"电力书记直播带货"活动，并借助"天下龙泉"这一全市文化品牌的号召力，帮助研发"龙 e 买"农产品网购平台进行推广销售。

"去过一次仙仁，那里的长寿米好吃又营养，只要扫一下这个保存好的'龙 e 买'二维码，我在杭州也能吃得到。"国庆假期，杭州游客张程燕到仙仁村游玩，对长寿米赞不绝口，回到杭州后还经常在"龙 e 买"平台购买。

农产品销售渠道被打通，村民们获得了一定的收入，但这远远不够。为全面发展特色产业，提升乡村基础设施和公共服务，助力乡村振兴。丽水公司立足电力行业优势，发挥电力数据同时兼备实时、精准、分布广等优势，以用电量为抓手，补足信息统计短板。并深入挖掘乡村用电结构、趋势等，研究地区基础设施建设、生产投入、居民生活水平等现状和发展趋势，采集分析全市 10 个县（市、区）、86 个乡镇（街道）和 547 个行政村总计 28 条乡村振兴示范带的电力数据，为乡村发展与人口动态情况精准"画像"，形成清晰、可视化的"乡村振兴发展活力指数"报告图，活力指数综合评分越高，代表活力越高。

"从屏幕上看，我们村活力指数是 73.11，比乡平均值 67.4 还要高出一点，看来我这个发展方向是对的。"村书记雷后焕指着驿站里电子屏幕上的"乡村振兴电力服务平台"，踌躇满志。

数字化电力服务推进了乡村振兴，也温暖了村民的心窝。仙仁村村民心性宽厚，邻里和谐，"人和之美"的淳朴民风在电力多元化的服务下愈加浓厚，一幅幅乡村振兴的美好图景在这里一次次勾勒，一次次展现。

山村水果茶叶丰

时值盛夏。一大早，兰巨乡蜜蜂岭村吕品的家庭农场里，十多名游客正采摘着葡萄。在农场的配电室里，龙泉公司员工毛义庆和同事在查看变压器等设备。

葡萄生长对环境干湿度要求高，园里湿气过重会发生病虫害。为了减少病虫害的发生，龙泉地区许多农场里都安装了滴灌设施。"我们为葡萄园配置滴灌设施，合理控制干湿度，不仅能有效控制病虫害的发生，

电力员工为兰巨乡进行线路改造

还能提高葡萄品质。"农场负责人杨小花说，"这些年，园里增加了许多电气设备，电力公司的人没少帮忙。"

水果、茶叶种植是兰巨乡的特色产业，也是大部分村民的主要经济来源。截至 2021 年，兰巨乡种植水果 5609.7 亩，有 30 多个品种。2020 年 200 余户水果种植户水果产量达 4519 吨，种植户户均收入 2.2 万元。多年来，龙泉公司围绕农村产业发展做好配套电网工程建设，并组织员工定期到供区内的水果基地了解用电需求，帮助种植户查看电气化设施的运行情况，还帮忙安装滴灌设施，解决用电问题。

在距离吕品家庭农场 6 千米、位于兰巨乡桐山村的阳光农业水果基地里，负责人方利淳忙着用滴灌设施给柑橘树浇水。"16 年前我开始种柑橘，起初担心果园用不上电。没想到果园刚建成，供电公司就把电送来了。"方利淳说。2019 年，方利淳新建一座占地 10 亩的栽培大棚，种植晚熟柑橘，延长采摘期。如今，阳光农业水果基地已经建成了占地 600 亩的柑橘园。

在兰巨乡官埔垟村的茶园里，茶叶种植户杨礼根热情地向龙泉公司员工何荣庆和吴朝琨打招呼。官埔垟村位于凤阳山自然保护区内，附近的野生动物多，种植的农作物经常遭到野生动物破坏，唯独茶树不受影响。"2005 年，我们动员村民种植金观音茶树。"官埔垟村党支部书记张小平说。刚开始，许多村民并不看好种茶的收益，只有 47 户村民同意试种。由于种植户经验不足，第一年种植的茶树因一场冰冻灾害死了近 80%。

"当年多亏电力公司帮忙，我一辈子都忘不了。"张小平真切地说道。2006 年，国网浙江省电力公司结对帮扶兰巨乡，针对当时的特殊情况，给官埔垟村提供了一笔产业扶持资金，让官埔垟村茶产业起死回生并迅速发展壮大。2007 年，省公司还帮助官埔垟村成立茶叶专业合作社，给村里建起了茶叶加工厂。"以前我在外面做生意，一天忙到晚也赚不了几

电力员工对仙仁村公益光伏电站进行运维巡检

个钱。加入了村里的茶叶专业合作社后，我在家门口就能赚到钱。"杨礼根说。

随着机械化种植的规模扩大，兰巨乡的用电量猛增。2007年，龙泉公司为兰巨乡实施了农网改造。昔日的荒山、荒田变成了翠绿的茶山、茶园，官埔垟村茶叶种植户数量从2005年的47户增加到2020年的170户。电通了，水足了，兰巨乡茶叶种植规模不断扩大。2021年，全乡共有茶园1.2万亩，有种植户1500余户，2023年茶叶总产量760余吨、产值近千万元。

"电力充足，制茶用电根本不用发愁。""水果长势好、产量高，离不开电力的支撑。"阳光农业水果基地负责人方利淳对电力服务交口称赞。这也是村民们共同的心声。

长寿村的幸福密码

兰巨乡仙仁村是远近闻名的长寿之村，却也是曾经的破落村、偏远村。全村主要经济来源是水稻种植、食用菌生产和劳务输出，总体经济收入水平偏低。如今，在电力的帮扶下，仙仁村已蜕变为富饶美丽的样板村。

"不用拿这些东西，我现在什么都不缺，生活挺好的，你们来看我，我已经很高兴了。"2021年5月17日，龙泉公司红船共产党员服务队的队员们带着慰问品到仙仁村看望了仙仁村百岁老人柯陈芝。老人今年已经100岁，依旧精神矍铄，膝下有4个儿子和3个女儿，已是五代同堂，家族成员多达50多人。平日里，她轮流居住在孩子家里，孩子们都把她当珍宝一样对待。

在仙仁村，像柯陈芝一样长寿的老人还有不少。全村793人中，80岁以上老人有29人，占比高达3.6%，是世界卫生组织关于长寿之乡认定标准的2.6倍，该村最长寿者年龄达到111岁。

营养均衡的健康饮食，是村里老人维持长寿的秘诀之一。

"爷爷奶奶们，快来吃饺子咯。"5月11日，龙泉公司兰巨供电所员工潘悦到仙仁村居家养老服务中心开展志愿服务。中午时分，居家养老服务中心的"全电厨房"里飘出阵阵饭菜香，手工饺子、红烧豆腐肉、咸肉炒笋干、丝瓜蛋汤……荤素搭配、美味可口、营养均衡的菜肴一盘盘被端上圆桌。

"有了'阳光存折'，我们顿顿都有丰富的饭菜吃。"89岁的练诗寿老人对潘悦竖起大拇指。

兰巨乡仙仁村公益光伏电站

老人口中的"阳光存折"，来自仙仁村的 100 千瓦农光互补公益光伏发电项目。2021 年 10 月，省公司开始在仙仁村建设了 100 千瓦农光互补公益光伏发电项目，发电收益用于建设居家养老服务中心"全电厨房"和为老人免费营养加餐。2022 年 6 月，该项目正式并网运行。

"吃得好，身体健健康康的，不给子女添麻烦，不给社会添负担，就是小康。"长寿老人一边享受着美味的午餐，一边你一言我一语地聊天。他们为能亲眼见证这么多年来生活的变化而庆幸，因享受到国家和时代发展带来的福利而幸福。

兰巨乡政府、仙仁村村委会和龙泉公司还抽取了部分光伏收益，用于开展"银养快线关怀行动"，根据每位长寿老人的身体需求定制"夕阳蛋奶工程"，助力老人更加健康长寿。

"接下去，我们将会用好这笔'阳光存折'，为村里 80 岁以上老人建设免费屋顶光伏板，并网收入直接用于老人生活补助，让'钱生钱、利滚利'的循环帮扶模式在仙仁村落地生根。"仙仁村村委会主任邱宗金介绍。

初夏的仙仁村，沿坡而建的大片光伏板，在太阳光的照射下如蓝海一般，静谧而闪亮。老人们的脸上洋溢着满足的笑容。"现在我们整个村都不一样了。"仙仁村村民练祖云说着。

结对帮扶以来，仙仁村上演了一场由"脏乱差"到"美如画"的乡村变形记。龙泉公司通过专项帮扶资金，结合美丽乡村建设，"融电于景"，迁移村庄台区配电变压器 600 余米，变压器容量也由原来的 100 千伏安增容到 200 千伏安，对 4 千米左右的供电线路进行绝缘改造，有效改善村容村貌的同时，为长寿稻米产业、农家乐、村民的生活提供了可靠的供电保障。

兰巨乡五梅垟村完成电缆落地改造

"现在，我们村一共有 14 家农家乐，电水壶、电饭锅、冰箱、电热水器、空调全都要用电。今年'五一'假期间，仙仁村客人非常多，用电集中，用电量大，供电很可靠，没有任何问题。"仙仁村党支部书记雷后焕说。

"本来到这么偏远的小山村住民宿还有些担心，没想到这里的民宿这么现代化。"2021 年 5 月 2 日，从上海到仙仁村旅游的王先生说。

近年来，龙泉全域旅游飞速发展，仙仁村村民熊金兰嗅到了商机。经过多番走访和考察，她决定将原来的旧房屋翻新，打造一家全电绿色家庭式民宿。

根据熊金兰的要求，龙泉公司制订了"电能替代"改造方案，对客房、厨房、餐厅等重要场所进行了"全电"包装设计，空调、电磁炉、电动窗帘、电采暖一应俱全。同时，开辟绿色通道，快速进行低压新装，将整栋民宿进行了全电设计。

据熊金兰介绍，民宿使用了节能高效的全电厨房，整体项目建立了以可再生能源为主体的清洁取暖和供水系统。"初步估算每年项目降低成本在 10 万元以上，减少碳排放量 3 ～ 5 成，全面实现了效益、效率和环保三重提升！"

"所谓的全电民宿就是在民宿烹饪、采暖、照明、制冷、热水供应等方面均采用全电智能家居，抛弃了传统用能方式，全部实现以电能作为终端使用能源，同时接入智慧用能系统，为用户提供安全、智能、高效的个性化用能服务。"龙泉公司营销部负责人周必军介绍。

2022 年，仙仁村村民人均收入达到 20302 元，村集体经济收入近 30 万元。

白墙黛瓦、绿树红花、小桥流水相映成趣，长寿林、荷花池、长寿谷等景点环境优美，凭借着得天独厚的生态环境和深厚的文化底蕴，仙仁村抓住长寿村的"养生福地"这块金字招牌，在山沟沟里建起了"大花园"。绿色能源扮靓乡村经济，电力服务长寿文化，红船驿站温暖村民心窝，在电力的服务下，仙仁村破译了幸福密码，"人和之美"的淳朴民风愈加浓厚。

长达17年的时光里，省公司携手下属的丽水公司、龙泉公司，围绕资金、产业、教育、基础设施建设等方面，不断创新帮扶方式，无论是对产业的发展扶持和农民的实用技能培训，还是对教育事业和困难家庭的帮扶，通过电助乡村振兴，实现两个结对帮扶的乡镇上演了"乡村变形记"，低收入农户的收入明显提高了，农户劳作技能化了，茶产业成为乡村振兴的支柱产业，农旅融合产业蓬勃发展，新农村建设取得了丰硕成果，更令人欣喜的是，兰巨乡教育事业也有了长足的发展。自2009年起实施了"圆梦大学助学行动"以来，共为兰巨学子送上助学基金21.6万元，资助了71位大学生。特别是从2011年起，省公司成立的每年45万元的"龙泉兰巨浙江电力光明小学冠名教育基金"，主要用于帮助兰巨乡的小学、幼儿园改善教学条件、资助爱心营养餐资助、建设阳光农场、

电力员工为兰巨乡光明小学学生送上一堂电工体验课

电力员工为兰巨乡光明小学学生送爱心营养午餐

奖励优秀师生、帮助困难学生等，让兰巨的学生不输在起跑线上，把爱心的种子播洒在孩子们的心中。

在省公司的带领下，丽水公司和龙泉公司将继续总结提炼帮扶经验，聚焦帮扶成效巩固、结对地区资源优势转化、农村清洁低碳用能等核心目标，围绕农业生产、乡村产业、农村生活、乡村智慧用能等方面推动实施惠农富民项目，全方位助力山区百姓过上更加幸福美好的生活。

晴日在雅背，流云出树间。行走在兰巨乡的道路上，一路向前，阳光照耀的地方，尽是祥和、生机勃勃，沿坡而建的绚蓝色光伏板在阳光的照射下更是熠熠生辉，煞是耀眼，映照出山乡共同富裕的美好新图景！

23 点亮老屋，助力"拯救老屋"行动

作为丽水建制最早的县，松阳有着 1800 多年的建县历史，是中国历史文化名城名镇名村体系中保留最完整、乡土文化传承最好的地区之一。松阳乡村中，依然保留着 100 多座格局完整的传统村落，其中国家级传统村落 78 个，数量居华东地区第一。

位于松阳县大东坝镇的石仓古民居群，则是其中最独特、最惊艳的一页。石仓古民居群由上茶排、下茶排、后宅、蔡宅等 6 个古村落组成，

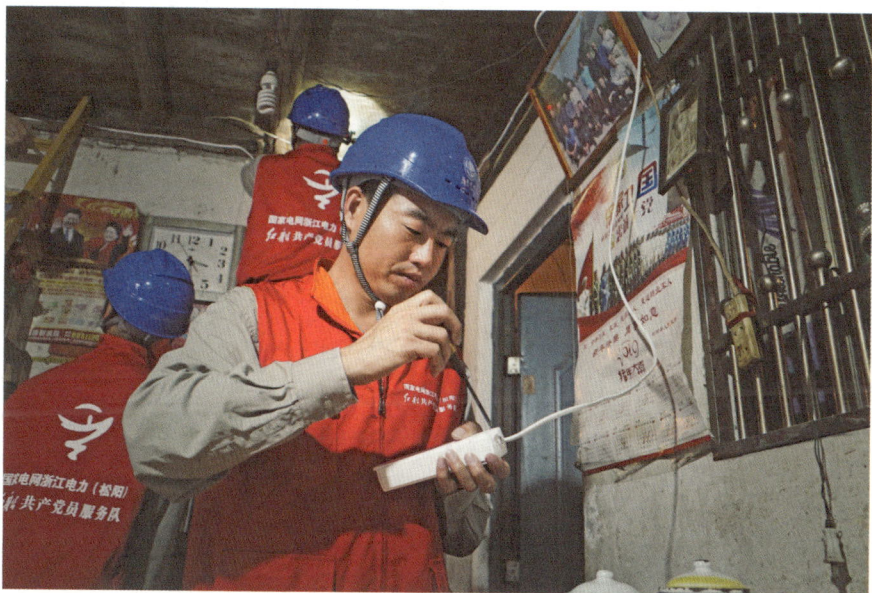

电力员工为老屋住户维修设备

上茶排和下茶排后更名为六村、七村，现合并为茶排村。三四十座气势宏伟的清代古建筑沿着石仓溪两岸排列，石仓每幢大宅都有雅致的堂号，门楼建筑大都为砖雕仿木梁结构，"泉水井、大水缸、硬山顶、马头墙，雕梁画栋、泥墙青瓦"是石仓古民居的真实写照。

多年来，为保护好这些珍贵的传统古建筑，国网松阳县供电公司（简称松阳公司）启动了"拯救老屋·电力先行"系列服务行动。政企联动，全域推广，助力松阳县政府形成了成熟的古村落保护"松阳模式"，为乡村振兴注入了新动能。

种下老屋线路改造计划的种子

松阳公司小港供电所的员工华卫新每次到石仓，都会在给村民检查完线路后，来到上茶排村一幢叫光裕堂的老屋前深思片刻。

光裕堂的主人叫阙德英，两百年前，他用自己积累的财富，建造了这座三进九开间的大宅，门楼上"文峰呈瑞"的四字题额，说出了当初主人内心对幸福的无限期待。华卫新站在老屋前，回想起第一次推开宅门，看见梁、枋、牛腿、雀替、门窗隔扇上那些精湛雕刻时，心中有说不出的惊叹。

石仓一带居民多姓阙，是从福建辗转迁徙过来的客家人后裔。从明末清初开始，阙氏先祖从福建汀州迁徙至松阳石仓谷地，他们在此安家、繁衍、耕种、创业。在漫长的时间里，阙氏靠着做炼铁生意，积累了不少财富，建造了这一幢幢融合闽派与徽派风格的古民居。石仓古民居群建筑面积约为 4.5 万平方米，其中 9 幢建筑为省级文物保护单位。村落中屋舍相通、庭院连幢，两百多年来，这些客家人聚族而居，低矮的重檐，宽大的瓦顶，从空中看起来宛如一个"扁平版的土楼"。作为浙江省最大的客家文化聚居区，曾有人这么概括："十里古宅，百里山道，为官阙氏，闽俗闽调，山溪跌宕，石桥花轿，妙哉石仓，依然三百年风貌。"

光裕堂，正是其中一件经典的代表作。可如今，呈现在华卫新面前的，是大火燃尽之后的一片废墟。2011年的一场意外火灾，将光裕堂付之一炬。

华卫新依然清晰地记得那天深夜的火光。当时正在值班的他，突然接到了一个十万火急的电话。"六村一幢老房子着火啦，你快来啊！"电话的另一头是石仓六村村民阙伟胜。华卫新急匆匆地赶到时，光裕堂正笼罩在滚滚浓烟中，火舌"呼呼"地往上蹿。

"这可如何是好？"华卫新二话没说，立即切断电源，提起灭火器，冲入火海。奋战到了凌晨，大火终于被扑灭了。他还是不敢合眼，17户灾民的安置点需要架设临时电线，他们又奋战了两个多小时，直到通电之后才安心离开。

华卫新带领团队为古民居进行内部线路改造

235

老屋怕火，尽管在建造之初，老屋的主人就考虑到了防火问题，建起了高耸的马头墙，但在大火面前，仍是无能为力。"这老屋是几代客家人的心血啊，一把火就没了，真是太可惜了。"华卫新在废墟前无数次喃喃自语。亲眼目睹了身边一座座雕刻精美的建筑艺术品化为灰烬，身为客家人的他异常痛心。

废墟之上，过火后的痕迹清晰可见。不过在地基上，还保留着这幢老屋的基本格局，从地面上青白卵石镶嵌着的蝙蝠、团花、钱文、大象、狮子滚绣球等吉祥图案，依稀可见昔日辉煌。看着这片废墟上恣意生长的青翠杂草，一个老屋线路改造计划，像一颗种子，在华卫新的心中破土而出。

一笔一画画下老屋线路图

要守护老屋，整治老屋内老化的线路是关键。石仓古民居 70% 的村民外出做生意、打工，留下的大都是老人和小孩。村民生活基本使用明火，电线老化、超负荷用电等现象非常严重。

火，成了这些石仓老屋最致命的威胁。每一栋老屋的消逝，令人痛心和惋惜。

说起电，石仓阙氏是有极深的渊源的。90 多年前，正是阙氏家族中一个叫阙宗清的年轻人，盘下了松阳第一家电灯公司，为松古平原的无数个夜晚送来了光明。据《松阳县志》记载，阙宗清，1891 年生于松阳石仓。早年，他和扎根石仓的阙氏先祖一样，一眼看中了石仓溪两岸沙滩上的铁砂，创办了炼铁厂，积累资本后又经营起了白碳生意，白碳跨洋越海，远销日本。

1930 年，阙宗清以全部家产做抵押，向钱庄贷款，盘买了松阳华阳电灯公司，改名正大电灯公司。为了办好电厂，阙宗清亲自到上海购买进口的 120 匹马力全套发电机组，两台碾米机及电灯设备，克服交通运输上的重重困难，终于运回松阳。回松阳后，又向本县殷商富户叶虎臣购买了小型发电机组，就在松阳南门街潘家祠堂后面的一座大房屋里办起了电灯厂，经营电灯和碾米业务。阙宗清实行包灯包费制，每装一盏电灯，每月收费一元五角，当时有照明灯头 200 余盏，城内一些大商店及富翁绅士都用上了电灯。

在古朴恢弘的阙氏宗祠里，阙宗清的画像高悬于墙上。作为松阳电力工业的见证者，阙宗清可能没有料到，象征着工业文明的电，在点亮松阳乡村文明的同时，也会在不经意间给这些沉睡中的老屋带来隐患。石仓古民居里的很多线路已经年久老化，有的电线像蜘蛛网一样绕在一起，容易引发火灾。华卫新和电打了 30 多年交道，最清楚这一点。

"我们防火，要从电这里入手。要将所有老屋的电线都改造一遍，确保每一条线路都是安全的，让老屋告别这些火灾，守护好石仓古建筑群。"华卫新在心里许下了诺言。但是，古民居里的电线属于表后线路，是居民自己家的财产，要改造必须要得到他们的同意，需要他们出钱，一想到这他犯难了。

不管怎么样，事情要先做起来，华卫新带领大东坝供电所共产党员服务队对古民居一一进行走访踏勘。他们踏遍了石仓区域的古民居，利用休息日，挨家挨户上门对 28 幢清代古建筑的室内线路重新进行设计，每一幢老屋的线路图，他们一笔一画，工工整整地画下来了，并对内线、电灯、开关、插座等用电设施进行排查整理。与此同时，松阳县文物保护所也开始对老屋的隐患进行整改，得知消息的华卫新把一叠设计图纸无偿交给松阳县文保所，收获满满的诧异与赞誉。就这样，文保所出资金，电力部门出力，双方通力合作，开始了老屋室内的线路改造。

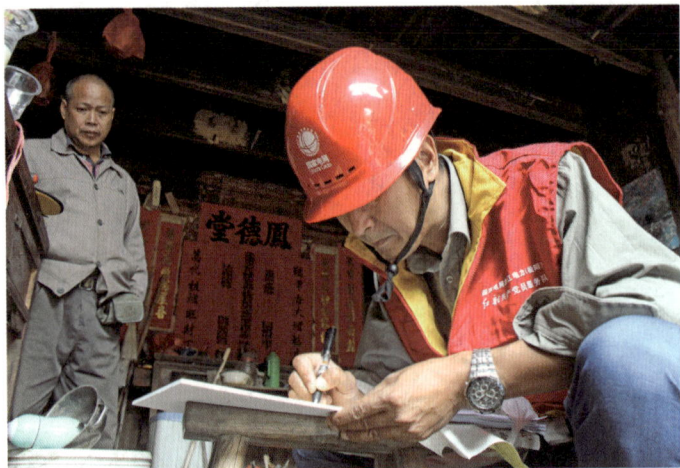

华卫新绘制老
屋室内线路图

　　第一个试点，从石仓六村善继堂开始。善继堂建于清朝嘉庆年间，占地面积 1907.2 平方米，规模宏大，保存完好，主楼和附楼牛腿、雀替雕刻精细，分别浮雕曲带、祥禽、瑞兽、亭台楼阁、案几插花，堪称乡间的精美艺术品。这里的一砖一瓦，每栋老屋里的线路走向，华卫新都如数家珍，"闭着眼都知道哪里是哪里。"

　　那些日子里，华卫新每天往"善继堂"跑，既当"监工"，又当技术指导，要求文保所请来的社会电工按照设计图纸安装电线。只用了 20 多天时间，善继堂就面目一新。室内低压线路进行了改造，屋子里的电表集中管理，表后线最初采用 PVC 管，后来改装防火套管，每一条电线都穿上了"防护服"，开关盒升级改进为铁质外壳……

　　"刚开始为了试验 PVC 管的防火性能，我们用了土办法，把 PVC 管放在火上烤了好多次。"华卫新说，在这之前，老屋线路改造还只是个模糊的概念，他们只能从善继堂这个样本入手，一步步地摸索着。现在，老屋又升级了，所有电线套上了防火性能更强的铁质套管，再涂上仿古色的防火漆，既多了一层保险，又和老屋的建筑风貌完美融合，一点不影响美观。

同时，在国松阳公司投入大量人力、物力完成了该区域内古村落的电气化改造工作。在如今的石仓，因老旧线路引发火灾的概率已下降为零，一幢幢风格独特的古民居，静静地矗立于时光之中。

亮点老屋助力乡村振新颜

2016 年的春天，中国文物保护基金会来到松阳，将松阳确定为"拯救老屋行动"项目全国首个试点县，松阳拉开了老屋保护的序幕。

老屋修缮，修旧如旧，电力线路改造作为重要一环，在整个"拯救老屋行动"中扮演着重要的角色。有了石仓古民居室内线路改造的经验，加上松阳公司不断探索实践，逐渐形成了一套可以复制的"老屋拯救"

电力员工在四都乡为用户安装照明设备

供电整体改造"6个建设标准+3个建议方案"的松阳模式。同时，松阳公司党员服务队还将全县古建筑分布清单登记在"电力阳光服务便民图"中，详细记录了古建筑名称、年份、面积和线路情况，并为每幢古建筑都配置了电力指导员进行"一对一"服务。

不仅如此，松阳公司还科学规划电力配套方案，坚持设备风景化、台区景点化思维，让电力设备变成"美景"。从高压线路、配电房等主要电气装置设计标准、安装施工规范，到电缆管道起止走向、进户开关箱设置，都精心设计，打造"一杆一景"和"一台一景"，把电力元素融入古村落，让电力元素点靓老屋，为全域旅游锦上添花。古村落完成电力改造后，还有党员服务队时常穿梭在古村老巷，定期为老屋线路体检，让每一栋古建筑都保持在健康状态。

电，点亮了乡村，也让一幢幢修缮利用的乡村建筑，一座座"依依墟里烟"的古村，从衰败走向振兴，重现活力。

如今游人如织的网红村——四都乡陈家铺村，从整体改造之初，松阳公司就全程介入，提供了整套的电力改造方案。村里变压器换了强劲有力的"大心脏"，往日蜘蛛网似的电线全部"隐身"入地，箱式变压器、环网柜等设备外壳，喷绘上了一幅幅山水人文画，电缆井盖铺设了鹅卵石，电力元素便成了新风景，实现了从古村到网红村的惊人蝶变。

"每个用电耗能最少的住客，都可以在我们民宿免费兑换一份手工艺品。"在陈家铺村飞鸟集民宿，电力指导员为他们新装了智慧用电监控终端，可以让民宿内部各支路的用电情况一目了然。而每个入住民宿的游客，都能收到一份个人"低碳清单"，清单里详细罗列了从入住开始的单客耗能，根据清单的用能排行，位居榜首的住客还能兑换小礼物。电力元素的小小植入，让游客在体验传统历史人文风情的同时，还能够享受绿色低碳的生活。

多年来，松阳公司配合松阳全域的"老屋拯救行动"，彻底改造升级供电线路，在不破坏建筑外观、结构的前提下，完成了136栋老屋的拯救修缮工作，让老屋特别是木头建筑远离危险，让古村重焕生机。

"石仓样本"在松阳的每个村里不断地演化，不断地推陈出新。四都乡西坑村在保持老屋原真味道的基础上，开出了全乡第一家"网红"全电民宿——过云山居。竹源乡后畲村实施线路无杆化改造，青瓦泥墙的老房子"颜值"大提升，成了艺术家汇聚写生的画家村。"拯救"之后，老屋再次得以活化利用，古老的村庄人气旺了，乡村活了。电，原来也

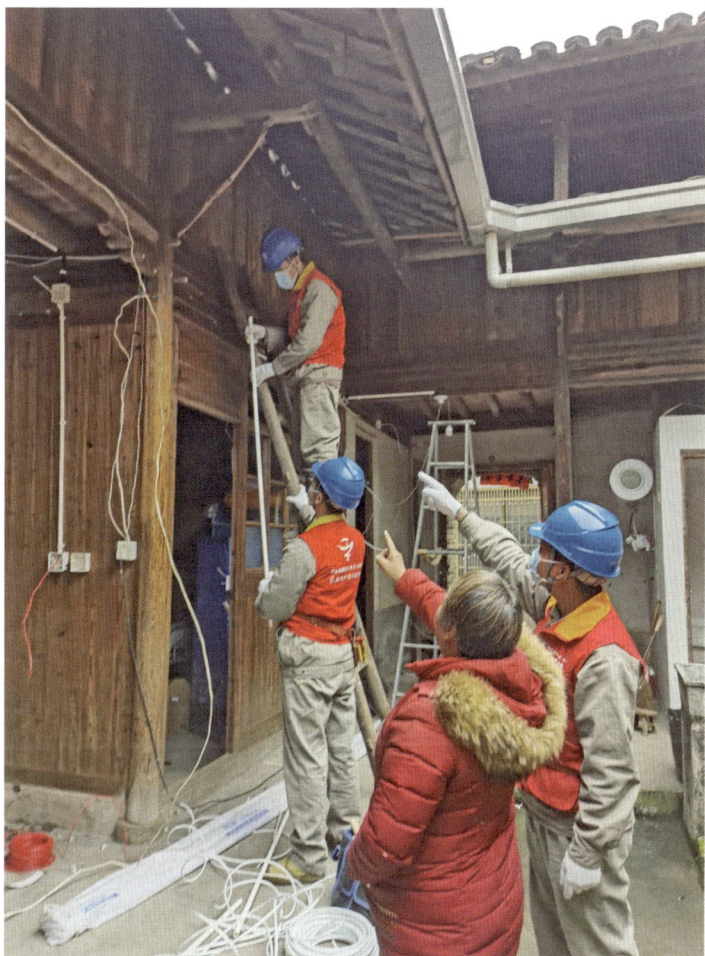

党员服务队对
老屋内部线路
进行改造

241

可以入诗入画，也可以和传统的田园牧歌和谐共鸣。

如今，身穿红马甲的共产党员服务队，依然在一幢幢老屋之间奔忙着。松阳公司的成功经验逐步在丽水市推广，各县市又根据各自乡村特色，因地制宜地进行创新，使得一栋栋古建筑得到了保护，而且在丽水大地上"点亮"了一批画家村、摄影村、连环画艺术村，使传统村落发展日益显现出活力。

2022 年，"拯救老屋行动"首次被写入中央一号文件，老屋保护上升到国家层面，外延也从农村老屋向城市社区、历史街区等更大范围扩展。一座座老屋的"拯救"还在继续，在这场关乎乡村文明的蝶变中，电力赋能也将继续。

24 热泵烘干，
助推食用菌产业走上致富路

踏槌、做槌、砍花、遮衣、开衣、当旺、惊蕈……这是传统的香菇栽培步骤，如今随着科技的发展，已被新的生产方式取代，基本实现电气化机械化。

但是将新鲜香菇制成风味别致的干香菇，所需经历的最后一道重要工序——烘焙，还一直沿用着八百前年的传统土灶模式，以炭火烘焙慢

服务当地香菇产业

慢将香菇烘干，菇农需要 24 小时守在炉灶前，不断添加木柴，翻看香菇，劳动强度很大。同时，采用木柴作为燃料，严重浪费自然资源，对生态造成污染，且容易发生火灾，既不安全，又不环保，成本还很高。

为此，国网庆元县供电公司（简称庆元公司）组建创新团队，全力研发热泵烘干技术。功夫不负有心人，该团队一举将菇农从火炉边"解放"出来，助力食用菌产业走上致富路。

你无心一说，我用心去做

2015 年，庆元公司员工吴继亮到大坑村开展秋季安全检查，老菇农杨发龙正蹲坐在炉膛前添柴，脸颊被照得通红。见到吴继亮，他随口诉起了苦："这段时间每天除了烘香菇，其他什么事都做不了，你看，这还不知道要烘到什么时候。如果有不用守着烘香菇的机器就好了。"

随口一句牢骚话，却引起了吴继亮的无限思绪。

浙江庆元是香菇发源地，也是中国最大的香菇产区和集散地，在中国农产品区域公用品牌评估中，"庆元香菇"品牌价值达 49.26 亿元。这里菇类品种丰富，

庆元香菇

品质上佳，山民世代以种植、烘制和贩卖香菇为生。

小小一朵香菇，可以清炒，可以炖汤，荤素相宜，鲜食和烘干后食用，味道各不相同，是中国人厨房中一道重要食材。尤其是香菇被烘干水分散透之后，身体缩成一团，把香味紧紧锁在体内，经久不散，完好保持了香菇原有的营养和味道。最关键的是，除去水分的香菇保质期从1个月可以延长到3年，利于保存和运输。因此，庆元生产的香菇有三分之二经烘干后再进行销售，对于菇农来说，这是一条至关重要的致富道路。

吴继亮在研究调试热泵式食用菌烘干设备主接线电路

吴继亮和大多数庆元人一样，从小看着父亲深夜守在火膛前烘香菇的背影，影子那么高大，身体却弯成一团。稍长大一点，他就与父亲轮流值夜。寒冷的冬夜，小小的人儿彻夜守在火膛前，小脸蛋被烟火熏烤得又黑又红，手脚却冻得冰冷。即使困得睁不开眼，也不敢让自己睡去，生怕一个迷糊就把香菇烘坏了，那可是一家人的钱袋子啊。世代菇农的辛苦不易，是他刻骨铭心的记忆。

庆元年食用菌产量约为9万吨，有近6万吨需进行烘干。按烘干鲜食用菌1吨需燃烧木柴370千克来计算，按照庆元县食用菌总产量的2/3

均采用木柴烘干，每年至少要消耗木柴 2.2 万吨，排放二氧化碳 1.82 万吨。吴继亮算了这么一笔账后，产生了一个大胆的设想：是不是可以结合自己的电力专业，通过电烘干的方式，来改善传统烘干对菇农和环境造成的负担，把菇农从火炉边"解放"出来？

"如果有不用守着烘香菇的机器就好了。"庆元大山里菇农的一句无心之语，就这样长在了吴继亮的心里。

向着梦想不断进发，就一定能抵达

接下来的日子，吴继亮一头扎进烘干技术的研究。他翻阅各类资料，希望找到先进的烘干技术。都说纸上谈兵不足以战，为了研究香菇烘干的流程和指标数据，吴继亮带领创新团队，走进当地食用菌龙头企业，深入到菇棚、菇农家中，请教相关方面专家，在这个过程中，采用热泵烘干技术的思路逐渐成形。

技术的创新应用需要大量实验数据支撑，而且热泵烘干食用菌技术需要综合考虑食用菌的种类，天气温度、湿度等各类因素，容不得半点马虎。为了精确获取烘干的能量消耗数据和最优的烘干参数，2016 年，吴继亮和他的团队过起了与菇农同住的日子。他们实地走访 300 多户菇农，足迹踏遍 3000 多个菇棚，详细罗列出 10 种不同烘干情况，逐一开展实验，获取了 100 余组有效数据，为后续优化烘干策略提出最优解决方案打下了扎实的数据基础。

"热回收"是热泵烘干技术中的核心关键难题，热废气和湿气排放如何剥离，如何提升烘干室密封性，如何降低风道阻力、降低进风系统耗电等众多问题都亟须解决。"一定要为菇农打造出既节省成本，又节能高

热泵式食用菌烘干设备

效，能烘出品质上乘的干香菇的新设备。"团队围绕问题有针对性地查找资料，不断通过实验验证解决思路和设想方案，经过夜以继日不懈努力，最终创新研发出热泵烘干"二级热回收"技术，可降低能耗 40% 以上。

创新的脚步不会停止。2017 年，团队积极向外部借力，前后到福建、江苏、湖北、广东等 8 个省（市）实地调研学习，邀请西安交通大学、浙江工业大学教授参与指导，与设备生产厂家、食用菌管理局多次开展交流探讨。

在团队和外援的支持下，通过对干燥室结构进行改造，设置导风叶将风道横截面积有效缩小，优化干燥室风道，解决了传统干燥室风道结构不合理、热风分布不均匀、风向单一的弊端，使热风能够均匀的作用于鲜食用菌。设计两级干燥排风的热量回收系统，第一级热回收是利用排气和新风的温差，将排气热回收器排出的高温热气和补充进来的低温新风进行热量交换。第二级热回收是利用室外机的蒸发器低温吸热的原理进行热回收，排出室外的热废气再经过蒸发器，蒸发器吸收热量后把热气降到30度左右排出，解决了能源利用率低，干燥废气中存有大量热量的问题。设计热风循环通道，增加循环风门，实现自动控制开合，使得在干燥后期能够使干燥热气得到循环利用，对食用菌烘干的最后阶段排出的热风热量进一步回收。对排湿机构改造，将排气阀同控制系统连接，依据干燥室内湿度情况，通过调节排气阀的大小和开关时间实现排湿，使排湿量能根据烘干过程自动控制。解决了在食用菌烘干初始阶段水分含量较多，烘干的中段及后段排出的水分减少，靠机内自然排湿会造成初始阶段排湿不够，烘干速度慢、热量损失过大等问题。

"推翻重来，再推翻重来"，凭着这样的坚持和毅力，在历经9次技术大改、20余次技术小改后，终于完成了干燥室结构改造、食用菌热泵烘干机控制系统设计、香菇烘干"五段法"控制策略，实现了单一烘干模式升级到多功能烘干模式的转变，实现了热泵烘干技术研究的重大突破，最终完成食用菌热泵烘干机的研制，极大降低了人工成本和工作难度，实现污水零排放，对推进庆元生态经济发展做出巨大贡献。该项技术被国家电网公司列为电能替代示范工程，被国网浙江省电力公司作为电力支农典型示范工程，并入驻"互联网＋智慧能源"双创基地孵化。

再也不用守着火膛过夜了

食用菌热泵烘干机由电压缩机、蒸发器、加热器、膨胀阀和控制器组成"高温蒸汽循环"。它可以从 -5 ～ 43 度环境空气中提取热量，为香菇烘干房提供 30 ～ 80 度的热风。一键式的操作让所有农民学一遍就会用，新设备迅速在菇农中推广开来，得到了欢迎和认可。

"不烧油、不烧柴火。"用上了食用菌热泵烘干机的村民陈明柱逢人便说新宝贝的好处，"按个按钮我该干活儿就去干活儿，回来香菇就烘好了，干净卫生，比烧柴火时间快多了，省钱省人力。"

为了进一步优化设备，吴继亮团队不断试验调节烘干参数，最终形成最优的六段烘干策略，实现烘干过程全自动化，生产的干香菇品质优良，保持自然色泽，产品烘干质量得到显著提升。

服务食用菌生产基地

高川源香菇种植合作社的理事长叶高介绍："卖香菇也是看脸的。味道营养各家差不多，全靠颜值。合作社生产的干香菇能卖到 50 元一斤，比传统土灶烘焙的干香菇价格高了一倍多，也看不到明火，守了八百年火膛的菇农，晚上终于能睡个安稳觉了。"

帮助叶高提升香菇颜值的，是院子里长 6 米、宽 3 米、高 2.5 米的食用菌热泵烘干机。

只见工人们先把香菇的"脚"剪掉，再把伞盖朝下放置在架子上，薄薄一层摊开晾晒。太阳落山，香菇便被推进食用菌热泵烘干机。根据香菇和天气情况，选择按下"晴天厚菇""晴天薄菇""雨天厚菇""雨天薄菇"按键，风机一转，什么都不用管。10 小时后，散发着喷香野味的干香菇就出笼了。经食用菌热泵烘干机加工的香菇，自然卷边成圆形，伞盖内侧金黄中透着浅绿，这是最上乘的香菇成色。

与传统烘干机相对比，无论是设备热效率、加工费用、人工成本，还是烘干质量、维修成本、安全性能，热泵式烘干机都轻松胜出，而且设备使用寿命长，对环境无污染。

"我们再也不用守着火膛过夜了！"老菇农朴素至极的话语，在吴继亮看来，就是对他和团队的最高褒奖。

清洁能源让绿色发展之路越走越宽

吴继亮又算了一笔账。热泵烘干香菇，每斤电费仅为 0.102 元，还能省不少人工、机器维修费。庆元县年产食用菌 9 万吨，改用热泵烘干每年将节约木柴 22000 吨，减少二氧化碳排放 1.63 万吨，减排二氧化硫 528 吨，减排氮氧化物 460 吨。每烘干一吨香菇能节省成本投入 290.4 元，每年可为全县菇民节约成本 1742 万元。

"我想把热泵烘干技术推广到其他工农产业，让更多人享受到清洁能源的好处。"吴继亮说，"我们的微小努力可以方便别人，为绿色发展作

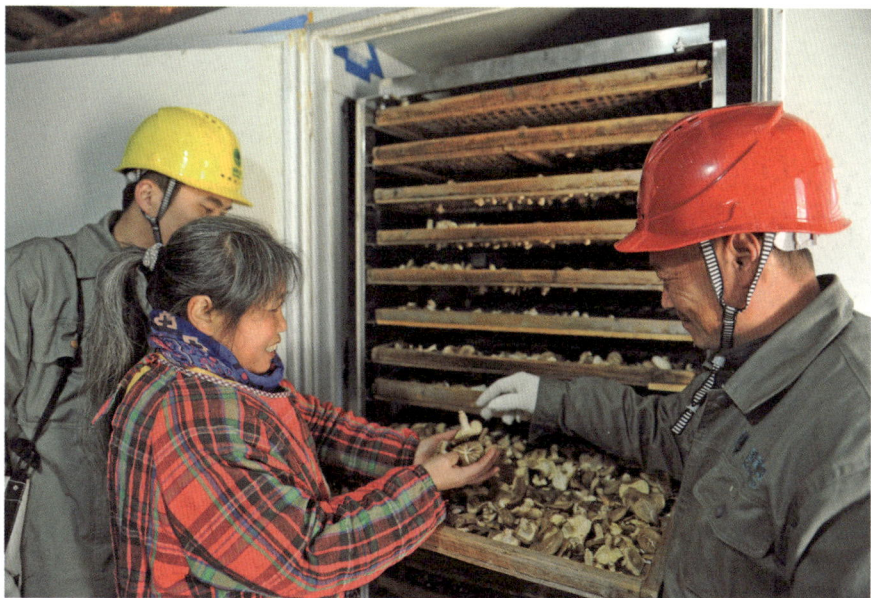

吴继亮团队上门帮助菇农检查热泵烘干设备

出一点贡献，这就是我们奋斗的动力。"

吴继亮创新团队选择了将技术毫无保留地传授出去，让更多行业受益，让清洁能源造福社会。目前，热泵烘干技术已广泛应用在香菇合作社、食用菌产业基地。根据该项技术可复制、可操作等特点，热泵烘干技术还广泛应用于笋干等农副产品的烘干环节及竹木、铅笔加工等领域。

在"双碳"和"共富"的双重目标下，庆元公司成立电能替代研发基地，吴继亮主动承担团队领衔人，带领团队将清洁能源推广应用到农业、工业、服务业等各个领域，建设全电景区、全电民宿、分时租赁充电桩等电能替代项目，打造商业餐饮、校园食堂和机关食堂三类精品全电厨房，不断探索电能替代新实践，助力生态工业提质增效。

青山绵绵，银线缕缕。从传统烘干到热泵烘干，从全电景区到民宿旅游，电力为生态赋能，让清洁能源成为"两山理论"的转换通道，让"产业强、百姓富、生态美"的绿色发展之路越走越宽。

25 电力先行，
解码山乡共富的DNA

　　行走在遂昌周村源，潺潺的溪水从脚边缓缓流淌，清脆婉转的鸟鸣唤醒清晨的梦境，没有都市喧嚣，只有群山环抱，大片的山林透出苍翠欲滴的色泽，好像中国传统的山水画。置身其中，仿佛回到了汤显祖笔下那个"山也清，水也清，人在山阴道上行，春云处处生"的世外桃源。

电力员工检查民宿用电线路

　　在丽水市，像周村源这样的村庄还有很多。1.73万平方千米土地上，1886个美丽乡村镶嵌在绿水青山间，犹如一幅幅美丽的风景画。当新时代的气息扑面而来时，丽水的乡村也在被重新认识甚至重新定义。

生态与创新，就是丽水乡村振兴 DNA 双螺旋结构中最重要的"两大支柱"。而电力的支持、推动和引领一直相伴相随，为新时代乡村振兴注入强劲而不竭的动能，成为连接"两大支柱"的关键通道，以其强劲的"连接力"，让"双螺旋结构"变得更稳固、更符合时代意义。

政策创新按下快进键

将生态作为乡村振兴底色的丽水，对于清洁能源的利用历来重视。

21 世纪初期，丽水农村兴起了建设小水电站的热潮，投资水电站也成为当地村民的收入来源之一。近年来，光伏、风电、生物质等新能源快速发展，其中，光伏电站由于投资小、见效快，成为丽水村民的投资渠道之一。

丁祝飞是缙云县笕川村首批从"光伏助农"项目受益的村民之一。"2016 年我就在屋顶安装了光伏，现在已经差不多回本了，接下来就是纯收益，相当于供电公司每月给我发'工资'。"丁祝飞说。

近年来，光伏产业已经与丽水的农村、农业开始深度融合，农光互补、渔光互补等成功经验打造出乡村振兴独具特色的新样板。光伏，为开启丽水乡村振兴按下了"快进"键，但随之而来的问题也日趋显现。

"这几年丽水新能源呈现井喷式发展，一旦电网建设速度跟不上新能源发展速度，就会产生消纳问题，所以我们要从现有的资源里寻找出路。"丽水市发展改革委工作人员表示。

为解决这一问题，国网丽水供电公司创新提出了"错峰发电"。

2021 年 5 月 1 日，经浙江省发展改革委批准，丽水小水电上网电价在保持峰谷小时数不变的情况下，将中午 11:00—13:00 两个小时的高峰

安全用电宣传

时段与早 7:00—8:00、晚 22:00—23:00 两个低谷时段互换。调整后,将中午峰电时段"让路"给光伏发电站,可以增加 50 万千瓦的清洁消纳通道。

这只是丽水近年来的创新政策之一。

2015 年以来,丽水地方政府先后出台《关于加快推进电能替代工作的实施意见》《关于进一步加快发展服务业的实施意见》,以及工业领域电能替代项目财政补贴等创新政策,促成丽水各地加大各类电能替代改造支持力度,对替代项目及配套电网的建设运营等给予财政补贴和政策支持。

吴小英在庆元百山祖乐氧小镇经营着一家小餐饮店,开始用的是燃气灶。她说:"我一直想买电磁灶,就是嫌太贵。现在新政策出来,燃油灶改电磁灶可以拿政府补贴。算了一下,我至少能拿到 2.6 万元补助。而且电磁灶每月开销比以前的燃油灶开销少得多了。"

在政府的大力支持下，丽水的电能替代项目推进迅速，截至2023年6月30日，丽水公司完成以电代油、以电代煤等电能替代项目619个，增售电量17.87亿千瓦时。

立足生态禀赋，丽水以各项政策创新托底，让乡村振兴成色更足。

生态电网增添新活力

漫步丽水乡村，抬首望去，山顶深处云雾缭绕，和着雨丝，烟云和水汽迷蒙，如梦如幻，却也不时可见银线铁塔穿越山林，有如逶迤长龙忽隐忽现。

良好的生态环境是丽水乡村最大的优势，电力的支持，更让丽水乡村振兴底气十足。

位于莲都区的下南山村曾经由于产业结构单一，人口大量流失，一度走向衰落。如今，泥墙黛瓦、石砌村道，四时有花，庭院有水，绘就成一幅精美山水画卷。

2016年，通过招商引资，下南山村获得6000万元投资，进行整村开发与市场运作，大力引进民宿产业，重新活化了古村落，带动周边区域发展。

当地民宿以生态为卖点，主打"全电民宿"。在开发改造过程中，丽水公司科学规划电力配套方案，从高压线路、配电房等主要电气装置设计标准安装施工规范，到电缆管道起止走向、进户开关箱设置，都精心设计，使其宜景宜情。

"全电民宿"成为下南山村的金字招牌。与此同时，丽水公司在下南山村及周边的景区建起了电动汽车充电桩，电动汽车成为连接丽水高铁站到下南山村的便捷交通工具，租一辆电动汽车，半个小时的车程，沿着美丽的瓯江沿线行驶 18 千米便可到达下南山村。随后几天的旅程，游客可以开着自己的电动汽车或者租来的电动汽车游玩周边的古堰画乡、云和梯田、畲乡秘境等景区。这些全电景区让游客们充电无忧。

近年来，丽水公司先后启动"乡村振兴电力先行""电靓和美乡村"等专项行动，不断完善农业农村发展新格局，将生态电网"一村一规划"全面纳入美丽乡村建设，通过"线杆融景、变台为景"等举措，打造具有时代特征、山区特质、丽水特色的现代化和美乡村样板，为服务农村产业发展和乡村振兴增添新动力。

据统计，自乡村振兴推进以来，丽水公司大力推动实施农村电网巩固提升工程，总投资约 7.5 亿元，新建及改造 10 千伏线路 1216 千米、低压线路 228 千米，新增配电变压器 310 台、总容量 106425 千伏安，推动了电网与"绿水青山"协调发展和深度融合。

电力员工服务"景宁 600"基地

电网建设与乡村生态和谐共振的场景并不仅仅体现在乡村改造上，在人迹罕至的偏远山区，保护当地生态也始终是供电公司首要考虑因素。

在庆元百山祖景区，立塔架线采取了"零护坡、零挡墙"余土处理方式、搭建临时性"绿色通道"、采用无人机"绿色架线"等，大幅减少植被砍伐和土石方开挖量。为了最大程度减少植被破坏，70%的架空线路都沿公路走向设计。百山祖冷杉所在区域供电更是采用地埋电缆，保证百山祖冷杉监控及科研用电，尽量避免对生物活动产生影响。

不仅如此，当地供电公司还沿河安置监控装置，实时监测河道存水状况，调度小水电站合理释放水流，让河道始终不断流，维持生物赖以生存的水环境稳定。

原始的风貌和生物的多元，吸引了一批批游客来到庆元旅游，也进一步促进了当地的乡村经济发展。

护航产业使出新招式

要实现乡村振兴，产业兴旺是核心。

6月的景宁县隆川，高山水稻的秧苗刚刚插下，客户的订单就已纷至沓来。在该村的景宁高山红蔬菜专业合作社，村民们正忙着采摘四季豆、茄子、辣椒、西红柿等高山蔬菜，准备运往杭州、上海等地销售。

近年来，丽水大力推进粮油、蔬菜、水果等全链条融合发展，同时不断深入推进农旅融合式共富工坊，一个个工坊串点成线，实现农户多渠道就业增收。在这过程中，丽水公司紧密结合地方政府乡村振兴发展规划，主动对接辖区内食用菌、高山蔬菜、水果、中药材等产业发展用电需求，有针对性开展供电设施改造，做到供电设施与乡镇建设有机融合，与产业配套设施协调统一，为乡村振兴保驾护航。

农产品企业落地、发展，也是乡村振兴的一大重点。

坐落于莲都碧湖的丽水百兴菇业是一家利用生物科技进行工厂化生产杏鲍菇的企业，也是浙江省最大的食用菌工厂化栽培企业。超静车间里全自动的液体菌种设备正在无声地运行着，机器喷头将由固体还原成液体的菌种注入菌瓶，再经由传送带送至下一环节，全程智能高效，大大提高了生产效率。

该公司总经理吴其进表示："我们组建了从装瓶、接种、培养、烧菌、出菇到收割，这一整套工厂化杏鲍菇栽培模式，365 天都可以生产，离不开供电公司的可靠电力保障和优质服务。"在此过程中，供电公司建立了"日电量"跟踪台账，专门监测农产品企业用电负荷，并随时帮助该类企业解决好生产中的用电需求。

电力员工检查光伏设备

电力大数据可以反映经济发展的趋势，乡村电气化水平和用电情况也能直接反映当地经济社会发展程度。随着数字化新技术的发展，电力大数据在精准助力乡村特色产业发展方面发挥了越来越重要的作用。丽水公司充分运用电力大数据的优势，助力农村地区补短板、强产业、促发展、惠民生，切实助力多村振兴向纵深推进。

松阳县是浙江省共同富裕示范区建设首批试点县，茶业是当地农民致富的黄金产业。国网丽水供电公司充分挖掘电力数据价值，创新推出"茶叶加工热力图"，动态反映茶叶加工村电力需求的变化情况以及产业的整体发展情况。通过设定阈值将各个村划分为红、橙、绿三色，并制定相应配套预案，组织人员针对性开展巡检消缺工作。

为了更好地服务乡村，丽水公司还开发了"乡村振兴发展电力指数"，以电力大数据为核心，构建组合模型，从电力视角增加政府对乡村振兴水平和差距的直观认识，为政府强化防止返贫监测、统筹城乡发展、美丽乡村建设和乡村产业融合发展提供决策支持。

乘着乡村振兴的东风，借助充足的电力支撑，丽水乡村的颜值越来越高，企业营商环境越来越好，百姓用电足不出户，这里正开启全新的蝶变通道。

七 青山绿水

26 电力赋能，
绿水青山的变现之路

　　走进丽水，绿水青山盈目。作为浙江"生态大花园"、华东生态屏障和国家生态示范区，丽水的森林覆盖率为 81.7%，居全国前三。生态环境状况指数、空气质量指数、地表水环境质量常年位居全国全省前列。绿色生态是丽水的最大财富、最大优势、最大品牌。

　　习近平总书记在浙江工作期间，曾八到丽水，称赞这里"秀山丽水，天生丽质"，并寄予"绿水青山就是金山银山，对丽水来说尤为如此"的重要嘱托。这个嘱托让这片占浙江陆域面积 1/6 的绿水青山的发展有了方向，也开启了丽水绿色生态发展的新篇章。

千家万户鼓腰包

　　作为千年古城，丽水不乏历史悠久的古村落。如今还完整保留着中国传统村落 268 个，在地级市中位居华东第一，全国前三。其中松阳县被称为留存完整的"古典中国"县域样板、"最后的江南秘境"。

　　这些各具特色的传统小镇、村落被改造成了兼具旅游度假、休闲娱乐的全域旅游新景点，成了村民的"聚宝盆"。

　　青山相对出，碧水奔流去。坐落在瓯江边的云和县长汀村就是其中

的佼佼者。

"我们村有 928 人，但 2006 年那会，常驻的不到一半，还基本上是老人和小孩，年轻人都出去打工了，也只有过年才会回来。"云和县长汀村党支部书记蓝克明说道，"那时候我们守着绿水青山却过着穷苦日子。"

2015 年，长汀村被云和县政府划入"十里云河"美丽乡村风景线，村里开通了公路。蓝克明不甘心看到村民守着好资源过清贫的日子，与返乡过春节的王秀华计划着将村里的山水资源"变现"。

2016 年，长汀村开始建设以"云里看海，山里玩沙"为创意卖点的淡水沙滩项目。仅用 3 个月就建成了长约 1 千米的淡水沙滩。"五一"期间正式对外开放，游客络绎不绝，3 天时间收入就达到了 18 万元。这一举措将这个封闭的小山村塑造成了"丽水小三亚"网红村。

为了让整个村容村貌有一个大的改观，当地供电公司先后投入 200多万元，完成长汀村新农村电气化建设和多轮电网改造升级，新增变压器容量达到 600 千伏安，更换表箱 200 余只。为长汀村旅游发展送上了稳定、优质的电能。满目望去，村内没有了蛛网一样的电线，没有了碍

云和县长汀村沙滩旗袍秀活动吸引各方游客驻足

风电、光伏发电站交相辉映

眼的电杆，全村电线实现了下地，电力设施悄无声息地融入了村景，融入了绿水青山。

有了充足的电力供应，长汀村不再为用电发愁。在振兴乡村经济上，可以放手一搏。沙雕节、瓯江渔家风情展示、水上音乐喷泉表演等各项活动在长汀村相继开展，将村子的人气推向了高峰。

随着丽水"养生福地长寿之乡"旅游品牌的打响，到丽水旅游、度假、暂居的人越来越多。丽水农家乐民宿的影响力也越来越大，逐渐成为发展乡村产业、促进农民增收、助力乡村振兴的重要抓手。

2019 年 4 月，"丽水山居"民宿区域公用品牌集体商标注册成功，成为全国首个地级市注册成功的民宿区域公用品牌。

家乡有了新变化，在外打工的年轻人，也纷纷回到村里。他们开餐馆，办民宿，卖农产品，把家乡建设得更为红火。

千方百计兴产业

除了"丽水山居"，丽水还拥有"丽水山耕""丽水香茶"等区域公用品牌。

其中"丽水山耕"是全国首个覆盖全区域、全品类和全产业链的设区市农产品区域公用品牌，只有在丽水市范围内，并且纳入质量安全追溯管理系统，通过相应的检验检测，在仓储能力和储运条件上达到要求且包装应用合格才允许使用。这种做法，让条块分割、自给自足、逐渐边缘化的"小农经济"，变成奇货可居的"生态经济"，深耕点绿成金的品牌传奇。

在实际运用中，无论是生产环节的温控、湿控与照明，还是加工环节的冷链物流、电除菌、电脱水等技术都需要稳定可靠的电力作保障。为此，国网丽水供电公司根据不同特征区块配电网的目标网架，制订差异化升级改造方案，打造符合丽水特色的山区生态型坚强智能配电网。

丽水公司所做的工作不止于此。

为了更好地服务地方主导产业，供电公司主动与企业联合研发相关技术，并在青瓷、铅笔、茶叶、菌菇等特色产业领域起到了显著效果。

龙泉青瓷是"丽水三宝"之一，历史悠久。据史料记载，在宋元时代，就已经是"瓯江两岸，瓷窑林立，烟火相望，江中运瓷船只往来如织"。

一件青瓷的生产非常复杂。在经过粉碎、研磨、淘洗、炼制等一道道工序后，坯、釉原料才算完成加工。接着开始拉胚，制成具有一定形状和尺寸的坯件，再经过晾坯、修坯……前期就需要投入大量时间、精力。

烧窑更是关键一环，柴窑的成品率非常低。20世纪初，龙泉大大小小的青瓷作坊、企业普遍改用煤窑、气窑批量烧制，但不论是煤窑还是气窑，依然存在能耗高、产能落后、成品率较低等问题。

金宏瓷业有限公司副总经理叶建仁整天愁眉不展，他的企业主要生产中高档酒类容器、日用陶瓷和装饰艺术瓷等产品，因原有烧制工艺存在浪费热能、增加燃料成本等弊端，企业负担日趋沉重。

2013年，当地供电公司开始协助金宏瓷业实施电窑炉替代燃气窑炉的电能替代项目。

"电窑炉采用计算机智能控温，温度分布均匀，比传统烧制更加安全稳定，成品率更高，成本也更低。"叶建仁表示，金宏瓷业如今已顺利完成两代电窑炉改造，正在与国网龙泉市供电公司联合研发第三代升级版全过程烧制的电窑炉。

红船党员服务队定期走访金宏瓷业

与叶建仁有同样感受的还有浙江联兴文教用品有限公司的负责人周晓龙。

联兴笔业是庆元规模最大的一家铅笔芯生产企业，它一个月生产的笔芯首尾相连可绕地球一圈。

2018 年 5 月，正在为环评烦恼的周晓龙在当地报纸上看到了电能替代提高庆元香菇烘干效能的报道后，主动联系国网庆元县供电公司员工吴继亮，希望能将热泵烘干技术应用到铅笔烘干流程中。

经过改造，联兴笔业建起了铅笔烘房，成为庆元第一批应用热泵烘干技术的铅笔笔芯制造企业。

"有了这几台烘干机器，厂里每天烘干的笔芯从原来的 1.4 吨提高到现在的 18 吨，我们不仅给国内铅笔厂家供货，产品还远销到了国外。"周晓龙笑着说，"最重要的是没有污染，环评检查组再也不找我'麻烦'了。"

在丽水，电能替代日益深入人心，电炒茶、电烘干、电窑炉等技术在推动产业能源升级的同时，也在推动着社会各界共同构建更安全、更高效、更清洁、更低碳的能源消费体系。

千山万水有"钱"景

将"绿水青山"变现的，还有丽水的小水电。据水利部门测算，丽水全市常规水电可开发装机容量达 327.8 万千瓦，约占浙江省可开发装机容量的 40%，境内已建成水电站 814 座，总装机容量 274.2 万千瓦，享有"华东水电基地""中国小水电之乡"称号。

大大小小的水电站将大山里的流水变成为群众生活带来便捷的清洁电能，也在"绿水青山"中留住了人。

"我们均垟水电站是 2007 年建成发电的，装机容量 2400 千瓦，2019 年全年发电 700 万千瓦时。"夏木林是均垟水电站负责人，同时也是景宁畲族自治县大均乡泉坑村村民。据他介绍，水电站的员工中，有一半以上是泉坑本村人，自水电站运行以来就一直在这里工作，成了像城里人一样的"上班族"。

不仅"水"能变现，"山"资源更为丰富的丽水，在发展风电项目、光伏项目和抽水蓄能项目上更是具有得天独厚的优势。

截至 2022 年年底，丽水累计投产新能源 145.15 万千瓦。丽水境内并网电站共有 895 座，分布式光伏电站 15179 座，总装机容量 434.26 万千瓦。

大均乡全景

面对发展迅猛的新能源，丽水公司提出华东绿色能源基地、浙福联网枢纽地、"双碳"能源互联网示范地的"三个地"定位，深入推进以新型电力系统为核心载体的能源互联网企业建设，打造多要素融合智慧能源互联平台，探索丽电能源支付宝、能源大脑丽水中枢等技术，建成全域零碳能源互联网示范工程，有效拓宽新能源送出通道，为全面小康提供充足电力保障。

绿水含金，青山有价。

丽水多年来的绿色发展工作也获得了习近平总书记的充分肯定。2018年4月26日，习近平总书记在深入推动长江经济带发展座谈会上发表重要讲话时指出，浙江丽水市多年来坚持走绿色发展道路，坚定不移保护绿水青山这个"金饭碗"，努力把绿水青山蕴含的生态产品价值转化为金山银山，生态环境质量、发展进程指数、农民收入增幅多年位居全省第一，实现了生态文明建设、脱贫攻坚、乡村振兴协同

红船党员服务队对大均乡光伏发电设备进行全面巡检

推进。

在我国提出"双碳"目标后，丽水坚持绿色发展的决心更为坚定，绿水青山所蕴含的生态产品价值正源源不断地转化为造福百姓、富民强市的金山银山。

未来丽水，"绿水青山就是金山银山"的故事将会继续精彩演绎。

27 共富工坊：
"益"起种太阳

　　"我有一个美丽的愿望，长大以后能播种太阳……到那个时候世界每个角落都会变得温暖又明亮。"这首 1988 年央视"六一"晚会唱响的儿歌，已经传唱了 30 多年，2013 年"六一"前夕，国网浙江电力"益"起种太阳公益活动在云和县杭汀村又新播种了一个"太阳"，即建成一个公益光伏发电站。让我们一起走进杭汀村，看看这个新种的"太阳"长势如何。

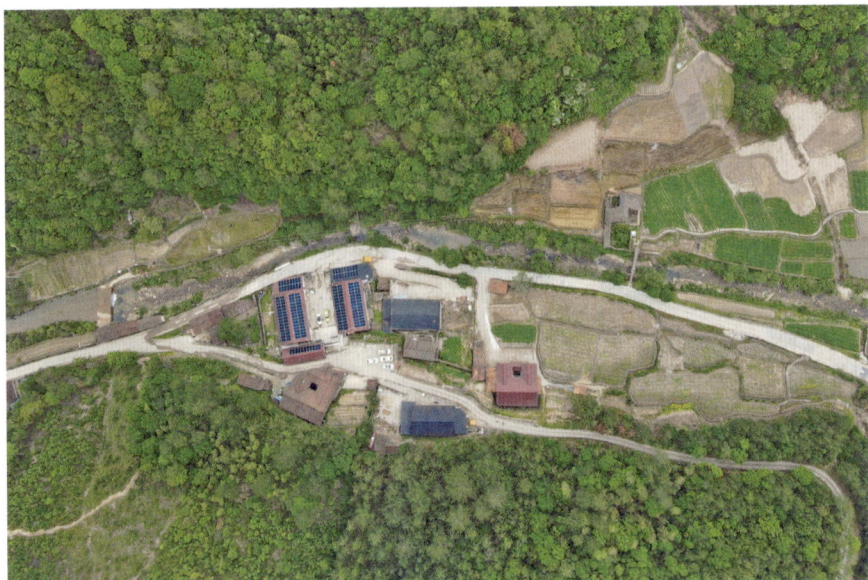

云和县杭汀村公益光储一体化电站航拍图

村民"益"起逐光明

丽水云和县，八百里瓯江从百山祖西北麓郭帽尖起步，在仙霞岭与洞宫山脉碰撞形成的褶皱中一路向东、奔流入海，将赤石乡一分为二、南北呼应。赤石乡最北部便是杭汀村，因为瓯江的阻隔，四周山峦映带、古树绵连，这里成了"世外桃源"般的存在。

20世纪60年代，杭汀村村民仍过着农耕生活。村民日常照明用的是竹篾灯、煤油灯。因为照明条件陈旧、落后，每当夜幕降临，陪伴村民的是无尽的黑夜，瓯江那边的电力光明成了村民挥之不去的期盼。

1976—1986年，杭汀村依然是人口大村，人口多达三千余人，用电照明需求也随之增大。1976年，杭汀村村民参与赤石乡麻垟电站建设，电站建成后，电站的一套柴油发电机就被闲置下来，乡政府考虑到杭汀村的用电需求，就把这套发电机赠送给村里使用。柴油机的发电量只能保障晚上六点到十一点的居民照明用电，不能用做其他用电。每户人家只能使用15瓦的白炽灯一盏或者两盏，还远远不能满足每户村民家用照明。

据杭汀村老书记阙祖贵回忆，每当遇到村里用电高峰期，灯的亮度犹如萤火虫一般，小孩写作业都看不清。这是由于导线线径很小，供电半径很大，发电量小造成的，要是遇到打雷下雨的时候，还经常断电。当时又受计划经济体制影响，柴油需求靠分配，经常买不到柴油，发不了电，没电用。

随着人口增长，柴油发电机组的发电量不能满足当前的用电需求。1980年，杭汀村村民商议，在村里建设双坑口水电站，又因水力不足，晚上发一两个小时电，水源耗尽就不能发电了，没建成功。

1981年，杭汀村村民为了摆脱因经济条件不够好、用电环境差的现状，

电力员工为金阳光共富工坊安装照明设备

由村集体建造一个约 15 千瓦的小水电，勉强维持村民照明生产用电。

1986 年，杭汀村迎来了一个用电转机，赤石乡政府补贴每人约 10～20 元建造高压线路。杭汀村每户人家每人投资 45 元，每个人投 4 个工日从龙门乡接线路，建设高压供电线路约 4.2 千米，低压线路由各村村民自行承担费用，每人承担 50～100 元等，每人投工 10 余个，全村克服种种困难，当年春节前通上了电。

杭汀村的努力没有白费。1999 年下半年，迎来了云和电力两改一同价，全面开始农村电网改造。2001—2003 年库北乡开始实行电网改造，改造后资产属于云和县电业局。供电能力和服务质量得到了提升。

由于单辐射供电，没有其他电源可供联络，供电可靠性还是有些薄弱，2016 年在黄岗变电站投运后，新建了一条 10 千伏建林线通到库北，电网结构得到了加强，供电服务得到进一步的提升。

2018 年，又新建了建林线与大源线联络线，库北至此有了三个 10 千伏电源。电网供电得到更好地加强。

村企铺就致富路

近年来，随着社会快速发展，杭汀村大量劳动力外出务工，村子成了名副其实的空心村。

党的二十大报告指出，坚持大抓基层的鲜明导向，抓党建促乡村振兴。为了深化强村富民，确保在"共富兜底"中不落一人，一个新的网红名词"共富工坊"在浙江土地上顺应而生。"共富工坊"由村（社区）、企业等党组织结对共建，通过送项目到村、送就业到户、送技能到人，引导企业将适合的生产加工环节布局到农村，在有效吸纳农村剩余劳动力、低收入农户在家门口就业的同时，降低企业生产用工用地成本，拓展乡村产业增值增效空间，推动形成"人人有事做、家家有收入"的新机制新气象。

乘坐渡轮穿越碧绿的瓯江，再经过 30 分钟的车程就到了杭汀村。这是一个由 4 个自然村组成的行政村，在籍人口 2059 人，实际居住人口 200 余人，以 60 岁以上留守老人为主。因为地理位置偏僻，缺乏产业经济发展，怎样才能让村里的留守老人实现共富呢？这一直是杭汀村村委书记马山花在探索的一个难题。

2022 年，国网浙江电力以"为美好生活充电 为美丽中国赋能"为使命，大力提升乡村供电服务水平。同时，浙江省红石慈善基金会和国网浙江电力营销服务中心在"网上国网"App、国网浙江电力微信公众号等多渠道上线"益"起种太阳活动，累计募集资金 50.93 万元，在光照资源条件较好的地区用于公益光伏电站建设，进一步帮助农村地区人口收入稳定增长。

电力员工在金阳光共富工坊内志愿帮助留守老人打包农产品

2023 年 3 月，云和县委县政府和丽水供电公司在广泛调研的基础上精心选址，根据光照资源、地理条件、预估发电量等情况综合判断，最终选定在杭汀村建设光伏电站。双方共同编制光伏共富工程实施方案，确保项目可持续、保收益。

5 月 17 日，由云和县委县政府和丽水供电公司共同建设的赤石乡杭汀村光伏电站正式移交给杭汀村村委会，标志着国网浙江电力首座"光伏＋储能"公益电站正式投入使用。

杭汀村金阳光共富工坊不仅是国网浙江营销服务中心、浙江省红石慈善基金会发起的"益"起种太阳公益落地项目之一，也是丽水供电公司"金阳光"公益品牌的首个实践项目，总投资约 32 万元。这座公益光伏发电站装机容量 78.375 千瓦，预计每年可为杭汀村带来直接经济受益 4 万余元。同时，电站配套建设了储能模块组成山区微电网，可在上级电网失电情况下自动切换至孤岛运行模式，支撑杭汀村生产生活用能 18 小时以上。

供电公司员工对杭汀村公益电站屋顶光伏进行全面"体检"

共富工坊抒新梦

有了稳定的经济收益和可靠的供电保障，村民们陆续办起了富余农产品加工，劲头十足。

杭汀村村委书记马珊花说道，丽水供电公司帮助村里将3幢废弃的老屋改造成金阳光共富工坊，方便村民们加工农产品，帮助村内剩余劳动力、低收入农户在"家门口"实现就业。

杭汀村金阳光共富工坊正式投入运营当天，村民们搬来自家的金竹笋、土豆等当季农产品前来加工。今年62岁的村民马少玲，家里有5亩多竹林，当天她加工的20多斤笋干，全部售出。"以前家里的农产品吃不完就是扔掉、烂掉，现在拿到工坊烘干后销售，让我多了一份收入。"马少玲说。

共富工坊内部功能区域划分精细合理，收购区、清洗区、蒸煮区、烘干区、展销区等不同功能区域排布有序。"我们的工坊集农副产品深加工、产销于一体，预计能提升农产品价值 20%，直接带动低收入农户每季增收 1000 元以上。工坊一开张就收到 2 万多元的订单。"马珊花说，"万物生长靠太阳。我们这屋顶上的'太阳'让村民们有了发展动力，大家都觉得生活热腾起来了。"

眼下，直播走进共富工坊已成为常态。农民当上主播，手机变为新农具、直播成了新农活、流量成了新农资。杭汀村打造的共富工坊，围绕绿色农产品电商直播行业，发挥乡域"直播链"党建联建机制优势，形成"以品牌带动产业，以产业支撑品牌"的良性循环，直接带动就业500 余人。

28 浙江屋脊，
电力与自然和谐共处的秘密

位于浙西南的丽水，山川纵横起伏，被人们称为"浙江屋脊"。这里有着海拔 1929 米的江浙第一高峰凤阳山主峰黄茅尖、海拔 1856.7 米的第二高峰百山祖主峰雾林山。车行其中，举目远眺，不时可见银线铁塔穿越山林，有如逶迤长蛇忽隐忽现。

有人类从事社会生产生活的地方，无论山有多高林有多密，都可觅得电网的身影。而电力建筑的工业美学与大自然的鬼斧神工，在浙江屋脊百山祖相遇后和谐相处的画面，让人感慨不已：现代工业在满足人类生产、科研、旅游需求的同时，并没有漠视自然，而是与自然共生共荣。

庆元百山祖

初见一亿年前的"稀客"

　　这是个人迹罕至的地方，青苔爬满山路，即使是深冬，林木也只在星星点点的地方褪了色，天际还是被层叠的树叶遮盖着。

百山祖冷杉球果

　　这里是钱江源—百山祖国家公园的百山祖主峰，从 291 米陡升至 1800 多米，气温骤降。由于海拔差异大，在垂直尺度上跨越了中亚热带、北亚热带、暖温带和中温带 4 个气候带，具有典型的山地立体气候，成为中亚热带常绿阔叶林生态系统的典型代表。

　　区域内，森林覆盖率高达 95.83%，野生动植物资源富集且珍稀濒危物种聚集度高，已知野生维管束植物 2102 种、大型真菌 632 种、苔藓植物 368 种、野生脊椎动物 416 种；列入国家重点保护的野生动物 62 种，其中一级保护野生动物 11 种、二级保护野生动物 51 种。近几年，钱江源—百山祖国家公园更是频繁发现新物种，如百山祖角蟾、凤阳巨基叶蜂、近蓝紫丝膜菌、皱盖油囊蘑、百山祖元蘑等。

　　12 月初，寒潮至。车入百山祖还是被淹没在了绿海，抬眼看山尖已被白雪覆盖。经过半个多小时的蜿蜒盘旋，我们终于抵达了百山祖保护站，一株百山祖冷杉母树种子实生树就在保护站前。

　　百山祖冷杉，这位来自一亿年前第四纪冰川期的"稀客"，是我国特有古老孑遗植物，现全球野生植株仅存 3 株。它被认为是第四纪冰川期冷杉从高纬度的北方向南方迁移的见证，对研究植物区系演变和气候变迁等具有重要科学价值。1987 年，国际物种生存委员会（SSC）将其列为最濒危的十二种植物之一，被誉为"植物活化石"和"植物大熊猫"。

国网庆元县供电公司百山服务组包括组长叶阳光在内共两人。

他俩日常要负责百山祖镇 190 平方千米、27 个低压台区、3000 余户的供电服务工作，还要负责辖区内 5 条 10 千伏线路的巡视伐青、台区采集运维、表计轮换、线损治理等日常工作。2022 年 5 月，他俩被百山祖保护站特聘为护林员，穿上制服是巡线员，戴上袖章就是护林员。百山祖冷杉野生植株就在离保护站步行半小时路程的海拔 1700 米的山坳里。

联动浙江大学开展护线爱鸟活动

"蝉噪林逾静，鸟鸣山更幽。"林间不时传来鸟鸣声。山路崎岖陡峭，海拔抬升很快，杉木林、常绿阔叶林、针阔叶混交林、针叶林等不同植被依次出现，每走几十步喘气的空当，就能看到路边布满苔藓的不知名古树，原来这就是原始森林的感觉。

"到了！"叶阳光轻喊一声。眼前首先出现的是几片严密防护的铁栏

281

杆，透过栏杆就能看到三株屹立在那的百山祖冷杉。

周围树木的叶子已经掉落，而这三株百山祖冷杉母树——地球上最接近灭绝边缘的植物之一——成为灰白色林冠上仅有的绿色点缀，如同撑在林冠上的三把大绿伞，在寒风中轻轻摇曳。

"百山祖地处东南沿海山地，受亚热带海洋性季风气候影响较大。众山皆小，百山祖截拦了东南风所携带的水汽，降雨量非常高，加上山高日夜温差大，百山祖常年云雾缭绕。沿沟谷有一片狭长形的阔叶林，百山祖冷杉位于阔叶林的上部。正是因为这独特的地形和森林小气候，百山祖才有了冷杉的奇迹。"叶阳光自学了许多百山祖冷杉的知识，如数家珍般介绍着，对这座大山和这片森林的热爱之情溢于言表。

百山祖冷杉成了我国东南大陆唯一的冷杉属植物。为什么东南大陆仅百山祖有冷杉分布至今还是一个未解之谜，但是对百山祖冷杉的保护抢救工作从未停歇。

百山祖冷杉如此濒危不仅仅因为种群个体太少，更重要的是其聚集养分以开花结实的间隔期长，且个体间形成生态差异，自然有性繁殖十

开展供电巡线员与护林员角色互聘

分困难，常规人工无性繁殖成功率也极低。在离保护站 50 米的地方建有 3 个育苗大棚，在苗圃地内成功保留 5000 多株冷杉幼苗，成活率 92%。

守护原始秘境的"绿电方舟"

"绿电方舟"公益项目就是保护抢救工作的其中一环。"绿电方舟"公益项目由国家电网公司组织各级单位与保护区管理局、中华环保基金会等机构合作，以珍稀物种的主要栖息地为保护对象，在栖息地及周边建设绿色电力供应系统，旨在提升生态系统的多样性、稳定性和持续性，为生物多样性保护相关的研究和实践工作提供可靠清洁电能及数字化转型工具。

早在 20 世纪 80 年代初，当地便在核心区与国防光缆一同敷设了地埋电缆来保障百山祖冷杉野生植株日常监测用电，保护站和育苗大棚也由专线进行供电。由于山区树线矛盾突出，寒潮、台风、雷暴等极端天气给电力安全造成巨大挑战，而育苗大棚和日常科研也对供电可靠性提出更高要求。

2023 年，"绿电方舟"公益项目正式落户百山祖，通过在核心区域建集避雷监测为一体的监测装置和一套灵活协调的微电网运行方式研判控制系统，有效提升了野生百山祖冷杉和育种基地的供电可靠性，降低了雷电危害的风险。此后，不管刮多大风、下多大雨，科研人员都能在保护站观察到野生植株的状态，科研工作得以顺利进行。

截至 2023 年 6 月，钱江源—百山祖国家公园庆元片区已成功培育母树种子实生树 83 株，野外回归种植 4000 株。如果说野生百山祖冷杉的发现，是为世界留下了一个破解亿年前地球生态之谜的密匙，为浙西南

百山祖管理站屋顶光伏

留下了一片珍贵的原始秘境，那这数十年来，是无数人在各自领域上共同做出的努力，使百山祖冷杉群落得以重构。

当地人把百山祖冷杉亲切地叫做仙树，可见在大家心目中，百山祖冷杉具有极高的位置。上苍如此眷恋这一方土地，不仅将天地葱茏的林木资源赐予了这里，而且将全球仅存的三株百山祖冷杉也完好地保留在森林之中，这就是大自然对人类的信任和回报。

演奏人与自然的"交响"

百山祖区域仅仅依靠一回35千伏线路供电，考虑到山区电网薄弱，庆元公司也曾计划新建一回35千伏线路，这样一来，山区百姓的供电将得到充分保障。"在百山祖这样的山区，新建一回35千伏线路，投资巨大，但我们首先考虑的是社会责任，而不是经济效益。"叶阳光说。

历经千百年的自然造化，才孕育了百山祖的自然生态系统，更让亿万年前的珍稀物种在这里绵延生息。因为无法确认每一次人类行为是否会对自然生态系统造成不可逆的损伤，出于对自然的敬畏，这里每一次电力生产行为都更加审慎。在深入研究山区供电特性和评估对环境的影响后，庆元公司决定，继续保持35千伏单线送电状态，同时开展跨电压等级备自投应用研究，在单电源变电站35千伏电源发生故障时，自动切换为10千伏备用电源供电，节省投资的同时提升山区电网弹性，呵护这里的一草一木。

百山祖辖区内10千伏线路多建于20世纪90年代，线路老旧加上生态向好，树线矛盾突出，供电可靠性面临挑战。2021年，叶阳光主动请缨参加电网改造项目评审会，现场与评审专家"斗智斗勇"，结合当地地理条件、气候条件和线路运维难度分析了线路改造的必要性和迫切需求，最终顺利取得了斋郎183线、合湖184线综合防雷改造、差异化改造可研批复。同时，庆元公司通过10千伏斋郎183线与凤阳184线跨区域互联，"手拉手"提升山区线路供电可靠性。

开展智巡护系统培训

"路为水道，水沿路走，行间时而飞瀑声如洪钟，时而清流声若抚琴。"在百山祖国家公园，水与阳光一起滋养万物。这里多年平均地表径流量达到 8.84 亿立方米。

无数细流在山下汇聚成河。发达的水系和梯级落差造就这里十多家小水电站，总装机容量 4.85 万千瓦，年发电量上亿千瓦时。上游不顾下游，河流时常断流，对依托水源的生物多有影响。这原本非电网职责所在，但出于对水生态的保护，庆元公司整合国家公园内的小水电资源，开展百山祖流域梯级水电站智慧调度策略研究，增加能量流动，保护河流生态系统。

"我们沿河安置监控装置，实时监测河道存水状况，调度小水电站合理释放水流，让河道始终不断流，维持生物赖以生存的水环境稳定。"庆元公司调度控制分中心主任胡强说道。"综合水、光等资源，我们建立起山区微网保供体系，让山区用电无忧，山更绿、水更清、天更蓝。"

行之所至，处处可见用心，一举一动，皆能感受温情。几十年来，叶阳光和他的同事们在日常巡线中，宁可多走几里路，只为了刻意避开动物通道巡线。救助小猕猴、发现 1982 年被宣布灭绝的国家二级保护动物阳彩臂金龟……这些发生在浙江屋脊之上、与大自然水乳交融的故事，让人们深深体会到，电力生产与呵护自然并不冲突，更是让电力生产不再是人们印象中只与设备打交道的行为，而成为促进人与自然和谐相处的桥梁纽带。

29 "双碳"目标下，山村氢能发展探索之路

　　2020 年 9 月 22 日，国家主席习近平在第七十五届联合国大会一般性辩论上发表重要讲话指出，中国将提高国家自主贡献力度，采取更加有力的政策和举措，二氧化碳排放力争于 2030 年前达到峰值，努力争取 2060 年前实现碳中和。

　　远景目标已经定下，能源消费革命的持续深化势在必行。实现能源利用模式的清洁、低碳、高效转型，是能源发展的必由之路。除了水能、风能、太阳能等清洁能源之外，氢能是个热门词汇，它的探寻发展之路格外引人注目。而在丽水缙云的一座小山村里，就有座神秘的氢能站。

缙云水光氢生物质近零碳示范工程

缙云，素有中国"茭白之乡""麻鸭之乡"的美誉，走进这个以氢能为媒介的山村，独特的茭鸭共生模式可提供丰富的沼气原料，为氢气与二氧化碳的甲烷化技术提供验证的可能性。

走进茭鸭共生基地

6月，正是茭白采收上市期。走进缙云县的茭鸭共生基地，放眼望去，千亩茭田，波澜壮阔，透着生机和希望；微风拂过，掀起层层绿浪，空气中夹杂着淡淡的叶香。村民们手拿镰刀穿梭在茭白田间，忙着将成熟的茭白收割、装筐、打包，准备销往全国各地，田间地头无处不透露着丰收的喜悦。

与大多数茭农不同的是，基地的负责人李卫东打捆的不是水嫩嫩的茭白，而是干巴巴的秸秆。他告诉田里的茭农，割下的茭白秸秆不要乱丢乱放，等晒干了都拿到基地里统一回收销售。原来他家的茭白秸秆早

在基地收割茭白

与茭农交谈

已被国家电网浙江丽水缙云水光氢生物质近零碳示范工程基地（简称缙云氢能示范基地）的采购人员预订了。

"这废叶子还有什么用，我家牛都嫌太糙了不爱吃。"面对茭农的疑惑，李卫东也答不出个所以然，只知道是跟氢气相关。每年茭白收割后会产生大量废弃秸秆，如何妥善处理一直是当地的"老大难"，大部分时候都是烂在地里或露天焚烧。

忙活完大半个上午，秸秆整装待发，李卫东驱车前往缙云氢能示范基地，随车的还有一捆他刚收割完的茭白。经过40余分钟的车程，运输车来到了基地所在地五云街道五都村。工作人员引导车辆至指定位置停靠、卸载，准备将秸秆粉碎。

基地内部，各类设备错落有致、管道有序排列，最引人注目的是高10米、直径2米的白色储氢罐，用于存储电解水产生的氢气。其次是上圆下方的发酵池，利用秸秆和鸭粪发酵制备并存储沼气。

缙云是个山区县，具备充足的富余水电、光伏发电资源，为绿氢生产提供了得天独厚的条件。商用氢主要通过化石燃料获得，极易造成污染。绿氢是指通过太阳能、风能等可再生能源制取，生产过程中基本不产生温室气体，从源头上杜绝了碳排放，是真正的清洁能源，被称为"零碳氢气"，被认为是未来首选的绿色燃料。

"往左一点，小心装卸。"基地旁的仓库内，一台氢能叉车正在作业。该叉车的氢能来源于基地的加氢站，实现能源就近补给、高效利用。相比传统的电动叉车和燃油叉车，氢能叉车无污染、无噪声，充气 5 分钟便可连续满负荷工作 3 小时，且续航时间不受温度影响，投入使用后每天可减少约 0.15 吨二氧化碳排放，进一步推动绿色生产落地，提升仓储作业效率。

自 2022 年工程投运以来，每天可产生绿氢 600 标准立方，一部分供氢能叉车使用，另一部分通过氢氧燃料电池存储备用，剩余的则用于提纯沼气，制成生物质天然气。

正值中午期间，基地食堂内人头攒动，饭菜飘香，"夏令第一味"——茭白，一勺一勺满满地装进了餐盘，这正是李卫东带来的高山茭白，让大伙儿尝了个鲜。

丽水缙云水光氢生物质近零碳示范工程基地制氢设备

"师傅，最近的菜特别好吃，是不是找到什么秘方了。"就餐的工作人员向厨师长打趣道。"我哪能有什么秘方，最近炒菜用的都是天然气，大火翻炒能不香嘛！"厨师长解释着说。原来，为了验证生物质天然气的使用效率和安全性，基地铺设了专用管道，将生物质天然气接到了食堂。原来，以往利用生物质发酵产生的沼气中，有效物质甲烷的占比只有 55% 左右，其余大部分为二氧化碳。工程利用全国首台沼气加氢甲烷化设备，让氢气与沼气中的二氧化碳反应生成甲烷，可将甲烷纯度提升至 98% 以上。

此外，食堂产生的厨余垃圾，又成为基地内加氢制造生物天然气的原料之一。生物质原料发酵过程中产生的沼渣、沼液可作为菱白种植的有机肥料，真正实现农村废弃物循环利用。甲烷化过程为强放热反应，通过余热回收系统，还能为基地周边民宿、酒店等场所提供热水。示范基地内的沼气发生装置每天可额定处理 0.8 吨废弃生物质资源，沼气产量可达每天 60 立方米，每月能够减少 0.18 吨二氧化碳排放。

山村氢能发展下的场景应用

近年来，氢能的探索和利用越来越多。作为一种清洁能源，氢能有着自己独特的优势，比如氢具有燃烧热值高的特点，是汽油的 3 倍，酒精的 3.9 倍，焦炭的 4.5 倍，能量密度高，重量轻，导热性好。同时，氢能获取的方式也相对容易，通过电解水就可以产生，储量丰沛，加上燃烧的产物也是水，所以是实打实的清洁能源。因此，如果氢能被更好地开发利用，对构建清洁低碳安全高效的能源体系、实现"双碳"目标，具有重要意义。同时，氢作为电、热、气之间转化的媒介，是在可预见的未来实现跨能源网络协同优化的唯一途径。

《"十三五"国家科技创新规划》《能源技术革命创新行动计划（2016—2030年）》明确提出将氢能与燃料电池技术创新作为重点任务，尤其是重点发展大规模制氢、氢气储运和氢燃料电池等关键技术。国家电网公司已将"氢能转化与存储"列为《能源互联网技术研究框架》的关键技术。2022年3月，国家发展改革委、国家能源局联合印发《氢能产业发展中长期规划（2021—2035年）》，这份规划明确了氢的能源属性，是未来国家能源体系的组成部分，充分发挥氢能清洁低碳特点，推动交通、工业等用能终端和高耗能、高排放行业绿色低碳转型。明确氢能是战略性新兴产业的重点方向，是构建绿色低碳产业体系、打造产业转型升级的新增长点。此后，各地政府也纷纷发布了相关配套政策，着力构建综合氢能发展体系。

丽水缙云水光氢生物质近零碳示范工程基地甲烷化系统

在缙云氢能示范基地内,恰好验证了氢能基于乡村场景的多元化实践应用,为乡村综合低碳供能提供示范样板。虽然技术验证已经完成,但这样生成的绿氢、生物质天然气若要实现商业化、社会化,必须解决安全、环保等一系列问题,才能真正打破基地这一墙之隔。

一方面,比起其他传统能源,氢能的储存和运输都更困难,制氢、储氢、运营成本也都很高。对于普通村民而言,虽然回收秸秆、鸭粪、厨余垃圾等可以实现一定增收,但是收割、清运成本也不小。因此,想要实现氢能示范基地和村民的双赢,就需要回收达到一定的规模才行,这需要一定发展过程。另一方面,电力制备天然气在全国未有先例,需要更多的案例来支撑场景外拓、更完善的标准来保障生产运营安全,需要更多的评估、审批来推动落地。

"我们的体系和天然气公司的体系截然不同,生产天然气的方式也不同,由于这东西太新了,所以没有一个完善的标准,天然气公司为了保证安全必须要联系第三方公司对我们氢能示范基地生产的天然气的安全性进行评估,需要比较长的时间,也要不断地去沟通。"国网丽水供电公司项目负责人表示。从基地内部运行角度看,氢能示范基地生产的天然气已经运用在基地食堂中,逻辑完全可行。

为了解决上述难题,国网丽水供电公司与当地安全、环保、应急等部门多次深入基地现场及周边村落开展调研,听取民声民意,通过分析在运营的氢能典型项目,共同探索符合实际的可行性方案。

基地位于省道公路旁,是众多重型卡车、工程用车途经的交通枢纽;毗邻仙都 5A 景区和丽水高新区(新碧街道),区位优势明显,为氢能应用场景的拓展奠定了地理基础。一旦基地产品达到"出墙"标准,将为区域内工业、交通、景区等提供不竭的清洁能源,打造集电、气、热等能源为一体的分布式综合能源供给站,推动用能终端和高耗能、高排放行业绿色低碳转型。

新能源公交车站

　　山村氢能发展的探索之路仍在继续。未来，在这个美丽的小山村，将建成以氢能为媒介，多种能源互联互通、共享互济的微型能源生态圈，形成氢能产业链、价值链，构建"绿色低碳，智慧高效"的山村现代化能源体系，为新时代乡村振兴和可再生能源产业健康发展开创新路径。

八 新型电力

30 技术攀升，
不停电就是最好的服务

纵观千年历史光阴，浙江南部松阳一直是神秘的地方，无数文人墨客和旅行者从未间断探寻和欣赏，为其沉醉、赞叹。然而，崇山峻岭、深涧幽谷也给工农业发展和人的生活带来了诸多不利。直到 20 世纪 80 年代初，电力才步入松阳零零散散的各个村落，山区特殊的地理环境和自然灾害频发又为电力维修增添不少困难。人扛骡驮，跋山涉水，数代电力人付出的艰辛远比平原地带要多得多。进入 21 世纪后，松阳茶产业迅猛发展，走上了县域经济腾飞的道路，成了千千万万老百姓主要的收入来源之一。在这样的趋势环境下，供电保障如何？供电质量能否稳定？全县老百姓的眼睛都紧紧盯着。

不停电作业现场

2011年的春天形成了一个共识

2011 年，正值春茶加工期间，松阳古市镇新兴乡片区临时停电检修。茶农心急如焚，不满的情绪膨胀起来，他们赶到检修现场质问，"不停电就干不了活了吗？"负责配电运检的汪慧无言以对，因为他知道任何解释对一天一个茶价的茶农而言都显得软弱无力。遭遇如此难堪的局面，挫败感占据了汪慧的心头，久久不能释怀。那一晚的汪慧，辗转反侧，难以入眠。汪慧自从 1987 年参加工作以来，长期在一线从事线路维护工作，成绩斐然，但白天发生的一切，让他惭愧不已，甚至觉得之前得到的无数荣誉也为之黯然失色，因为停电给茶农们带去的不只是损失和不满，而是对电力的不信任。有这种想法的人不光是汪慧一个，许多同事都认为在一些作业方法上松阳确实在全省落后了，应该要有所突破。

带电作业人员在 10 千伏线路上更换破损瓷瓶

2011 年的春天，对于国网松阳供电公司（简称松阳公司）而言，注定不平凡。

这年春天，松阳公司"两会"把组建"带电作业班"写进总经理工作报告。春风吹动着每个人的心，从大家欣欣的面容上可以看出，"不停电就是最好的服务"终于达成了所有人的共识。这一思想理念上的突破是第一步。这就是大家所期望的突破。

与此同时，松阳公司带电作业班成立了，由包益能、汤剑伟、陈文刚等 6 人组成，他们都是从线路班选拔出来的好手。带电作业班的念头只有一个：一切为民出发。

这个新组建的带电作业班，平均年龄 26 岁，年轻意味着朝气勃发、敢闯敢干，他们积极汲取了线路班的经验教训，推行准军事化管理，一套"魔鬼式"训练法，为以后的突飞猛进作了先期准备。但当时也存在四个难题，像拦路虎一样挡在他们面前。

一难，难在工具匮乏。"工具不好自己造"。他们边干边投身科技

带电作业人员在上安村进行带电检修

创新活动，仅用半年时间就设计出智能操作杆和绝缘断线钳两种智能工具，改变了传统带电作业中手动操作模式。继而又研发出智能套筒、绝缘杆挂架、如意钩、验电接地环、并沟线夹及引线的特种锁具装置，有效提升带电作业效率。二难，难在技术短板和经验不足。为此他们提出了"补齐短板、克服障碍、轻装上阵"的励志口号，不等不靠、主动出击，专研技术、啃读理论蔚然成风，在较短时间里使得技术迅速提高、经验不断丰富。三难，难在体能要求高。"不够就一起练"。简简单单一句话，得到了全体组员的响应，跑步、骑行、游泳、健身，体能训练持续高效。班组还推行准军事化管理，定期组织集合、拉练和军纪内务操练，执行力、行动力、精准率得到大幅提升。四难，难在带电作业是一项极具危险性的工作，心理上有压力。如何排解？他们反复探讨，最后总结出"准备充分、技术过硬，操作规范、严密防护"十六字要诀。只要遵循十六字要诀，劳动安全就有保障，为此他们始终保持着万无一失的最佳状态。

一个出色的班，会有一个灵魂人物，大家信得过他，敬重他，学习他。带电作业班的灵魂人物就是班长包益能。他以身作则，做任何事情都带头以积极的态度去面对，包益能满满的正能量，影响着带电作业班的每个人。带电作业班虽然起步迟，有些"笨拙"，但经过艰辛曲折的"补拙"之路，最终成长起来，裂变成超能的"特种兵"，一次次"特战"作业，练就了快、准、稳的上乘本领。他们不断开拓新领域、不断历练成长，不断成就新梦想。五年后，他们凭借娴熟的技术成功实施了带电跌落熔断器引流线搭接、带点搭接火等多项作业，带电作业化率达到了60%。

他们站在初露锋芒的舞台上

2017 年 10 月末的一天，金风送爽，山林披彩。

迎着晨曦，国网松阳县供电公司带电作业班 6 名成员正在基地集训，他们将代表国网丽水供电公司参加省公司首届职工技能运动会暨配网不停电作业技能竞赛。

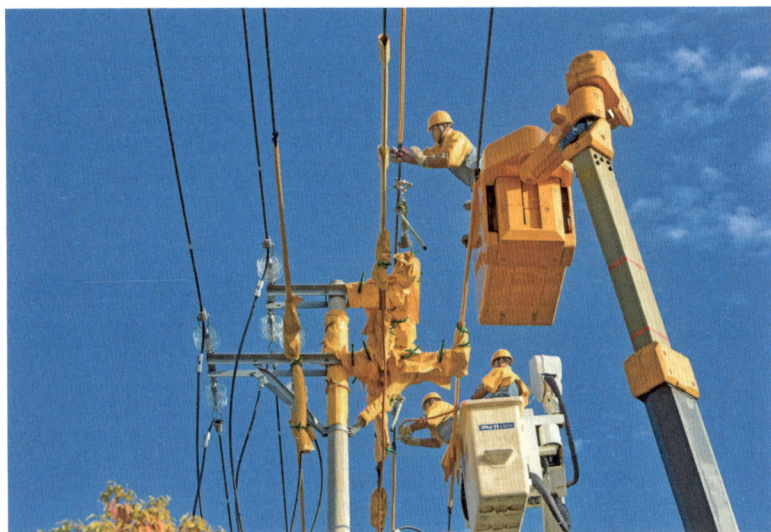

带电作业人员进行带电开关安装

包益能克服右臂不适反复练习上杆作业。陈志军为了把口令喊溜，已经练习了上万遍，喊到嗓子发哑。叶启斌是后备队员，不管能否参加比赛，同样 6 点起练，杆上操作、地面配合，样样不差。詹涛提着数十斤的器具在训练场上跑 5 千米。汤剑伟戴着绝缘手套不间断地快速练习更换中相耐张绝缘子。

2017 年 11 月 3 日比赛落下帷幕。他们以精准、规范的操作荣获团体第一、个人第二的优秀成绩，汤剑伟被授予"浙江金蓝领""浙江省电网配网不停电作业技能能手"称号。这是丽水公司取得的历史最好成绩。松阳公司带电作业班初露锋芒。

追求高超技能永无止境。在包益能把班长的交接棒交到汤剑伟手上后，汤剑伟更是日积月累磨炼自己，留下了一长串深深浅浅的探索脚印。

带电作业班伙伴们对汤剑伟的印象是：干活快、耿直、愣头青、热心肠、急脾气。从中可以看出他的性格特点。

王捷觉得他和汤剑伟年龄相仿，知根知底，水平也差不多，所以汤剑伟要做班长，王捷不服，时不时出现些散漫现象。一次，王捷准备提前下班被汤剑伟阻止，两人发生了激烈争执。王捷对汤剑伟芥蒂似乎更深了。直到望松基地集训期间发生的一件事，让王捷彻底心诚口服。

那是个骄阳似火的夏天，王捷和守班的人一起去看集训队训练，下午 4 点多，汤剑伟突然脸色发白昏倒在地，王捷急忙解开防护衣施救。汤剑伟醒来，说的第一句话竟然是："用了多少时间？"瞬间，王捷不知道怎么回答。

王捷从集训队其他队员中得知，40 度高温下，汤剑伟从 6 点开始一直不停在做爬杆检修练习。与汤剑伟同寝室的队员也告诉王捷，汤剑伟每晚复习理论到 0 点。

后来王捷与汤剑伟有一段对话。

"你也太拼了"。

"你知道我，文化程度不高，我得把微积分啃下来，计算要用到。"

王捷最佩服有傲骨有韧劲的人，从此以后，他像换了个人似的，十分支持汤剑伟的工作，跟着汤剑伟往前冲。

2019 年 11 月全国电力行业职业技能竞赛中，汤剑伟作为主力代表国网浙江省电力荣获团体第一，在绝缘杆操作法个人比赛中斩获全国个人

带电作业班班长汤剑伟

第二的优异成绩，被评为全国电力行业技术能手、丽水市百个"勇担丽水之干"青春榜样。

一个年轻的带电作业者，用他坚定的信念、坚韧的毅力，走出了一串坚实的脚步。整个团队都跟他一样，以担当致敬担当，以奋斗接力奋斗。

电力技术和社会的发展，需要个人技能的进步，松阳公司不但十分清楚而且一直在激励，正是因为上下同心，才做到了攻坚破壁，取得优异的业绩。

光影下的电力守护者

松阳四周环绕着连绵的山脉，中间是松古盆地。松阳百姓除在松古盆地集中居住外，还有不少散居在高山峡谷地带。这些高海拔的地方冬天特别寒冷，夏天依旧炎热。

那是天寒地冻的一天，玉岩镇河山头支线接头被松鼠咬断。出事地点环境险恶，现代化机械蜘蛛车、绝缘斗臂车都没法用，陈文刚与同事只能背上蜈蚣梯和绝缘操作杆赶到河山头，一条找不到桥的河流挡在面前，怎么办？陈文刚率先脱掉裤子，同事们心领神会，一个个照样行动起来，他们冒着刺骨的寒冷，赤脚过河。过河后迎面就是山，可是山没有路，他们艰难地爬上悬崖。最终他们花了整整一天时间完成抢修，而这若是在平地，2个小时内就能搞定。

带电作业人员在装接临时引流线

带电作业班的穿戴要比常人多出好几套，绝缘服或绝缘披肩，绝缘袖套，绝缘手套，绝缘长靴，绝缘安全帽、安全带。光是手套都需要3副，除绝缘手套，还要戴防刺伤的羊皮手套和最里面一层棉手套。又厚又重，冬季倒还行，要是在夏季，那绝对是闷罐一个。

带电作业班第四代的青年人杨梓鹏说，绝缘斗臂车将人送至10米高的空中，20分钟作业下来，里面的衣服用手一拧，可以拧出小半盆水来。汗珠不是在滴，简直就是连成线，才知道以前书里说的"如注"，就是这个模样。同样年轻的王瑞峰说，要在带电作业班干，没有一种精神支撑绝对不行。

这或许是吃苦耐劳，或许是无私奉献，或许是敬业爱岗，不必去刨根问底，有一点大家一定明白，恰恰都有无限宽广的心胸和博大的情怀。

带电作业人员进行带电消缺

这种情怀让松阳这片土地上的百姓安心、乐业。宝丰钢业集团有限公司位于松阳赤寿乡，产品供应中石化、中石油和较大的制药厂，年产量在 20 万吨左右，处在行业老大地位。韩明总经理介绍，他们的真空退火炉十分娇气，12 年前，每年总会发生停电，一停电，退火炉就会滚坏，还有穿空机，停电就没了冷却水，影响产品质量，所以他们十分害怕停电。自从国网松阳县供电公司成立带电作业后，没有再停过电，他们也敢于扩产了。

"不停电就是最好的服务。"松阳公司带电作业班经过十年奋发图强，实现了一切为民的初衷。

31 无人机，飞跃山乡
巨变下的"浙丽"山水

铁塔在日头下闪闪发光。

似乎要吸附日光下所有能量，在黑夜反哺大地。裹挟着闪银色的空气，一架无人机轻轻飞越了铁塔。众所周知，世界上的第一架无人机诞生于一百年前的 1917 年。百余年后，无人机使用在丽水有了新故事。2023 年 3 月 8 日，国网丽水供电公司成功入选 2022 年国家电网公司 10 家配网无人机自主巡检示范单位，且位列榜首。这个消息的背后，是浙西南山区无数电力巡线工的努力与创新，他们通过从昨日世界通往未来的银线，串联起过去与当下。

万物生长

山高林密的浙西南山区，在丘陵、盆地和难以通行的高山之间，偶然会发现一些几十户高山居民的小村落。20 世纪 90 年代在全国推行村村通电、户户通电政策时，浙江省未通电的村落和住户主要集中于丽水和温州两地。这里山高路远，规划难、施工难、运送也难。若将整个浙江省做一个西南至东北方向的纵切面观察，物理地貌层面的风景，体现为一幅从棕绿险峻至淡绿平缓的画面，一头是高山密林的深棕与浓绿色调，另一头则是平原与海域的浅棕与清淡。与此同时，在一份关于丽水配电网架空线路分析报告中发现——占比近80%的长度存在线路供电半径长、分布面积广、接线结构复杂，导致山区人工巡线成本高、设备缺陷发现难等问题。这是一个很有趣的地理层面的观察，物理层面的严谨，颇具客观性，使事物与思维呈现本真原始的状态，也使发生在这里的故事具有了一种天然的生命力。正因为某种程度上的先天不足，反而使之具有了另一种可能性。

电力员工利用无人机对供电线路进行红外测温

几乎所有的故事都是厚积薄发的。掀开丽水这片山水，无人机自主巡检的故事，要从11年前说起。2012年，国网丽水供电公司作为浙江省电力有限公司首批配电自动化建设试点单位，开展电缆线路DTU（数据传输单元，Data Transfer Unit）建设试点，四年后局部试点推广架空线路智能开关建设，2018年终端建设规模全面迅速铺开，配电自动化有效覆盖率、标准覆盖率提升至86.5%、30.2%，提升配网状态感知与故障处置能力，配网数字化转型成效初显。所有的工作都在有条不紊地孵化、培育。无人机巡检在丽水的大规模崛起，在 2019 年以后，那一年，丽水以典型山区配电网特色入选国家电网公司无人机自主巡检县域试点。正是这次契机鼓舞了许多人，推动所有人在率先全国实现适航区配电线路无人机自主巡检全覆盖的路上努力。

其实，关于提升山区线路运维效能的议题，早已摆在许多人的案头。面对日益扩张的"总盘子"，线路运维人员却在逐渐减少。提升线路运维效能，根本上说，就是如何解决日益繁重的生产任务与日益缩减的人力资源之间不匹配的矛盾。国网丽水供电公司运维检修部的主任朱利锋认为，在数字化牵引新型电力系统建设的路上，探索打造山区电网智能运检体系建设，成为推动战略落地的必然趋势，即"破局"之路。这是顶层设计与理念先行。当然，系统谋划与集体行动也从根源上倾注了这项事业之所以成功的根因。更多的声音从基层传递上来，时任输电运检中心主任徐清波表示认同，他认为，从根本上解决"活"与"人"的矛盾，抓住其中关窍，在于突破创新，提质增效。可以说，这是一份颇具英雄气质的雄心壮志与集体共谋。

每次经过 10 楼的会议室，里头都很热闹。在这里，每一种想法、建议和反驳，吸收、消化和嵌套之后，升级成了更好的想法和观点，使工作从顶层设计到落地，具有了稳步推进的力量感。时任运维检修部主任助理王骏永，作为这项工作的主要负责人，牵头无人机专项工作。很快地，他牵头组建了一个专项小组，对如何从体系建设和落地推进上做策划、出方案进行头脑风暴式讨论，从十几年前的孵化培育，基础搭建，到势在必行的局面，自上而下、自下而上，种种矛盾、激发点交缠……渐渐地，王骏永的脑海中，"一室三化"无人机应用管控体系的雏形诞生了，经历了不知多少个日夜的精心打磨后，"一室三化"无人机应用管控体系在科学性、指导性与实践性方面均已成熟，终于通过了层层审核。

一项工作落地的关键性因素在于车头，只有把准了车头的前进方向，车身与车尾总是能紧跟而来。在这一点上，运维检修部专职刘方洲表示认同，管控体系的形成和落地的过程，对无人机自主巡检这项工作的全面铺开委实发挥了重要作用。这个工作体系搭建的过程像极了盖房子。建造一栋房子得有设计蓝图，首先出现在眼帘的，是一幅"一室三化"图纸，这张图纸的通达之处，是设立完善管理机制、理顺业务流程、强化要素配置、严格质量管控、加快技术创新、助力基层减负六要素，也即是无人机自主巡检的工作目标，是通过这项工作的开展希冀达到的层次。

接下来，方案明确了体系构建从硬件设备、人员配置、机制设计三方面入手，具体地说，管理专业化是主心骨，管控体系包含市县两级载体，在市级无人机专班指导下，县公司组建管控室，实行无人机管控室常驻、设备主人轮岗的运作机制，这是房子的主心骨，即横梁。与此同时，体系设立监管实体化、制度标准化、专业一体化、巡检自主化、应用智能化、业务工单化六项指标，这是墙体，耸立于各个房间之间。应用工单化是房门，明确"运检归口 - 供指协管 - 管控室把关 - 站所执行"，房门的畅通是每个环节推进的关键要素，也明确了职责界定。流程机制细化"站所提报 - 管控室复核 - 运检确认"缺陷审查、"运检编排 - 管控室督查 - 站所落实 - 供指通报"消缺闭环，依托供服系统实现业务工单化流转，这就像是房间流通的空气。除此以外，建房子最重要的是打地基，建模标准化就是地基，加强硬件设备、人员配置，完成全量线路的自主巡检采集建模，让后续工作更牢靠。

将高度概括化的文字，精炼规范的标准，一一整合，就是一个由内而外、由外而内的过程，正是造房子所需的建筑基本原理。可以说，这个体系是推动无人机自主巡检工作的法宝，意识形态的高度重视，体系搭建的过程，与行动力的立即反馈，是这项工作之所以成功的秘诀。科学与技术相结合，才真正有用。也正因此，团队建造的这栋"房子"，承载了一个十分完备的管理体系，形成了可复制、可推广的工作经验。万物生长的生命活力，在瓯江山水吹拂下，驰过最后的江南秘境，浩浩荡荡，顺江而行，驶向另一域高山与深海。

破局之路

山腰间闪闪发光。电力巡线工在山里巡线，身前是一个巨大的铁塔。他们身着蓝色棉布工作服，手持着一个遥控器，无人机便像只轻灵的鸟，一飞冲天。20世纪的茨威格曾将电的出现称为一个"巨人"，他不认为火车、轮船出现的这一表面上的奇迹是不可理解的，却认为"电的最初若干成就是完全出乎人们意料之外的"，正是因为电，"时间和空间的关系发生了自创世以来最具决定性的变化。"而在无人机应用迅猛发展的今天，无限扩大了电力日常巡检的地理空间与视觉范围，如果说盖房子是一种基础原理，那么实现无人机应用的实操过程，是意志战胜物质的又一典型场景。

一个全新的课题摆在所有人面前。

推动运检工作模式实现根本转变，没现成经验可照学照搬，只能逢山开路。雄心壮志又前路漫漫，因为推进体系建设的过程，既要思考研究契合山区建设模式，又要对应调整运维组织构架、变更管理要求、划分职责界面，既要保障力量做好常规重大巡检任务，更要扭转人的观念。新课题带来的阻滞感，再加上理念、机制、人员以及外部环境几大要素的层层加码，几乎令人窒息，这还不包括其中的起承转合。这时候，唯一要诀是迎难而上。

春耕之前，电力员工利用无人机对农田线路、设备进行全方位巡检

可视化、效率提升、数字运维，是王骏永对于无人机自主巡检应用提出三个最直观、最深刻的感官体验，也是他们团队推动科学与技术结合在丽水山区落地的初衷。特别是在大力推进班组建设三年提升的关键风口上，如何通过科技力量解放生产力、提升效率效益，成为所有人的共识，无人机以这样一种工具载体的形式存在，"有用"一词隐隐成为许多人的追求和目标。

要实现这项看得见的"小目标"，"飞手"至关重要。经过一轮轮选拔与培训，一支无人机专家库迅速组建起来了，无人机持证人数达到了462人，取证率达到每个供电所6.7人。在设备方面，用于线路建模的中型无人机有20架，用于自主巡检的小型无人机165架，配网架空线路无人机配置率达到每百千米1.4架。

无人机自主巡检的过程包括激光建模、航线规划和复飞三个步骤。大家习惯把激光建模和航线规划这一过程合并称为首飞。航线规划是在建模基础上开展，相对技术含量更高，也决定了复飞质量。其中，无人机对线路激光建模、航线规划和首次数据采集的过程，委实是最难，也是最关键的。具体地说，激光建模就是运用无人机开展激光雷达扫描线路杆塔及通道走廊，利用所获激光点云数据，建立配电通道三维模型，实现了无人机自主巡检路径规划及三维可视化管理，从技术层面验证运检如何实现智能。通常一基杆塔需要采集杆塔基础、绝缘子、防震锤、导地线挂点等 30~50 个坐标点，将照片传至"架空输电线路全景智慧管控应用群"后，通过缺陷自主识别模块智能分析，结合人工对各种参数进行分析建模。这个建模过程，为缺陷处理提供数据和技术支持，最终实现缺陷自主识别。

这个过程十分不易，相当繁琐，且非常耗时，因为在丽水，110 千伏及以上杆塔有 8700 多基，且 95% 以上分布在山区。这个更加直观的分析决策平台形成的过程，有利于无人机自主精细作业航线规划，而且根据得到的线路通道内的导线弧垂、跨越物、树线距离等精确信息，进行交跨距离测量、弧垂测量、导线风偏计算等分析，更有利于后续制定高质量的运检措施。2022 年 10 月 11 日，随着无人机搭载激光雷达完成 10 千伏后门山 J151 线全线自主开展"点云"数据采集及三维建模，标志着丽水率先在全省完成全域配网线路建模。

首飞后下一步即复飞。当无人机再次巡检同一杆塔时，读取第一次飞行时采集的航线轨迹数据，通过航线规划验证复飞，就实现了"一键巡航巡检"。2022 年 12 月 20 日，国网丽水供电公司完成复飞航线验证工作，分区域、分阶段实现自主巡检线路的巡检全覆盖，依托复飞数据采集开展图数治理工作，梳理无法复飞的"无信号"区域，划为人工协同飞行区，实现所有架空线路复飞"全覆盖"，在国家电网系统内率先实现了地市级配电线路无人机自主巡检全覆盖。

无数"飞手"在行动，在不同程度地存在覆冰、树木、鸟害、机械、大棚、山火、外破等危险点的线路上，飞跃莲都区雅溪区域 16 条线路

310 千米 783 基杆塔，飞跃青田区域 28 条线路 646 千米 1646 基杆塔，还飞跃了缙云县、云和县、景宁县、龙泉市和松阳县等县域，在处州大地上，飞跃而行。

飞行隐喻

前往大洋山的人，都被这座有"浙东南沿海第一高峰"美誉的山所吸引，他们毫不吝惜地使用括苍日出、林海松涛、云中花海、千山奇峰等美好词语来形容大洋山景致，甚至喟叹此处风景不输黄山。如此热忱的赞美使大洋山具有了一种天然的庄重与威仪。但更为人所熟知的，大概还是 20 世纪六七十年代以"大洋精神"为引领所建造的"高峡天湖"大洋水库和盘溪梯级电站。在特殊时代背景与艰巨险难的自然环境下，这颗明珠所隐喻的自力更生、艰苦奋斗，成了大洋水库精神的实质内核。这片山水所给予她的子女，更多的是这种精神气质。大洋服务站作为缙云供电公司舒洪供电所的偏远山区服务站，就位于大洋山下。

大洋服务站，距离县城 35 千米，辖区面积 164.5 平方千米，平均海拔 900 米以上，大洋山主峰高达 1500 米，山区线路 88.3 千米。这里的电力线路初期设计时受地形地貌、山川河滩等影响，靠近陡峭山地，大都穿山越峡而过，无法实现"树让线路"，是线路最为复杂的区域。王伟洋，大洋服务站的一名年轻员工，作为土生土长的大洋人，他的骨子里有股大洋人所尊崇的"大洋精神"——能吃苦，不服输，所有他得了一个外号，叫"大洋之子"。

每月 20 号，王伟洋做完催费工作后，定期巡视他所管辖的线路。自建所以来，舒洪供电所一直以原始的人巡模式进行巡线。王伟洋负责的台区线路处于沟壑梁峁的恶劣区域，线路通道巡视及清理难度颇大，有时候会出现局部区域视线盲区。这个年轻人身上的热忱体现出来，就是无论线路地处何处，每基杆他都要爬到。

转机出现在 2021 年。这一年，舒洪供电所开始推行无人机线路巡检，听说无人机不光能够"上天入地"，还能发现往常难以捕捉的视野盲区，王伟洋激动得第一个报名参加了培训。是的，对基层一线职工来说，巡线技术的改善，是一次解放生产力的巨大变革。后来，在实际运用中，王伟洋真正体验到了无人机的妙处，它不仅能排查绝缘子、避雷器灼烧污闪放电、横担锈蚀、隐蔽部位松动等迹象，更重要的是，原来翻山越岭一天才能巡视完 25 基杆塔，现在不到一个小时就巡完了，脚力上轻轻松松。

显而易见，相比传统的人工巡检，无人机不受地形环境限制，巡线不用跋山涉水，还可以拍摄下肉眼视角无法观察的设备运行全景照片，查找到人工难以发现的设备隐蔽性缺陷。而无人机拍摄回来的海量照片，还有 AI 缺陷识别这样的"黑科技"技术，通过对已有巡检图片中输配电线路可能存在缺陷问题的部件进行标注，使用算法达到拟人化判断目的，将运维人员从人工检查大量无人机照片的工作中解放出来，提高缺陷发现率。一张瓷瓶破裂的图片，以一张可视化的画面传导至后台，实现了人人共享的数据分析，一改往日人工巡视、线下记录的传统模式局限。统计数据显示，无人机自主巡检的全覆盖，使山区线路杆均巡视时间由 45 分钟压降至 8 分钟以内，日均巡视线路长度由 3 千米 / 人提升至 10 千米 / 人左右，缺陷发现数同比提升 3 倍以上，配电架空线路跳闸次数同比压降 50% 以上。

这些统计数据的过程，正是无人机自主巡检成果一步步深入实际、扎根基层的过程。技术革命在基层的落地，给一线职工带来了深深的震撼感，是一种与时代共同进步的价值感。这种获得感和价值感，让王伟洋感受到，如果说他们父辈那一代在极其艰苦的条件下，披星戴月建造了大洋水库和盘溪电站，那么今天，他们做到了将无数个巡检现场缩小，看见广袤的大地上，有许多无人机，飞跃山头，穿过林海，闪烁着智慧电网科技赋能的亮光。

接下来，他们进一步开发应用输变配一体化巡检、多机多巢协同巡检、无人机远程遥控等实用化功能。畅想更多场景下无人机应用的可能性，在现场测绘及勘查，在架空线路差异化巡检应用，在故障点查找，在现场勘查和竣工验收应用，在安全稽查和应急抢险，每一种场景应用下，无人机应用的想象力与可能性被充分挖掘。

电力员工利用无人机对辖区线路开展巡检

毋庸置疑，无人机自主巡检是数字化牵引新型电力系统建设、落实现代设备管理体系战略要求的重要内容，是设备运维提质增效、科技赋能的关键手段之一。但亦存在无人机巢部署区域重叠、资源利用率不高、专业穿透性不够、传统无线电模式长距离跨越后信号易中断以及部分山区通信信号弱等问题。2022 年 12 月 2 日，随着南城供电分公司无人机管控室完成 10 千伏同丰线 8~11 号杆、110 千伏金都 1224 水阁 T 接 4 号塔和 110 千伏四都变电站环绕飞行任务，输变配一体化巡检指令下达至试点机巢，该机巢无人机完成全部巡检任务后，将数据图片成功回传至数据中导站，分传至互联网大区、变电辅控系统。这一过程，实现了机巢内输变配跨专业巡检任务的自主拼接及无人机航线重组，数据自动回传中导站再分传至各专业巡检系统的成功应用，标志着丽水公司又一次率先全省实现输变配一体化巡检，这一想象力与可能性的重组，实现了各专业的穿透协同，更安全更高效，推动"人机协同"向"自主巡检"跃进转变。

银光闪耀，无人机在银色铁塔与银线上飞跃。在建模、巡检、识别、分析，提供智慧意见的时候，无人机是所有质朴的巡线工所喜爱的方便携带的好伙伴，那时候，它们身上具有了自由灵动的意识。作为丽水供电公司输电线路智能巡检团队作业飞手小组组长，张超将无人机巡检比喻为给巡线人员安装了一双会飞的"眼睛"。如这些基层工作者感受到的一样，"无人机 +AI"巡线确实有种种优势，革命性的转变，使所有人对数字运维的未来前景充满了想象力。但不可忽略的是，所有的成功失败与千钧一发背后，宏大或渺小，永远是人。"无人机 +AI"是服务于电网巡线的一项史诗性实践，而这背后，是一笔一画书写山乡巨变的电力人。

32 畲乡山水间，铺出一张"绿电100%泛微网"

畲乡景宁，中国首个"农村小水电之乡"，可开发装机容量占浙江省十分之一，小水电数量以及装机容量在全省所有县（市、区）中居第一。同时，光伏电站发展火热，装机容量近 10 万千瓦。

"绿电之乡"，名副其实。但是，畲乡绿色能源也有"幸福的烦恼"，那就是受制于"看天吃饭"，汛期水电需大量外送，而枯水期水电少又要向大电网购电。

如何破解绿电季节性"贫富不均"的难题？"绿电 100% 泛微网"工程应运而生。

2023 年 1 月 30 日，景宁畲族自治县（简称景宁县）"绿电 100% 泛微网"工程建成投运，这也是全国投运的首个主配微三级协同电网。

青山绿水间，铺开了一张"绿电 100% 泛微网"，"网"住山区风光水能，让每一度绿电都被高效转化、最大化利用。景宁为此新增新能源消纳能力 11 万千瓦，全县绿电一天供应 17 个小时，时长比以往提高 30%，同时电网损耗减少 0.5%。

全时段100%绿电智能切换

白天光伏电站的多余发电量，存储在微电网的电池储能系统；晚上用电高峰时段由储能系统释放存储的电量；凌晨用电低谷及谷电时段又给储能系统进行充电。一旦大电网发生故障，微电网则可自动切换，利用储能进行供电。

这，就像一个超大号的"充电宝"。永不停电、100%绿电，让景宁"绿电100%泛微网"工程发挥出最大效应。

景宁"绿电100%泛微网"工程，谋划实施于2021年。泛微网就是通过建设能量管理系统、应用储能装置等手段，逐步构建起"县域级—平衡区级—线路级—台区级"的泛微网架构，以实现景宁全域百分百使用清洁能源。

"能源管理平台就像一个大脑，指挥清洁能源协同互补，发电侧与用电侧在储能的支持下，实现灵活匹配，源荷互动，让清洁能源发电从原来的'零散无序跟着天气走'转变为'集中有序跟着需求走'，提升绿电

大均乡移动储能系统

景宁县金包山村光伏全景

供应的可控性和稳定性。"对于这一新兴工程，国网丽水供电公司副总工程师吴晓刚自豪地说。

"泛微网能量管理系统，预先配置了保供、平衡等运行模式，并实现一键切换。"国网景宁县供电公司（简称景宁公司）副总经理刘林萍说，系统日常运行在平衡模式，兼顾水电、光伏发电清洁能源特性，最大化实现清洁能源就地消纳，实现经济可靠的零碳供电。

保供模式主要是保障安全。刘林萍表示，当上级电网用电紧张时，比如夏、冬用电高峰期，系统就切换到保供模式，根据大电网需求，提升内部电源出力，最大化保障大电网安全。

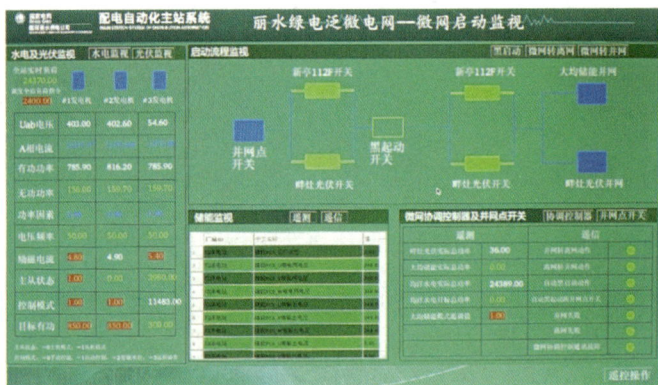

"绿电 100% 泛微网"工程—微网启动监视系统

"能量管理系统确定运行策略后，景宁县域电网的调度指令将通过部署在水电站、光伏电站、变电站、线路等各处的控制终端，自上而下分层自动分发，实现对景宁全域各类可调节资源的统一调控。"

"此工程在国内首次提出了主配微网协同的分层分级县域电网模型，验证了线路级微网的绿电平衡运行和电网保供支撑，推进了微网、自动化、无人机等配网技术的深度融合。"刘林萍介绍道。

在工程试点的景宁县大均乡，依托微网协调控制装置、移动式储能装置等新技术新设备的应用，在遇到上级电网故障时，大均乡微电网将主动与主网脱离，独立不间断供电，实现全时段绿电百分百供应。

"以数字化牵引为核心路径，采用微电网精细控制和局部生存理念，通过分层分级调控和源网荷储协同，推动主配电网智慧化、绿色化、主配微一体化演进。"吴晓刚认为，此项目有效解决偏远山区可靠供电和能源接入，实现电网高效运行，助力新能源消纳，服务多元融合城乡经济再发展，以电力开发推动山区绿色共富。

旅游村有了用电"双保险"

初夏时节，距离景宁景宁县城 32 千米、海拔 700 米的深垟村，清幽祥和，一派江南田园风光，不时有游人结伴来探访这座古村。

村里的民居富有特色，房屋、院墙、巷道、水渠等全部以石头砌就，是名副其实的"石寨"，许多古老的建筑保留至今，被列入第五批中国传统村落名录，并被评为省 AAA 级景区村、全省首批休闲旅游示范村。近年来，深垟村乡村旅游发展持续红火，不少村民开起了农家乐、民宿，吃上了生态"旅游饭"。

令人想不到的是，这个小山村如今也步入了不停电的百分百绿电"时尚生活"。

"读书法，有三到，心眼口，信皆要。"在小山村的石巷里，一栋老房子中传来阵阵清脆的读书声，循声推门，只见 20 多位十岁上下的孩子，正跟着老师诵读《弟子规》。领读老师陈先清，一身藏蓝色的中式对襟衫，透着国风的味道。

突然，讲台前的屏幕黑屏了，空调也停止了工作。"停电了？"孩子

电力员工对民宿开展用电检查，主动了解客户用电需求，助力乡村旅游发展

们的话语略显紧张。陈先清却笑着安慰孩子们，不必担心，村里的用电有"双保险"呢！果然，也就几秒钟时间，灯又亮了，一切回复正常。

陈先清说，早年间外出创业并小有成就，因为怀念家乡的山山水水，特别是乡村旅游的火爆，自己返乡投资创办乡村民宿，当起了民宿老板。"发展速度超乎想象！"他说，从当初的一栋房子6间客房，到如今已拥有畲娘文化基地、尚礼居民宿、清泉石上居民宿，餐厅、影吧、茶室、国学课堂、停车场等配套设施齐全，正朝着综合性乡村旅游产业目标发展。

但是，在经营发展的过程中，陈先清也遇到了烦恼。那就是往年暑假生意高峰期，用电负荷大大增加，同时雷雨天气频繁，乡村电网"先天不足"，停电时有发生。空调用不了，热水器不敢开，特别是深受孩子和家长欢迎的国学夏令营活动，课件也开不了。而电力抢修总需要一定时间，影响客人体验，常有客人退房退单，造成了经营损失。

"幸福时刻"在2021年来临。景宁公司将东坑供电所辖区列入配电网自动化改造提升试点，打造乡村台区绿电微电网。如今，深垟村新建了一座容量320千瓦的光伏电站，同时还有一座装机1000千瓦的小水电站。有了绿电微电网后，水光绿能就都可以储存使用，就地消纳，让村民用上百分百的绿电，同时也减少通过大电网输送造成的损耗和电网线路的压力。

这就是陈先清所说的电力"双保险"。台区微电网"集装箱"内，一排崭新的电力设备，各种仪器指示灯闪烁。系统已自动切换到微电网供电，一切正常。

大山里的小村也像发达地区的大城市一样用电无忧了。来自杭州的王先生，自4年前给儿子报名参加国学夏令营开始，就喜欢上了"石寨"。从此，儿子每年暑假都来。王先生也就索性留下来做义工，一边陪孩子，一边享受山村的宁静生活。亲历了山区用电的改变过程，他不禁为如今的乡村智能绿电网点赞。

大均乡移动储能预制舱

能源支撑乡村振兴

　　如果说认为"绿电100%泛微网"只是给人民生活带来"永不停电"的保障，那你就错了。这张"网"，改变的不只是大家的生活，还给生态农业、生态旅游业等带来新机遇，为乡村振兴添加了新动力。

　　乡村智能电网的改造，让生态农业产业发展迎来崭新时代。严进利是深垟村一家茶叶加工企业的负责人，在他的茶厂里，萎凋机、炒茶机、揉捻机等制茶机器一应俱全，特别是新添加的恒温性能机器，解决了传统柴火灶制茶时由于温度不稳定导致茶叶品质不稳定的难题。

　　"绿电100%泛微网"工程建成后，用电更有保障，茶叶品质更趋稳定，售价自然也逐年攀升。同时，机器的使用不仅提高了产能，还减少了人工成本，年收入也提高了近一倍。严进利笑呵呵地算起了"增收账"。

　　"有了智能电网，不再担心茶叶生产季节由于停电而造成的损失，农业产业、旅游产业将无障碍发力前行，绿水青山生金下银，这就是共同

电力员工为茶厂进行安全用电检查

富裕的体现吧！"严进利开心地说。

"充电宝"功能，让景宁另一座畲寨，也有了巨大变化。这个畲寨就是大均村。"绿电100%泛微网"的投入使用，即使在离网状态下大均村也可实现3小时的稳定供电。如此一来，村民们放心地在村里建民宿，投资娃娃鱼人工养殖，开展农产品深加工。可以说，绿电助力村民共富增收，让美好未来照进了现实。

凭借着良好的交通区位优势和得天独厚的生态环境，大均村生态旅游发展火热。村民徐梅英在杭州生活工作了20多年，2016年回到村里办起"凤凰山居"民宿。受益于稳定的电力能源特别是绿电支撑，每年的经营收入稳定在20万元以上。

2022年9月，景宁首个偏远山区分布式光伏储能微电网在郑坑乡梅岭村投运。此项目由景宁公司投入7.5万元建设，安装太阳能光伏板10.6千瓦，配置15.6千瓦时锂电池1组，通过光伏和储能的适度冗余配置，实现在极端环境下离网供电和孤岛运行模式，保障了梅岭村留守村民的全年可靠供电。

梅岭村地处偏远的大山深处，距离最近的渤海供电所也有30多千米，其中有5千米是曲折蜿蜒的机耕路。从供电所开车到梅岭，起码要一个半小时。这里山高林密，台风季节和夏季雷暴天气，很容易导致线路故障，以前经常半夜赶往山上抢修。现在不同了，有了这个光伏储能微电网，即使线路故障导致停电，梅岭村依然能依靠光伏储能微电网离网供电，从而提高供电可靠性，也减轻了供电公司的抢修强度。

聚沙成塔，集腋成裘。一个个乡村绿电泛微网，构建了畲乡"绿电100%泛微网"。一张"网"，可解决电网潮流大进大出的问题，让未来乡村生产的绿能得到充分利用、独立储存、有序输送，大大提高山区电网供电可靠性。经过测算，分区线损可由9%降低至6%以内。

全力推进绿电100%高弹性电网建设，加快源网荷储柔性互动，既

电力员工对大均乡均垟水电站开展安全隐患排查，保障水电站健康运行

是景宁公司积极贯彻落实省市公司工作部署的行动，更是在"双碳"目标下，适应能源绿色低碳转型趋势的新作为。刘林萍表示，致力于实现新能源全接入、全消纳，保障清洁能源可靠输送，将进一步提升畲乡"绿电 100% 泛微网"智能化可靠性，为打造全国民族地区共同富裕样板提供更多电力元素、电力贡献。

景宁县城夜景

33 共建共享，"风光水储"在这里汇集

在构建新型电力系统的新形势下，大规模、高比例、市场化、高质量成为可再生能源发展的新特征新要求。多能互补、智能协同，正为新型电力系统建设和能源转型注入强劲动能。

缙云风光水储能源汇集站

2023 年 8 月 17 日，缙云风光水储能源汇集站正式投运，作为全国首个"共建共享"清洁能源汇集站，该项目创新应用"多方投资、绿能汇集、共享储能"的合作模式，构建了"风光水储变"聚合的源网荷储一

体化站点，有效推动区域清洁能源开发利用。该项目的投运，也标志着丽水市全域零碳能源互联网综合示范工程正式全面建成。

破解偏远山区新能源接入难题

"双碳"目标下，风电、光伏发电等新能源正在以前所未有的速度扩张。然而，新能源资源分布广而散，且大多远离负荷中心，如何提升电网消纳能力、满足大规模新能源接入需求，是一个亟待破解的难题。

缙云县位于浙南腹地、中南部丘陵山区，县内 40 座 1000 千米以上高山，2/3 以上位于项目所处的南乡板块。该地区水电、风电、太阳能等清洁能源异常丰富，根据资源初步摸排，尚有 380 兆瓦的风光水电资源可待开发。其中大洋镇平均海拔 800 米，日照时间长、光照充裕；现有的大洋水库及盘溪流域梯级电站，为新能源接入、调蓄提供了得天独厚的条件和稳固的设施基础，也让大洋镇成为国网丽水供电公司探索山区新能源开发利用的极佳选址。

然而，当地远离负荷中心、电网结构相对薄弱，无法满足清洁能源规模化开发的送出消纳需求。如果按照传统的新能源开发和电网建设方式，新能源电站与变电站单独建设，会出现升压站多站并建、分布式新能源多点接入的情况，不仅投资效率低，部分重复建设还会导致资源浪费，不具备经济性和效益性，且分散性、间歇性的新能源接入也会对电网稳定运行造成冲击。

因此，源网荷储一体化是解决当下清洁能源送出难题的有效手段，一方面可以实现削峰填谷、多能互补，另一方面则能充分释放电网弹性空间。建设一个共建共享清洁能源汇集站成为最大的共识。

探索共建共享建设新模式

思路已经打开，征程即刻开启。

丽水公司携手具有开发意向的国能（浙江）能源发展有限公司，立足山区资源开发潜力和网架建设需求，探索实践"多方投资、多能汇集、共享储能"的建设新模式，合理分摊建设成本，共同投资6亿元（主体投资6600万元），建设风光水储一体化的综合能源汇集站及配套网架送出工程。

项目融合"储能站、升压站、变电站"三站为一体，新建3场区70兆瓦光伏电站，整合存量小水电8座、装机容量10兆瓦，配备4兆瓦时电化学储能电站，并为二期项目预留50兆瓦风电接入，总体清洁能源接入规模140兆瓦，实现"多站合一、资源汇聚"，既能解决新能源送出消纳难题、全额满足新能源开发需求，又强化了电网网架结构、节省了廊道资源，进一步促进绿色发展。

缙云县大洋水库

同时，能源汇集站采用了预制仓建设，既解决了大洋镇山地道路崎岖、重物装卸等运输难题，又可以减少土地占用面积从而保护站址周边森林植被，并缩短约 1/2 时长的建设工期，保障新能源早并网早发电，兼具设备可扩展性、运维便捷性、造价经济性等优势，实现设计标准化、建设模块化、运行智能化、集约高效化的"四化"目标，打造绿色基建新示范。

能源汇集站就像一个'大基地'，将风光水等多种绿色能源汇集在同一点，然后通过智能系统来调节，做到优势互补，织就山区绿色能源网络。众所周知，风光水等绿色能源发电"靠天吃饭"，弱风、阴雨、枯水等原因导致出力随机性、波动性的弊端长期存在，"峰电出力不足、谷电发力有余"等现象也时有发生。

能源汇集站通过智慧能源管控体系，突破"极热无风""阴雨无光"等桎梏，利用风光水发电特性在时间和空间上的耦合平衡，自动识别条件、切换运行模式、启动相应供能系统，让整体资源灵活互补、发电特性趋于稳定，释放变电及线路容量空间 20% ～ 30%。再加上储能电站的紧密配合，在减少弃水、弃风、弃光的同时，还进一步改善了发电系统的功率输出特性，提高潮流稳定性，让不稳定的能源变成稳定、可调节、高品质的绿电。

简单说，这个多能互补的风光水储能源汇集站既是"蓄电池"，又是"稳定器"，推动可再生能源从"单打独斗"走向"组团发电"。在自然条件良好情况下，新能源稳定出力，并对储能装置进行充电蓄力；在峰电期储能放电，实现削峰填谷和平移互补，持续提升清洁能源利用效率。

"共建共享模式解决了多站分建、投资效率不高等问题，风光水储一体化解决了新能源出力不稳、线路间歇性过载、空载等问题，让清洁能源既'送得出'又'落得下'，把山区新能源开发消纳从不可能事件变为现实场景落地。"时任缙云县供电公司总经理吴建勇如是说。

电力员工监控汇集站设备运行情况

多方受益为绿色发展添砖加瓦

这是一个多方共赢的结果。

对于电网企业，通过新能源打捆送出，可减少山区变电站布点，节省电网投资3500万元，并可结合汇集站优化补强周边山区电网，提升供电可靠性；对于发电企业，可节省新能源升压站投资约30%，并免去了后期运维检修费用；对于全社会，通过合并站址廊道，可节省土地资源20余亩，带动能源投资超4亿元，并树立聚力服务"双碳"目标实现的典范。

作为国家电网公司新型电力系统科技攻关计划"丽水全域零碳能源互联网综合示范工程"的收官之作，缙云风光水储能源汇集站走出了一条责任共担、利益共享、多方共赢的能源发展新路子。项目的成功投运，为全国破解偏远地区清洁能源送出难题提供了丽水方案，也为新型电力系统建设和能源清洁低碳转型注入强劲动能。

据测算，汇集站投运后，预计年均新增清洁能源发电量 1 亿千瓦时，折合每年可减少标准煤消耗约 2.85 万吨，每年可减少二氧化碳排放约 7.58 万吨，相当于植树造林 3 万亩。其全生命周期内可带动当地生产总值超 20 亿元，利税上缴 3 亿元以上，真正实现了生态效益和经济效益的"双丰收"，切实把"绿水青山"生态资源转化为助力乡村振兴的"金山银山"。

缙云县以工业立县，但南北发展并不平衡。北部的壶镇是丽水市工业重镇，也是缙云县的工业负荷中心。南部多山，主要以特色农业和农产品加工业为主。项目所在地大洋镇，森林覆盖率达 90%，是天然的森林氧吧，近年来当地政府立足生态资源扩展旅游发展空间，携手村民共建共富，同时聚力产业提升，以"高山茭白""高山茶油"为主要品牌的特色农产品焕发新活力，山高水冷的劣势巧妙转为生态产业发展的优势。

文旅融合、产业兴旺带来的是电力需求的快速增长，能源汇集站产

电力员工运维人员巡视汇集站配套 110 千伏开关站

生的绿电一部分作为优质电能在南乡板块就地消纳，配套建设的线路弥补了山区网架薄弱缺陷，为农、文、旅产业蓬勃发展提供稳定电力供应和支撑。余量绿电则通过配建的 110 千伏升压站和输配电网架线路从南部山区稳定输送至缙云城区和北部工业负荷中心，打破县域内可再生能源分布与经济发展不平衡、不协调的问题，实现源网荷储一体化灵活互动，助力"绿色园区""零碳工厂"建设，实现削峰填谷、高效利用，赋能生态工业转型升级。同时，依托绿电市场化交易，政电企三方进一步推广绿电金融、"新能源＋储能"等新兴业务，为企业绿色发展提供更大可能，赋能生态工业高质量跨越式发展。

"能源汇集站让我们当地的用电更加稳定。我们可以利用这个枢纽和招牌，进一步拉动新能源开发利用。"缙云县大洋镇党委副书记、镇长李步荣对未来充满了畅想，"乘着这股'绿电'的东风和稳定的电能供应，我们要把文化跟旅游产业更好地结合起来，大力推广绿色民宿、绿色景区、绿色农牧场建设，打响我们的高山产业品牌，帮助村民创业增收。"

后　记

　　丽水有电的历史可以追溯到 1919 年。但是，百余年来，在国网丽水供电公司发展历程中，尚无系统书写丽电发展的具有历史文献和史料价值的文学样本，这不能不说是一个遗憾。

　　2023 年以来，国网丽水供电公司以习近平新时代中国特色社会主义思想为指导，全面贯彻落实党的二十大精神，深入践行"红船精神""浙西南革命精神"，汲取丽水地方文化精华和地域特色，提炼形成了以"跨山越水 向阳力行"为核心理念的"阳光丽电"企业文化体系。基于此，提高服务大局能力、推动"阳光丽电"文化体系在企业文化板块的构建与落地尤为重要，《和光同成 丽水有电百年纪事》的采编、撰写和出版就此提上了工作日程。

　　如何明确《和光同成 丽水有电百年纪事》的定位与价值，显得尤为重要。书名敲定的过程，总经理冯华对此提出了希冀与期待。前有丽水地处浙西南山区的先天弱势和短板，因而他希望所有丽电人能以"跳出浙江看丽水"的战略思维，增强战略目标自信、机遇潜力自信、实践路径自信，以跨山越水的勇气和向阳力行的勇毅，增强信心，自立自强。由此，落于"成"字，大有深意，它饱含着所有丽电人的价值追求和行动宣言。

可以说，这样的定位，正是丽水电力发展史实记录和文化传承的两个重要标尺。此书立意和框架的策划，凝练、浓缩了所有人的期盼。坚持在公司大局下谋划开展思想文化工作，在"阳光丽电"企业文化建设过程中促进公司形成完整、有机的文化框架，从历史源头、企业变革、电网发展、急难险重事件及对地方社会经济发挥作用等维度进行了构思，包括砥砺前行、跃迁腾飞、灯火万家、服务在前、铁军风范、乡村振兴、青山绿水和新型电力八个章节，三十三项主题。深入开展纪实文学创作，从开启丽水有电先河的著名商人郑宝琳，到丽水第一座35千伏变电站建设者，有受党中央高度关注的水电站建设过程，有出国援建斐济的特殊历史，有遂昌苏村滑坡电力大救援的故事，有讲述乡村振兴山乡共富的电力故事，有"双碳"目标下新能源发展之路……这些故事主动融入高质量发展建设共同富裕示范区，推动"双碳"目标下以新型电力系统为核心载体的能源互联网企业建设，深化品质至上、以人为本、创新领先、阳光诚信、社会责任等丰富内涵。

追寻历史的过程，是追寻真相、记录真实的过程。作为一份主题明确、内容翔实、含量丰富的纪实文学创作，更作为一份嵌入丽电发展历史的史料文献，我们的作者以认真负责的态度，深入档案文本寻踪，深入现场调研采访，用手中的笔记录下宝贵的文字记忆，记录下与历史和现实熠熠生辉的交谈。

在这里，要感谢侯定华、杨成钢、徐翔龙、许少君、季伟、陈悦君、蓝江生等同志在撰写与审稿过程中为我们提出了宝贵的意见和建议。同时，感谢黄丽伟、叶剑波、陆少平、吕志平、程昌福等同志提供了各个历史时期的珍贵图片，感谢九个县（市、区）公司参与撰写、拍摄的相关同志所付出的努力和提供的可贵帮助，还要感谢其他提供帮助的人员，在此不一一列举。

《和光同成 丽水有电百年纪事》这部具有历史、记忆、温度的叙述，让我们永远牢记丽水电力发展的丰功伟业背后，那些积淀着先辈们的功绩和情怀，镶嵌着每一位实干当下的电力劳动者的汗水与努力，这些划破历史长河和璀璨星夜的记忆与故事，永远值得铭记。

2023 年 11 月